MARIO VARGAS LLOSA nació en Arequipa, Perú, 1936. Se licenció en Letras en la Universidad de San Marcos de Lima y se doctoró por la de Madrid. Residió durante algunos años en París y posteriormente en Londres y Barcelona. Aunque había estrenado en 1952 un drama en Piura y publicado en 1959 un libro de relatos, *Los jefes*, que obtuvo el Premio Leopoldo Alas, su carrera literaria cobró notoriedad con la publicación de la novela *La ciudad y los perros*, que obtuvo el Premio Biblioteca Breve de 1962 y el Premio de la Crítica en 1963 y que fue casi inmediatamente traducida a una veintena de lenguas. En 1966 apareció su segunda novela, *La casa verde*, que obtuvo asimismo el Premio de la Crítica en 1966 y el Premio Internacional de Literatura Rómulo Gallegos en 1967. Posteriormente publicó el relato *Los cachorros*, la novela *Conversación en La Catedral*, el estudio *García Márquez: historia de un deicidio*, la novela *Pantaleón y las visitadoras*, el ensayo *La orgía perpetua: Flaubert y «Madame Bovary»*, la novela *La tía Julia y el escribidor*, las piezas teatrales *La señorita de Tacna*, *Kathie y el hipopótamo*, *La chunga* y *El loco de los balcones* y las novelas *La guerra del fin del mundo*, *Historia de Mayta*, *¿Quién mató a Palomino Molero?*, *El hablador* y *Elogio de la madrastra*. Se han reunido sus textos ensayísticos en los tres volúmenes de *Contra viento y marea*, y los de crítica literaria en *La verdad de las mentiras* y *Carta de batalla por Tirant lo Blanc*. Sus obras más recientes son el libro de memorias *El pez en el agua* y la novela *Lituma en los Andes*, ganadora del Premio Planeta 1993. Mario Vargas Llosa ha sido galardonado con el prestigioso Premio Cervantes en 1994.

Mario Vargas Llosa

El hablador

BIBLIOTECA DE BOLSILLO

Cubierta:
Paisaje tropical. Indio luchando con un mono (fragmento)
Henri Rousseau - 1910

Primera edición en
Biblioteca de Bolsillo: marzo 1991
Segunda edición: octubre 1993
Tercera edición: septiembre 1994
Cuarta edición: octubre 1995
Quinta edición: febrero 1997

© Mario Vargas Llosa, 1987

Derechos exclusivos de edición en castellano
reservados para todo el mundo,
excepto Perú:
© 1987 y 1997: Editorial Seix Barral, S. A.
Córcega, 270 - 08008 Barcelona

ISBN: 84-322-3080-4

Depósito legal: B. 6.170 - 1997

Impreso en España

A Luis Llosa Ureta, en su silencio,
y a los kenkitsatatsirira *machiguengas.*

I

VINE a Firenze para olvidarme por un tiempo del Perú y de los peruanos y he aquí que el malhadado país me salió al encuentro esta mañana de la manera más inesperada. Había visitado la reconstruida casa de Dante, la iglesita de San Martino del Vescovo y la callejuela donde la leyenda dice que aquél vio por primera vez a Beatrice, cuando, en el pasaje de Santa Margherita, una vitrina me paró en seco: arcos, flechas, un remo labrado, un cántaro con dibujos geométricos y un maniquí embutido en una cushma de algodón silvestre. Pero fueron tres o cuatro fotografías las que me devolvieron, de golpe, el sabor de la selva peruana. Los anchos ríos, los corpulentos árboles, las frágiles canoas, las endebles cabañas sobre pilotes y los almácigos de hombres y mujeres, semidesnudos y pintarrajeados, contemplándome fijamente desde sus cartulinas brillantes.

Naturalmente, entré. Con un extraño cosquilleo y el presentimiento de estar haciendo una estupidez, arriesgándome por una curiosidad trivial a frustrar de algún modo el proyecto tan bien planeado y ejecutado hasta ahora —leer a Dante y Machiavelli y ver pintura renacentista durante un par de meses, en irreductible soledad—, a provocar una de esas discretas hecatombes que, de tanto en tanto, ponen mi vida de cabeza. Pero, naturalmente, entré.

La galería era minúscula. Un solo cuarto de techo bajo en el que, para poder exhibir todas las fotografías, habían añadido dos paneles, atiborrados también de imágenes por ambos lados. Una muchacha flaca, de anteojos, sentada detrás de una mesita, me miró. ¿Se podía visitar la exposición «I nativi della foresta amazonica»?

—Certo. Avanti, avanti.

No había objetos en el interior de la galería, sólo fotos, lo menos una cincuentena, la mayoría bastante grandes. Carecían de leyendas, pero alguien, acaso el mismo Gabriele Malfatti, había escrito un par de cuartillas indicando que las fotografías fueron tomadas en el curso de un viaje de dos semanas por la región amazónica de los departamentos del Cusco y de Madre de Dios, en el Oriente peruano. El artista se había propuesto describir, «sin demagogia ni esteticismo», la existencia cotidiana de una tribu que, hasta hacía pocos años, vivía casi sin contacto con la civilización, diseminada en unidades de una o dos familias. Sólo en nuestros días comenzaba a agruparse en esos lugares documentados por la muestra, pero muchos permanecían aún en los bosques. El nombre de la tribu estaba castellanizado sin errores: los machiguengas.

Las fotos materializaban bastante bien el propósito de Malfatti. Allí estaban los machiguengas lanzando el arpón desde la orilla del río, o, semiocultos en la maleza, preparando el arco en pos del ronsoco o la huangana; allí estaban, recolectando yucas en los diminutos sembríos desparramados en torno a sus flamantes aldeas —acaso las primeras de su larga historia—, rozando el monte a machetazos y entreverando las hojas de las palmeras para techar sus viviendas. Una ronda de mujeres tejía esteras y canastas: otra preparaba coronas, engarzando vistosas plumas de loros y guacamayos en aros de madera. Allí estaban, decorando minuciosamente sus caras y sus cuerpos con tintura de achiote, haciendo fogatas, secando unos cueros, fermentando la yuca para el masato en recipientes en forma de canoa. Las fotos mostraban con elocuencia cuán pocos eran en esa inmensidad de cielo, agua y vegetación que los rodeaba, su vida frágil y frugal, su aislamiento, su arcaísmo, su indefensión. Era verdad: sin demagogia ni esteticismo.

Esto que voy a decir no es una invención a posteriori ni un falso recuerdo. Estoy seguro de que pasaba de una foto a la siguiente con una emoción que, en un momento dado, se volvió angustia. ¿Qué te pasa? ¿Qué podrías encontrar en estas imágenes que justifique semejante ansiedad?

Desde las primeras fotos había reconocido los claros donde se alzan Nueva Luz y Nuevo Mundo —no hacía tres años que había estado en ellos— e, incluso, al ver una panorámica del último de estos lugares, la memoria me resucitó en el acto la sensación de catástrofe con que viví el aterrizaje acrobático que hicimos allí, aquella mañana, en el Cessna del Instituto Lingüístico, esquivando niños machiguengas. También me había parecido reconocer algunas caras de los hombres y mujeres con quienes, ayudado por Mr. Schneil, conversé. Y esto fue una certidumbre cuando, en otra de las fotografías, vi, con la misma barriguita hinchada y los mismos ojos vivos que conservaba en mi recuerdo, al niño de boca y nariz comidas por la uta. Mostraba a la cámara, con la misma inocencia y naturalidad con que nos lo había mostrado a nosotros, ese hueco con colmillos, paladar y amígdalas que le daba un aire de fiera misteriosa.

La fotografía que esperaba desde que entré a la galería, apareció entre las últimas. Al primer golpe de vista se advertía que aquella comunidad de hombres y mujeres sentados en círculo, a la manera amazónica —parecida a la oriental: las piernas en cruz, flexionadas horizontalmente, el tronco muy erguido—, y bañados por una luz que comenzaba a ceder, de crepúsculo tornándose noche, estaba hipnóticamente concentrada. Su inmovilidad era absoluta. Todas las caras se orientaban, como los radios de una circunferencia, hacia el punto central, una silueta masculina que, de pie en el corazón de la ronda de machiguengas imantados por ella, hablaba, moviendo los brazos. Sentí frío en la espalda. Pensé: «¿Cómo consiguió este Malfatti que le permitieran, cómo hizo para...?» Bajé, acerqué mucho la cara a la fotografía. Estuve viéndola, oliéndola, perforándola con los ojos y la imaginación hasta que noté que la muchacha de la galería se levantaba de su mesita y venía hacia mí, inquieta.

Haciendo un esfuerzo por serenarme le pregunté si las fotografías se vendían. No, creía que no. Eran de la Editorial Rizzoli. Iba a publicar un libro con ellas, parecía. Le pedí que me pusiera en contacto con el fotógrafo. No iba a ser posible, desgraciadamente:

—Il signore Gabriele Malfatti è morto.

¿Muerto? Sí. De unas fiebres. Un virus contraído en aquellas selvas, forse. ¡El pobre! Era un fotógrafo de modas, había trabajado para *Vogue*, para *Uomo*, revistas así, fotografiando modelos, muebles, joyas, vestidos. Se había pasado la vida soñando con hacer algo distinto, más personal, como este viaje a la Amazonía. Y cuando al fin pudo hacerlo y le iban a publicar un libro con su trabajo ¡se moría! Y, ahora, le dispiaceva, pero era la hora del pranzo y tenía que cerrar.

Le agradecí. Antes de salir a enfrentarme una vez más con las maravillas y las hordas de turistas de Firenze, todavía alcancé a echar una última ojeada a la fotografía. Sí. Sin la menor duda. Un hablador.

II

SAÚL ZURATAS tenía un lunar morado oscuro, vino vinagre, que le cubría todo el lado derecho de la cara y unos pelos rojos y despeinados como las cerdas de un escobillón. El lunar no respetaba la oreja ni los labios ni la nariz a los que también erupcionaba de una tumefacción venosa. Era el muchacho más feo del mundo; también, simpático y buenísimo. No he conocido a nadie que diera de entrada, como él, esa impresión de persona tan abierta, sin repliegues, desprendida y de buenos instintos, nadie que mostrara una sencillez y un corazón semejantes en cualquier circunstancia. Lo conocí cuando dábamos los exámenes de ingreso a la Universidad y fuimos bastante amigos —en la medida en que se puede ser amigo de un arcángel— sobre todo los dos primeros años, que cursamos juntos en la Facultad de Letras. El día en que lo conocí me advirtió, muerto de risa, señalándose el lunar:

—Me dicen Mascarita, compadre. A que no adivinas por qué.

Con este apodo lo llamábamos también nosotros, en San Marcos.

Había nacido en Talara y compadreaba a todo el mundo. Palabras y dichos de la jerga callejera brotaban en cada frase que decía, dando incluso a sus conversaciones íntimas un aire de chacota. Su problema, decía, era que su padre había ganado demasiado con el almacén allá en el pueblo, tanto que un buen día decidió trasladarse a Lima. Y desde que se habían venido a la capital al viejo le había dado por el judaísmo. No era muy religioso allá en el puerto piurano, que Saúl recordara. Alguna vez lo había visto leyendo la Biblia, sí, pero nunca se preocupó de inculcarle a Mascarita que pertenecía a otra raza y a otra religión que las de los muchachos del pueblo. Aquí en Lima, en cambio, sí. ¡Qué vaina! A la vejez viruelas. O, mejor dicho, la religión de Abraham y Moisés. ¡Pucha! Nosotros éramos unos suertudos siendo católicos. La religión católica era un pan con mantequilla de simple, una misita de media hora cada domingo y unas comuniones cada primer viernes de mes que se pasaban al vuelo. Él, en cambio, tenía que zambullirse los sábados en la sinagoga, horas y horas, aguantando los bostezos y fingiendo interesarse por los sermones del rabino —que no entendía ni jota— para no decepcionar a su padre, quien, después de todo, era viejón y buenísima gente. Si Mascarita le hubiera dicho que hacía tiempo había dejado de creer en Dios y que, en resumidas cuentas, eso de pertenecer al pueblo elegido a él le importaba un comino, al pobre Don Salomón le hubiera dado un patatús.

Conocí a Don Salomón no mucho después que a Saúl, un domingo. Éste me había invitado a almorzar. La casa estaba en Breña, a la espalda del Colegio La Salle, en una transversal alicaída de la avenida Arica. Era una vivienda profunda, repleta de muebles viejos, y con un lorito hablador de nombre y apellidos kafkianos que repetía todo el tiempo el apodo de Saúl: «¡Mascarita! ¡Mascarita!» Padre e hijo vivían solos, con una sirvienta que se había venido con ellos de Talara y que, además de hacerles la cocina, ayudaba a Don Salomón en la tienda de abarrotes que había abierto en Lima. «Ésa, la de la tela metálica con una estrella de seis puntas, compadre. Se llama La Estrella por la estrella de David, ¿te das cuenta?»

Me impresionaron el afecto y las atenciones que Mascarita prodigaba a su padre, un anciano curvo, sin afeitar, que arrastraba unos pies deformados por los juanetes en unos zapatones que parecían coturnos romanos. Hablaba español con fuerte acento ruso o polaco, y eso que, me dijo, llevaba ya más de veinte años en el Perú. Tenía un aire socarrón y simpático: «Yo, de chico, quería ser trapecista de circo, pero la vida acabó metiéndome de mercachifle, vea usted qué decepción.» ¿Era Saúl su único hijo? Sí, lo era.

¿Y la madre de Mascarita? Había muerto a los dos años de trasladarse la familia a Lima. Hombre, qué pena, a juzgar por esa foto tu mamá debía ser muy joven ¿no, Saúl? Sí, lo era. Bueno, por una parte claro que a Mascarita lo apenaba su muerte. Pero, por otra, tal vez hubiera sido mejor para ella cambiar de vida. Porque su pobre vieja sufría muchísimo en Lima. Me hizo señas de que me acercara y bajó la voz (precaución inútil porque habíamos dejado a Don Salomón profundamente dormido en una mecedora del comedor y nosotros conversábamos en su cuarto) para decirme:

—Mi mamá era una criollita de Talara que el viejo se levantó al poco tiempo de llegar como refugiado. Parece que la tuvo arrejuntada nomás, hasta que nací yo. Sólo entonces se casaron. ¿Te imaginas lo que es para un judío casarse con una cristiana, con lo que llamamos una *goie*? No, no te lo imaginas.

Allá en Talara la cosa no había tenido la menor importancia porque las dos familias judías del lugar estaban medio disueltas en la sociedad local. Pero, al instalarse en Lima, la madre de Saúl tuvo múltiples problemas. Extrañaba mucho su tierra, desde el calorcito y el cielo sin nubes, de sol radiante todo el año, hasta sus parientes y amistades. Por otra parte, la comunidad judía de Lima nunca la aceptó, por más que ella, para darle gusto a Don Salomón, se había dado el baño lustral y se había hecho instruir por el rabino a fin de cumplir con todos los ritos de la conversión. En realidad —y Saúl me guiñó un ojo travieso— la comunidad no la aceptaba no tanto por ser una *goie* como por ser una criollita de Talara, una mujer sencilla, sin educación, que apenas sabía leer. Porque los judíos de Lima se habían vuelto unos burgueses, compadre.

Me decía todo esto sin asomo de rencor ni dramatismo, con una aceptación tranquila de algo que, por lo visto, no hubiera podido ocurrir de otra manera. «Yo y mi vieja nos llevábamos como uña y carne. Ella también se aburría como ostra en la sinagoga y, sin que Don Salomón se diera cuenta, para que esos sábados religiosos se pasaran más rápido, jugábamos disimuladamente al Yan-Ken-Po. A la distancia. Ella se sentaba en la primera fila de la galería y yo abajo, con los hombres. Movíamos las manos al mismo tiempo y a veces nos venían ataques de risa que espantaban a los piadosos.» Se la había llevado un cáncer fulminante, en pocas semanas. Y, desde su muerte, a Don Salomón se le vino el mundo abajo.

—Ese viejito que has visto ahí, durmiendo la siesta, era hace un par de años un hombre entero, lleno de energía y amor a la vida. La muerte de mi vieja lo demolió.

Saúl había entrado a San Marcos, a seguir abogacía, para dar gusto a Don Salomón. Por él, se hubiera puesto más bien a ayudarlo en La Estrella, que le daba muchos dolores de cabeza a su padre y le exigía más esfuerzo de los que se merecía, a sus años. Pero Don Salomón fue terminante. Saúl no pondría los pies detrás de ese mostrador. Saúl jamás atendería a un cliente. Saúl no sería un comerciante como él.

—Pero ¿por qué, viejito? ¿Tienes miedo de que con esta cara te ahuyente a la clientela? —Me decía esto entre carcajadas—. La verdad es que, ahora que ha podido ahorrar unos solcitos, Don Salomón quiere que la familia se vuelva importante. Ya me ve llevando el apellido Zuratas a la diplomacia o a la Cámara de Diputados. ¡Pa su diablo!

Volver ilustre el apellido familiar, ejerciendo una profesión liberal, era algo que a Saúl tampoco le ilusionaba mucho. ¿Qué le interesaba en la vida? No lo sabía aún, sin duda. Lo fue descubriendo en esos meses y años que fueron los de nuestra amistad, en la década de los cincuenta, en ese Perú que iba pasando —mientras Mascarita, yo, nuestra generación, nos volvíamos adultos— de la mentirosa tranquilidad de la dictadura del general Odría a las incertidumbres y novedades del régimen democrático, que renació en 1956, cuando Saúl y yo estábamos en el tercer año.

Para entonces, sin la menor duda, ya había descubierto lo que le interesaba en la vida. No de manera relampagueante, ni con la seguridad que después, pero, en todo caso, el extraordinario mecanismo estaba ya en marcha y, pasito a paso, empujándolo un día acá, otro allá, iba trazando ese laberinto en el que Mascarita entraría para no salir jamás. En 1956 estudiaba Etnología al mismo tiempo que Derecho y había estado varias veces en la selva. ¿Sentía ya esa fascinación de embrujado por los hombres del bosque y la Naturaleza sin hollar, por las culturas primitivas, minúsculas, desperdigadas en las colinas montuosas de la ceja de montaña y la llanura de la Amazonía? ¿Ardía ya en él ese fuego solidario brotado oscuramente de lo más hondo de su personalidad por esos compatriotas nuestros que desde tiempos inmemoriales vivían allá, acosados y lastimados, entre los anchos y lentos ríos, con taparrabos y tatuajes, adorando los espíritus del árbol, la serpiente, la nube y el relámpago? Sí, ya había comenzado todo eso. Y yo me di cuenta de ello a raíz de aquel incidente en el billar, ocurrido a los dos o tres años de conocernos.

Íbamos, de cuando en cuando, entre dos clases universitarias, a jugar una partida en una desvencijada sala de billar, que era también cantina, en el Jirón Azángaro. Andando por la calle con Saúl se descubría lo molesta que tenía que ser su vida, por la insolencia y la maldad de la gente. Se volvían o se plantaban a su paso, para mirarlo mejor, y abrían mucho los ojos, sin disimular el asombro o la repulsión que les inspiraba su cara, y no era raro que, los chiquillos sobre todo, le dijeran majaderías. A él no parecía molestarle; reaccionaba siempre a las impertinencias con alguna salida chistosa. El incidente, al entrar al billar, no lo provocó él, sino yo, que nada tengo de arcángel.

El borracho estaba bebiendo en el mostrador. Apenas nos vio, vino a nuestro encuentro, tambaleándose, y se plantó ante Saúl, con los brazos en jarras:

—¡Puta, qué monstruo! ¿De qué zoológico te escapaste, oye?

—De cuál va a ser, pues, compadre, del único que hay, del de Barranco —le respondió Mascarita—. Si vas corriendo, encontrarás mi jaula abierta.

Y trató de pasar. Pero el borracho alargó las manos hacia él, haciendo contra con los dedos, como los niños cuando les mentan la madre.

—Tú no entras, monstruo. —Se había enfurecido súbitamente—. Con esa cara, no debías salir a la calle, asustas a la gente.

—Pero si no tengo otra, qué quieres —le sonrió Saúl—. Déjanos pasar y no te pongas pesado.

Yo, para entonces, perdí la paciencia. Cogí al borracho de las solapas y comencé a zamaquearlo. Hubo un conato de trompeadera, revuelo de gente, empujones, y Mascarita y yo tuvimos que marcharnos sin jugar nuestra partida.

Al día siguiente recibí de él un regalo, con unas líneas. Era un huesecillo blanco, en forma de rombo, grabado con unas figuras geométricas de color ladrillo tirando para ocre. Las figuras representaban dos laberintos paralelos, compuestos de barras de distintos tamaños, separadas por distancias idénticas, las pequeñas como cobijándose en las grandes. Su cartita, risueña y enigmática, decía algo así:

> Compadre:
> A ver si ese hueso mágico te calma los ímpetus y dejas de ir puñeteando a los pobres borrachitos. El hueso es de tapir y el dibujo no es la cojudez que parece, unos palotes primitivos, sino una inscripción simbólica. Se la dictó Morenanchiite, el señor del trueno, a un tigre, y éste a un brujo amigo mío de las selvas del Alto Picha. Si crees que esos símbolos son de remolinos de río o dos boas enroscadas durmiendo la siesta, puede que tengas razón. Pero son, principalmente, el orden que reina en el mundo. El que se deja ganar por la rabia tuerce esas líneas y ellas, torcidas, ya no pueden sostener la tierra. No querrás que por tu culpa la vida se desintegre y volvamos al caos original del que nos sacaron, a soplidos, Tasurinchi, el dios del bien, y Kientibakori, el dios del mal, ¿no, compadre? Así que no tengas más rabietas y menos por culpa mía. De todas maneras, gracias.
> Chau,
>
> *Saúl*

Le pedí que me contara algo más sobre aquello del trueno, el tigre, las líneas torcidas, Tasurinchi y Kientibakori y me tuvo toda una tarde en su casa de Breña, muy entretenido, hablándome de las creencias y costumbres de una tribu desparramada por las selvas del Cusco y de Madre de Dios.

Yo estaba echado en su cama y él sentado en un baúl, con su lorito en el hombro. El animal le mordisqueaba los pelos colorados y lo interrumpía a menudo con su chillido mandón: «¡Mascarita!» «Quieto, Gregorio Samsa», lo calmaba él.

Los dibujos de sus utensilios y sus cushmas, los tatuajes de sus caras y cuerpos, no eran caprichosos ni decorativos, compadre. Eran una escritura cifrada, que contenía el nombre secreto de las personas y fórmulas sagradas para proteger los objetos del deterioro y el maleficio que a través de ellos podía llegar hasta sus dueños. Los dibujos eran dictados por una divinidad barbada y ruidosa, Morenanchiite, el señor del trueno, quien, desde lo alto de un cerro, en medio de una tempestad, comunicaba el mensaje a un tigre. Éste lo transmitía al curandero o chamán en el curso de una «mareada» de ayahuasca, esos tallos alucinógenos cuyos cocimientos se bebían en todas las ceremonias nativas. Aquel brujo del Alto Picha —«sabio, más bien, patita, digo brujo para que me entiendas»— lo había aleccionado sobre la filosofía que permitió a la tribu sobrevivir hasta el presente. Lo más importante, para ellos, era la serenidad. No ahogarse nunca en un vaso de agua ni en una inundación. Había que contener todo arrebato pasional pues hay una correspondencia fatídica entre el espíritu del hombre y los de la Naturaleza y cualquier trastorno violento en aquél acarrea alguna catástrofe en ésta.

—La pataleta de un tipo puede hacer que se salga un río, y, un asesinato, que el rayo queme la aldea. Tal vez ese choque del Expreso, en la avenida Arequipa, esta mañana, es culpa de tu puñetazo al borrachito de ayer. ¿No te remuerde la conciencia?

Me quedé asombrado de lo mucho que sabía sobre esa tribu. Y todavía más al advertir la simpatía que desbordaba a raudales de ese conocimiento. Hablaba de aquellos indios, de sus usos y sus mitos, de su paisaje y sus dioses, con el respeto admirativo con que yo me refería a Sartre, Malraux y Faulkner, mis autores preferidos de aquel año. Ni siquiera de su admirado Kafka le oí hablar nunca con tanta emoción.

Debí sospechar ya entonces que Saúl nunca sería

abogado y, también, que su interés por los indios de la Amazonía era algo más que «etnológico». No un interés profesional, técnico, sino mucho más íntimo, aunque no fácil de precisar. Algo más emotivo que racional seguramente, acto de amor antes que curiosidad intelectual o que ese apetito de aventura que parecía anidar en la vocación de tantos compañeros suyos del Departamento de Etnología. La actitud de Saúl hacia su nueva carrera, la devoción que mostraba hacia el mundo de la Amazonía, fueron a menudo motivo de conjeturas entre nosotros, sus amigos y colegas, en el Patio de Letras de San Marcos.

¿Se había enterado Don Salomón que Saúl estudiaba Etnología o lo creía concentrado en los cursos de Leyes? La verdad es que, aunque Mascarita estaba aún inscrito en la Facultad de Derecho, descuidaba totalmente las clases. Con excepción de Kafka, y, sobre todo, *La metamorfosis*, que había releído innumerables veces y poco menos que memorizado, todas sus lecturas eran ahora antropológicas. Recuerdo su consternación por lo poquísimo que se había escrito sobre las tribus y sus protestas por lo difícil que era consultar esa bibliografía pulverizada en separatas y revistas que no siempre llegaban a San Marcos o a la Biblioteca Nacional.

Todo había comenzado, me contó en alguna ocasión, con un viaje a Quillabamba, en Fiestas Patrias. Había ido allí invitado por un primo hermano de su madre, un tío chacarero, emigrado de Piura a esas tierras, que también comerciaba en maderas. El hombre se internaba en el monte en busca de árboles de caoba o de palo de rosa y tenía trocheros y cortadores indígenas que trabajaban para él. Mascarita había hecho buenas migas con estos nativos —bastante occidentalizados la mayoría de ellos—, que lo habían llevado consigo en sus incursiones y alojado en sus campamentos a lo largo de la vasta región bañada por el Alto Urubamba, el Alto Madre de

Dios y sus respectivos afluentes. Toda una noche me estuvo relatando, entusiasmado, lo que fue para él cruzar en balsa el Pongo de Mainique, donde el Urubamba, apretado entre dos contrafuertes de la cordillera, se tornaba un dédalo de rápidos y remolinos.

—El terror de algunos cargadores es tan grande que tienen que amarrarlos a las balsas, como hacen con las vacas, para que bajen el Pongo. ¡No te imaginas lo que es eso, compadre!

Un misionero español, de la Misión Dominicana de Quillabamba, le había mostrado misteriosos petroglifos desperdigados por la zona, y había comido mono, tortuga, gusanos, y se había pegado una tremenda borrachera con masato de yuca.

—Los nativos de la región creen que en el Pongo de Mainique principió el mundo. Y te juro que en el lugar hay un vaho sagrado, un no sé qué que te pone los pelos de punta. ¡No te imaginas lo que es eso, compadre! ¡Pa su macho!

La experiencia tuvo consecuencias que nadie pudo sospechar. Ni siquiera él mismo, estoy seguro.

Volvió a Quillabamba en las Navidades y se pasó allí todo el verano. Regresó en las vacaciones de julio y el siguiente diciembre. Cada vez que en San Marcos había una huelga, aun de pocos días, zarpaba hacia la selva en lo que fuera: camiones, trenes, colectivos, ómnibus. Volvía de esos viajes exaltado y locuaz, con los ojos brillando de admiración por los tesoros que había descubierto. Todo lo de allá le interesaba y lo excitaba de manera excesiva. Haber conocido al legendario Fidel Pereira, por ejemplo. Hijo de un cusqueño blanco y de una machiguenga, era una mezcla de señor feudal y cacique aborigen. En el último tercio del XIX, un cusqueño de buena familia, huyendo de la justicia, se internó en esas selvas, donde los machiguengas lo acogieron. Se casó con una mujer de la tribu. Su hijo, Fidel, había vivido a caballo entre las dos culturas, oficiando de blanco entre los blancos y de machiguenga entre los machiguengas. Tenía varias esposas legítimas c infinidad de concubinas y una constelación de hijas e hijos a través de los cuales explotaba todos los cafetales y chacras entre Quillabamba y el Pongo de Mainique, en los que hacía trabajar poco menos que gratis a la gente de su tribu. Pero Mascarita, a pesar de ello, sentía cierta benevolencia por él:

—Se aprovecha de ellos, por supuesto. Pero, al menos, no los desprecia. Conoce su cultura a fondo y se enorgullece de ella. Y cuando otros quieren atropellarlos, los defiende.

En las anécdotas que me refería, el entusiasmo de Saúl dotaba al episodio más trivial —la roza de un monte o la pesca de una gamitana— de contornos heroicos. Pero era sobre todo el mundo indígena, con sus prácticas elementales y su vida frugal, su animismo y su magia, lo que parecía haberlo hechizado. Ahora sé que aquellos indios, cuya lengua había empezado a aprender con ayuda de los alumnos indígenas de la Misión Dominicana de Quillabamba —una vez me cantó una triste y reiterativa canción incomprensible, acompañándose con el ritmo de una calabaza llena de semillas—, eran los machiguengas. Ahora sé que aquellos carteles con dibujitos, mostrando los peligros de pescar con dinamita, que vi apilados en su casa de Breña, los había hecho para repartírselos a los blancos y mestizos del Alto Urubamba —los hijos, nietos, sobrinos, bastardos y entenados de Fidel Pereira— con la intención de proteger las especies que alimentaban a esos mismos indios que, un cuarto de siglo más tarde, fotografiaría el ahora difunto Gabriele Malfatti.

Visto con la perspectiva del tiempo, sabiendo lo que le ocurrió después —he pensado mucho en esto— puedo decir que Saúl experimentó una conversión. En un sentido cultural y acaso también religioso. Es la única experiencia concreta que me ha tocado observar de cerca que parecía dar sentido, materializar, eso que los religiosos del colegio donde estudié querían decirnos en las clases de catecismo con expresiones como «recibir la gracia», «ser tocado por la gracia», «caer en las celadas de la gracia». Desde el primer contacto que tuvo con la Amazonía, Mascarita fue atrapado en una emboscada espiritual que hizo de él una persona distinta. No sólo porque se desinteresó del Derecho y se matriculó en Etnología y por la nueva orientación de sus lecturas, en las que, salvo Gregorio Samsa, no sobrevivió personaje literario alguno, sino porque, desde entonces, comenzó a preocuparse, a obsesionarse, con dos asuntos que en los años siguientes serían su único tema de conversación: el estado de las culturas amazónicas y la agonía de los bosques que las hospedaban.

—Te has vuelto un temático, Mascarita. Ya no se puede hablar contigo de otra cosa.

—Pucha, es cierto, mi viejo, no te he dejado abrir la boca. Discúrséame un rato, si te provoca, de Tolstoi, la lucha de clases o las novelas de caballerías.

—¿No exageras un poco, Saúl?

—No, compadre, más bien me quedo corto. Te lo juro. Lo que se está haciendo en la Amazonía es un crimen. No tiene justificación, por donde le des vuelta. Créeme, hombre, no te rías. Ponte en el caso de ellos, aunque sea un segundo. ¿Adónde se pueden seguir yendo? Los empujan de sus tierras desde hace siglos, los echan cada vez más adentro, más adentro. Lo extraordinario es que, a pesar de tantas calamidades, no hayan desaparecido. Ahí están siempre, resistiendo. ¿No es para quitarse el sombrero? Caracho, ya me solté otra vez. Hablemos de Sartre, anda. Lo que me subleva es que a nadie le importa un pito lo que está pasando allá.

¿Por qué le importaba a él tanto? No por razones

políticas, en todo caso. A Mascarita la política le resultaba la cosa menos interesante del mundo. Cuando hablábamos de política, me daba cuenta que él se forzaba a hacerlo para darme gusto, pues yo, en esa época, tenía entusiasmos revolucionarios y me había dado por leer a Marx y hablar de las relaciones sociales de producción. A Saúl esos asuntos le aburrían tanto como los sermones del rabino. Y acaso tampoco fuera exacto decir que aquellos temas le interesaban por una razón ética general, por lo que la condición de los indígenas de la selva reflejaba sobre las iniquidades sociales de nuestro país, pues Saúl no reaccionaba del mismo modo ante otras injusticias que tenía al frente, acaso ni siquiera las advertía. La situación de los indios de los Andes, por ejemplo —que eran varios millones en vez de los pocos miles de la Amazonía—, o cómo remuneraban y trataban los peruanos de las clases media y alta a sus sirvientes.

No, era sólo aquella específica manifestación de inconsciencia, irresponsabilidad y crueldad humanas, la que se abatía sobre los hombres y los árboles, los animales y los ríos de la selva, la que, por una razón que entonces me era difícil comprender (acaso a él también) transformó a Saúl Zuratas, quitándole de la cabeza toda otra inquietud y tornándolo un hombre de ideas fijas. Al extremo de que si no hubiera sido tan buena persona, tan generoso y servicial, probablemente hubiera dejado de frecuentarlo. Porque lo cierto es que se volvió monótono.

A veces, para ver hasta dónde podía llevarlo «el tema», yo lo provocaba. ¿Qué proponía, a fin de cuentas? ¿Que, para no alterar los modos de vida y las creencias de unas tribus que vivían, muchas de ellas, en la Edad de Piedra, se abstuviera el resto del Perú de explotar la Amazonía? ¿Deberían dieciséis millones de peruanos renunciar a los recursos naturales de tres cuartas partes de su territorio para que los sesenta u ochenta mil indígenas amazónicos siguieran flechándose tranquilamente entre ellos, reduciendo cabezas y adorando al boa constrictor? ¿Debíamos ignorar las posibilidades agrícolas, ganaderas y comerciales de la región para que los etnólogos del mundo se deleitaran estudiando en vivo el potlach, las relaciones de parentesco, los ritos de la pubertad, del matrimonio, de la muerte, que aquellas curiosidades humanas venían practicando, casi sin evolución, desde hacía cientos de años? No, Mascarita, el país tenía que desarrollarse. ¿No había dicho Marx que el progreso vendría chorreando sangre? Por triste que fuera, había que aceptarlo. No teníamos alternativa. Si el precio del desarrollo y la industrialización, para los dieciséis millones de peruanos, era que esos pocos millares de calatos tuvieran que cortarse el pelo, lavarse los tatuajes y volverse mestizos —o, para usar la más odiada palabra del etnólogo: aculturarse—, pues, qué remedio.

Mascarita no se enojaba conmigo, porque él no se enojaba nunca por nada y con nadie, y tampoco adoptaba un aire superior de te-perdono-porque-no-sabes-lo-que-dices. Pero yo sentía, cuando le lanzaba estas provocaciones, que le dolían como si hubiera hablado mal de Don Salomón Zuratas. Lo disimulaba perfectamente, eso sí. Había conseguido ya, quizás, el ideal machiguenga de no sentir jamás rabia para que las líneas paralelas que sostienen al mundo no cedan. No aceptaba, por lo demás, discutir éste ni cualquier otro asunto de manera general, en términos ideológicos. Tenía una resistencia congénita a todo tipo de pronunciamiento abstracto. Los problemas siempre se planteaban para él de manera concreta: lo que había visto con sus ojos y las consecuencias que cualquiera con algo de seso en la mollera podía colegir que aquello tendría en un futuro.

—La pesca con explosivos, por ejemplo. Se supone que está prohibida. Pero, anda y mira, compadre. No hay río o quebrada en toda la selva donde los serranos y los viracochas —así nos llaman a los blancos— no ahorren tiempo pescando al por mayor, con dinamita. ¡Ahorren tiempo! ¿Te imaginas lo que eso significa? Cartuchos de dinamita pulverizando día y noche los bancos de peces. Las especies están desapareciendo, viejito.

Discutíamos en una mesa del Bar Palermo, en La Colmena, tomando cerveza. Afuera había sol, gente apurada, destartalados automóviles de agresivas bocinas y nos rodeaba esa atmósfera humosa, con olor a grasa frita y a orines, de los cafetines del centro de Lima.

—¿Y la pesca con venenos, Mascarita? ¿No la inventaron acaso los indios de las tribus? También ellos son unos depredadores de la Amazonía, pues.

Se lo dije para que descargara su artillería pesada contra mí. Y la disparó, por supuesto. Era falso, falsísimo. Pescaban con barbasco y cumo, pero en los caños o brazos de río y en las pozas que quedan en las islas cuando las aguas merman. Y sólo en ciertas épocas del año. Jamás en los períodos de desove, que conocían al dedillo. En esas fechas pescaban con redes, arpones y trampas, o con sus manos peladas, te quedarías bizco si los vieras, compadrito. En cambio, los criollos usaban el barbasco y el cumo todo el año, en cualquier parte. Aguas envenenadas miles y miles de veces, a lo largo de decenios. ¿Me daba cuenta? No sólo liquidaban a las crías en los tiempos de desove, también pudrían las raíces de los árboles y plantas de las orillas.

¿Los idealizaba? Estoy seguro que sí. Y, también, tal vez sin proponérselo, exageraba los desastres para fortalecer sus argumentos. Pero era evidente que a Mascarita esas crías de sábalos y bagres envenenados por los tallos del barbasco y el cumo, y los paiches destrozados por los explosivos de los pescadores de Loreto, Madre de Dios, San Martín o Amazonas, le apenaban ni más ni menos que si la víctima hubiera sido su lorito hablador. Y era lo mismo, por supuesto, cuando se refería a las talas masivas ordenadas por los madereros —«Mi tío Hipólito es uno de ellos, aunque me cueste decirlo»— que estaban acabando con los árboles más valiosos. Me habló largamente de las prácticas de los viracochas y serranos bajados de los Andes a conquistar la selva, de desbrozar el bosque mediante incendios que carbonizaban inmensas extensiones de tierras, que, luego de una o dos cosechas, por la falta de humus vegetal y la erosión causada por las aguas, se volvían estériles. Y nada se diga, compadre, del exterminio de animales, la codicia frenética de cueros que, por ejemplo, había hecho de jaguares, lagartos, pumas, serpientes y decenas de animales, rarezas biológicas en vías de extinción. Fue un largo discurso, que recuerdo muy bien por algo que surgió ya al final de la conversación, cuando habíamos despachado varias botellas de cerveza y unos panes con chicharrón (que a él le encantaban). De los árboles y los peces volvía siempre en su perorata al motivo central de sus alarmas: las tribus. También ellas, a este paso, se extinguirían.

—¿En serio te parece que la poligamia, el animismo, la reducción de cabezas y la hechicería con cocimientos de tabaco representan una forma superior de cultura, Mascarita?

Un serranito echaba baldazos de aserrín sobre los escupitajos y demás suciedades del suelo de losetas rojizas del Bar Palermo y un chino iba detrás, barriendo. Saúl me quedó mirando un buen rato, sin responder. Por fin, negó con la cabeza.

—Superior, no. Nunca lo he dicho ni creído, hermanito. —Se había puesto muy serio—. Inferior, tal vez, si eso se mide en términos de mortalidad infantil, de situación de la mujer, de monogamia o poligamia, de artesanía e industria. No creas que los idealizo. Para nada.

Se calló, como distraído por algo, tal vez aquella

disputa en una mesa vecina que se enardecía o enfriaba simétricamente desde que estábamos allá. Pero no era eso. Lo habían distraído sus recuerdos. Y me pareció que, de pronto, se entristecía.

—Hay entre los hombres que andan y los de otras tribus, cosas que te chocarían mucho, mi viejo. No lo niego.

Por ejemplo, que los aguarunas y huambisas del Alto Marañón arrancaran el himen de sus hijas con sus manos y se lo comieran al tener ellas la primera sangre, que en muchas tribus existiera la esclavitud y que en algunas comunidades se dejara morir a los viejos al primer síntoma de debilidad, so pretexto de que sus almas habían sido llamadas y de que su destino estaba cumplido. Pero lo peor de todo, tal vez lo más difícil de aceptar desde nuestro punto de vista, era eso que con un poco de humor negro se podía llamar el perfeccionismo de las tribus de la familia arawak. ¿El perfeccionismo, Saúl? Sí, algo que de entrada me parecería, como le había parecido a él, tan cruel, compañerito. Que a los niños que nacían con defectos físicos, cojos, mancos, ciegos, con más o menos dedos de los debidos o el labio leporino, los mataran las mismas madres echándolos al río o enterrándolos vivos. A quién no le iban a chocar esas costumbres, por supuesto.

Me escrutó un buen rato, en silencio, pensativo, como si estuviera buscando las palabras justas de lo que quería decirme. De pronto, se tocó el inmenso lunar.

—Yo no hubiera pasado el examen, compadre. A mí me hubieran liquidado —susurró—. Dicen que los espartanos hacían lo mismo, ¿no? Que a los monstruitos, a los gregorios samsas, los despeñaban desde el monte Taigeto, ¿no?

Se rió, me reí, pero ambos sabíamos que no estaba bromeando y que no había razón alguna para reírse. Me explicó que, curiosamente, esos implacables con los

27

recién nacidos defectuosos eran sin embargo muy tolerantes con los que, ya niños o adultos, resultaban víctimas de algún accidente o enfermedad que los averiaba físicamente. Saúl, al menos, no había notado hostilidad hacia los inválidos o hacia los locos en las tribus. Su mano seguía siempre sobre la escama morada de su media cara.

—Pero eso es lo que son y debemos respetarlos. Ser así los ha ayudado a vivir cientos de años, en armonía con sus bosques. Aunque no entendamos sus creencias y algunas de sus costumbres nos duelan, no tenemos derecho a acabar con ellos.

Creo que aquella mañana, en el Bar Palermo, fue la única vez en que aludió, no en broma sino en serio, incluso con dramatismo, a eso que, por más que lo disimulara con tanta elegancia, tenía que ser una tragedia en su vida, la excrecencia que hacía de él un motivo ambulante de burla y de asco, y que debía afectar todas sus relaciones, especialmente con las mujeres. (Era con ellas de una gran timidez; yo había advertido, en la Universidad, que las evitaba y que sólo trababa conversación con alguna de nuestras compañeras cuando ella le dirigía la palabra.) Retiró por fin la mano de su cara, con un gesto de fastidio, como arrepentido de haberse tocado el lunar, y se lanzó en un nuevo sermón:

—¿Nos dan derecho nuestros autos, cañones, aviones y Coca-Colas a liquidarlos porque ellos no tienen nada de eso? ¿O tú crees en lo de «civilizar a los chunchos», compadre? ¿Cómo? ¿Metiéndolos de soldados? ¿Poniéndolos a trabajar en las chacras, de esclavos de los criollos tipo Fidel Pereira? ¿Obligándolos a cambiar de lengua, de religión, de costumbres, como quieren los misioneros? ¿Qué se gana con eso? Que los puedan explotar mejor, nada más. Que se conviertan en zombies, en las caricaturas de hombres que son los indígenas semi aculturados de las calles de Lima.

El serranito que echaba baldazos de aserrín en el Palermo tenía esos zapatos —una suela y dos tiras de jebe de llanta— que fabrican los ambulantes y sujetaba su pantalón remendado con un pedazo de cordel. Era un niño con cara de viejo, de pelos tiesos, uñas negras y una costra rojiza en la nariz. ¿Un zombie? ¿Una caricatura? ¿Hubiera sido mejor para él permanecer en su aldea de los Andes, vistiendo chullo, ojotas y poncho y no aprender nunca el español? Yo no lo sabía, yo dudo aún. Pero Mascarita sí lo sabía. Hablaba sin vehemencia, sin cólera, con una firmeza tranquila. Durante mucho rato me explicó el otro lado de aquellas crueldades («que son, decía, el precio que pagan por la supervivencia»), lo que le parecía admirable en esas culturas. Era algo que, por más diferencias que hubiera entre ellas, tenían todas en común: la buena inteligencia con el mundo en el que vivían inmersas, esa sabiduría, nacida de una práctica antiquísima, que les había permitido, a través de un elaborado sistema de ritos, prohibiciones, temores, rutinas, repetidos y transmitidos de padres a hijos, preservar aquella Naturaleza aparentemente tan exuberante, y, en realidad, tan frágil y perecedera, de la que dependían para subsistir. Habían sobrevivido porque sus usos y costumbres se habían plegado dócilmente a los ritmos y exigencias del mundo natural, sin violentarlo ni trastocarlo profundamente, apenas lo indispensable para no ser destruidas por él. Todo lo contrario de lo que estábamos haciendo los civilizados, que malgastábamos esos elementos sin los cuales terminaríamos marchitándonos como las flores privadas de agua.

Yo lo escuchaba y hacía el simulacro de interesarme por sus palabras. Pero, más bien, pensaba en su lunar. ¿Por qué había recurrido a él, de pronto, mientras me explicaba lo que sentía por los nativos de la Amazonía? ¿Estaba ahí la clave de la conversión de Mascarita? Esos shipibos, huambisas, aguarunas, yaguas, shapras, campas, mashcos, representaban en la sociedad peruana algo que él podía entender mejor que nadie: un horror pintoresco, una excepcionalidad que los otros compadecían o escarnecían, pero sin concederle el respeto y la dignidad que sólo merecían quienes se ajustaban en su físico, costumbres y creencias a la «normalidad». Ambos eran una anomalía para el resto de los peruanos; su lunar provocaba en ellos, en nosotros, un sentimiento parecido al que en el fondo alentábamos por esos seres que vivían, allá lejos, semidesnudos, comiéndose los piojos y hablando dialectos incomprensibles. ¿Era ésa la raíz del amor a primera vista de Mascarita por los chunchos? ¿Se había inconscientemente identificado con esos seres marginales debido a su lunar que lo convertía también en un marginal cada vez que ponía los pies en la calle?

Le propuse esta interpretación, a ver si le mejoraba el humor, y, en efecto, se echó a reír.

—¿Aprobaste el curso de Psicología con el Doctor Guerrita? —me tomó el pelo—. Yo te hubiera jalado, más bien.

Y, siempre riéndose, me contó que Don Salomón Zuratas, más astuto que yo, le había sugerido una lectura judaica del asunto.

—Que yo identifico a los indios de la Amazonía con el pueblo judío, siempre minoritario y siempre perseguido por su religión y sus usos distintos a los del resto de la sociedad. ¿Qué te parece? Una interpretación más noble que la tuya, que se podría llamar el síndrome de Frankestein. Cada loco con su tema, compadre.

Le repliqué que ambas interpretaciones no se excluían. Él terminó fantaseando, divertido.

—Sí, de repente tienes razón. De repente, ser medio judío y medio monstruo me ha hecho más sensible que un hombre tan espantosamente normal como tú a la suerte de los selváticos.

—¡Pobres selváticos! Los usas de paño de lágrimas. Tú también te sirves de ellos, ya ves.

—Bueno, terminémosla ahí porque tengo una clase —se despidió, levantándose, sin sombra del mal ánimo de un momento atrás—. Pero recuérdame que la próxima vez te corrija lo de «pobres selváticos». Te contaré algunas cosas que te dejarán cojudo, compadre. Por ejemplo, lo que hicieron con ellos en la época de la fiebre del caucho. Si aguantaron eso, no se les debe llamar pobres. Superhombres, más bien. Verás, verás.

Por lo visto, hablaba de su «tema» con Don Salomón. El viejito habría terminado por aceptar que, en lugar de hacerlo en el Foro, Saúl prestigiara el apellido Zuratas en las aulas universitarias y en los dominios de la investigación antropológica. ¿Era eso lo que había decidido ser en la vida? ¿Un catedrático? ¿Un estudioso? Que tenía condiciones para ello se lo oí decir una tarde a uno de sus profesores, el Doctor José Matos Mar, quien dirigía entonces el Departamento de Etnología de San Marcos.

—Ese muchacho, Zuratas, ha resultado de primera. Se pasó los tres meses de vacaciones en el Urubamba, haciendo trabajo de campo con los machiguengas y ha traído un material excelente.

Se lo decía a Raúl Porras Barrenechea, un historiador con el que yo trabajaba por las tardes, y que tenía un santo horror por la Etnología y la Antropología, a las que acusaba de reemplazar al hombre por el utensilio como protagonista de la cultura y de estropear la prosa castellana (que él, dicho sea de paso, escribía a las mil maravillas).

—Bueno, entonces hagamos de ese muchacho un historiador y no un fichador de piedrecitas, Doctor Matos. Sea altruista, pásemelo al Departamento de Historia.

El trabajo que Saúl hizo, en el verano del 56, entre los machiguengas fue más tarde, ampliado, su tesis de Bachiller. La presentó cuando estábamos en quinto año de Facultad, y yo recuerdo muy bien la expresión de orgullo, de íntima alegría, de Don Salomón. Vestido de fiesta, con una almidonada pechera bajo el saco, siguió la ceremonia desde la primera fila del Salón de Grados, y le brillaban los ojitos mientras Saúl leía sus conclusiones, absolvía las preguntas del Jurado —que presidía Matos Mar—, era aprobado y le colocaban la cinta académica correspondiente.

Don Salomón nos invitó a almorzar a Saúl y a mí al Raimondi, en el centro de Lima, para festejar el acontecimiento. Pero él no probó bocado, acaso por no transgredir involuntariamente el dietario judío. (Una de las bromas de Saúl cuando pedía chicharrones o mariscos era: «Y, además, eso de estar cometiendo un pecado al tragármelos, les da un gustito muy especial, compadre, que tú nunca sabrás lo que es.») Don Salomón no cabía en sí de contento con el título de su hijo. A medio almuerzo, dirigiéndose a mí con su masticado acento centroeuropeo, me pidió, con vehemencia:

—Convénzalo a su amigo de que acepte la beca. —Y, al ver mi cara de sorpresa, me explicó—: No quiere ir a Europa para no dejarme solo, como si yo no fuera bastante grande para saber cuidarme. Le he dicho que, si se encapricha, me va a obligar a morirme para que pueda irse tranquilo a Francia, a especializarse.

Así me enteré de que Matos Mar le había conseguido una beca para hacer el Doctorado en la Universidad de Burdeos. Mascarita la había rechazado, pues no quería dejar solo a su padre. ¿Fue ésa la razón por la que no viajó a Burdeos? Entonces lo creí; ahora, estoy seguro de que mentía. Ahora sé que, aunque no lo confesara a nadie y lo tuviera guardado bajo cuatro llaves, aquella conversión había ido fermentando en su interior hasta adquirir las características de un rapto místico, tal vez de una búsqueda de martirologio. No me cabe duda, ahora, que aquel título de Bachiller en Etnología lo sacó, tomándose el trabajo de redactar una tesis, a sabiendas de que nunca sería un etnólogo, sólo para darle esa satisfacción a su padre. Yo que, por esos días, me extenuaba haciendo gestiones para conseguir alguna beca que me permitiera venir a Europa, traté varias veces de convencerlo de que no desperdiciara semejante oportunidad. «Es algo que no se te volverá a presentar, Mascarita. ¡Europa! ¡Francia! ¡No seas bárbaro, hombre!» Fue categórico: no podía irse, él era la única persona que tenía Don Salomón en el mundo y no lo iba a abandonar por dos o tres años, sabiendo lo anciano que estaba.

Por supuesto que le creí. Quien no le creyó del todo fue quien le había conseguido la beca y se había hecho muchas ilusiones académicas con él, su maestro Matos Mar. Se apareció éste una de esas tardes, como solía hacerlo, en casa de Porras Barrenechea, a cambiar ideas y tomar té con biscotelas, y, cariacontecido, le anunció:

—Se armó usted, Doctor Porras. La beca de Burdeos la puede usar este año el Departamento de Historia. Nuestro candidato la ha rechazado. ¿Qué le parece?

—Que yo sepa, es la primera vez en la historia de San Marcos que alguien rechaza una beca a Francia —dijo Porras—. ¿Qué le picó a ese muchacho?

Yo, que estaba fichando los mitos sobre El Dorado y las Siete Ciudades de Cibola en los cronistas del descubrimiento y conquista, en la misma habitación donde conversaban, metí la cuchara para decir que la razón del rechazo era Don Salomón, al que Saúl no quería dejar solo.

—Ésa es la razón que Zuratas da, sí, y ojalá que sea cierta —asintió Matos Mar, haciendo un gesto escéptico—. Pero me temo que haya algo más de fondo. A Saúl le han entrado dudas sobre la investigación y el trabajo de campo. Dudas éticas.

Porras Barrenechea adelantó el mentón y puso los

ojitos pícaros que ponía cada vez que iba a decir una maldad.

—Bueno, si Zuratas se ha dado cuenta que la Etnología es una seudociencia inventada por los gringos para destruir las Humanidades, es más inteligente de lo que podía esperarse.

Pero Matos Mar no se sonrió.

—Le hablo en serio, Doctor Porras. Es una lástima, porque el muchacho tiene magníficas condiciones. Es inteligente, perceptivo, muy buen investigador, con mucha capacidad de trabajo. Se le ha metido, imagínese usted, que el trabajo que hacemos es inmoral.

—¿Inmoral? En fin, vaya uno a saber lo que hacen ustedes entre los buenos chunchos con el pretexto de averiguar sus costumbres —se rió Porras—. Yo, desde luego, no pondría mis manos al fuego por la virtud de los etnólogos.

—Que los estamos agrediendo, violentando su cultura —prosiguió Matos Mar, sin hacerle caso—. Que con nuestras grabadoras y estilográficas somos el gusanito que entra en la fruta y la pudre.

Contó que, hacía pocos días, había habido una discusión en el Departamento de Etnología. Saúl Zuratas desconcertó a todos proclamando que las consecuencias del trabajo de los etnólogos eran semejantes a la acción de los caucheros, madereros, reclutadores del Ejército y demás mestizos y blancos que estaban diezmando a las tribus.

—Dijo que hemos retomado el trabajo donde lo dejaron los misioneros en la Colonia —añadió—. Que nosotros, con el cuento de la ciencia, como ellos con el de la evangelización, somos la punta de lanza de los exterminadores de indios.

—¿Resucita el indigenismo fanático de los años treinta en los patios de San Marcos? —suspiró Porras—. No me extrañaría, pues viene por épocas, como los catarros.

Ya veo a Zuratas escribiendo panfletos contra Pizarro, la conquista española y los crímenes de la Inquisición. ¡No lo quiero en el Departamento de Historia! Que acepte esa beca, se nacionalice francés y haga carrera promoviendo la Leyenda Negra.

No le di mucha importancia a lo que le oí decir aquella tarde a Matos Mar, entre los polvorientos estantes llenos de libros y estatuillas de Quijotes y Sancho Panzas, de la casa miraflorina de Porras Barrenechea, en la calle Colina. Ni tampoco creo habérselo mencionado a Saúl. Pero ahora, aquí, en Firenze, mientras recuerdo y tomo apuntes, ese episodio adquiere retroactivamente una significación grande. Aquella simpatía, solidaridad, hechizo o lo que fuera, había para entonces alcanzado un clímax y cambiado de naturaleza. Si cuestionaba a los etnólogos, de quienes lo menos que se podía decir era que, con todas las miopías que tuvieran, estaban perfectamente conscientes de la necesidad de entender en sus propios términos la manera de ver el mundo de los indígenas de la selva, ¿qué defendía Mascarita? ¿Algo tan quimérico como que, reconociéndoles unos derechos inalienables sobre sus tierras, el resto del Perú declarara en cuarentena a la selva? ¿Nunca nadie más debería entrar allá a fin de evitar la contaminación de esas culturas con las miasmas degenerantes de la nuestra? ¿Había llegado a esos extremos el purismo amazónico de Saúl?

La verdad es que no nos vimos mucho los últimos meses que pasamos en la Universidad. Yo andaba también muy ocupado, escribiendo mi tesis. Él prácticamente había abandonado Derecho. Me lo encontraba, muy de cuando en cuando, las pocas veces que se aparecía por el Departamento de Literatura, contiguo entonces al de Etnología. Tomábamos un café o nos fumábamos un cigarrillo, charlando, bajo las palmeras amarillentas de la casona del Parque Universitario. Al crecer, enrumbarnos en quehaceres y proyectos distintos, nuestra amistad, bastante estrecha los primeros años, se había ido convirtiendo en una relación esporádica y superficial. Yo le preguntaba por sus andanzas, pues él estaba siempre regresando o a punto de partir a la selva y yo asociaba eso, hasta aquel comentario de Matos Mar al Doctor Porras, a su trabajo universitario, a una especialización creciente de Saúl en las culturas amazónicas. Pero es verdad que, salvo aquella última charla —la de nuestra despedida y la de su catilinaria contra el Instituto Lingüístico y los esposos Schneil—, creo que en esos últimos meses no volvimos a tener los diálogos interminables, de confidencias libérrimas, con el corazón en la mano, que celebramos muchas veces entre 1953 y 1956.

Si los hubiéramos continuado teniendo ¿me habría abierto su pecho, dejándome entrever lo que iba a hacer? Probablemente no. Ese género de decisión, la de los santos y los locos, no se publicita. Se va forjando poco a poco, en los repliegues del espíritu, al sesgo de la propia razón y al resguardo de miradas indiscretas, sin someterla a la aprobación de los otros —que jamás la concederían— hasta que se pone en práctica. Me imagino que en el curso de ese proceso —la forja del proyecto y su mutación en acto— el santo, iluminado o loco, se va aislando, amurallando en una soledad que los demás no están en condiciones de hollar. Yo, por mi parte, no sospeché siquiera que Mascarita podía estar viviendo, en esos últimos meses de nuestra vida sanmarquina —ya éramos hombres los dos— una revolución interna semejante. Que era una persona más retraída que el resto de los mortales, o, más bien, que se había vuelto más reservado al dejar atrás la adolescencia, sí lo advertí. Pero lo atribuí exclusivamente a su cara, que interponía esa tremenda fealdad entre él y el mundo, dificultando sus relaciones con las otras personas. ¿Seguía siendo ese ser jovial, simpático, buena gente, de los años anteriores? Se había vuelto más serio y lacónico, menos suelto que antes, me parece. Aunque no me fío mucho de mi memoria en esto. Tal vez siguiera siendo el mismo Mascarita risueño y parlanchín al que conocí en 1953 y mi fantasía lo cambie para que encaje mejor con el otro, el de los años futuros, ese que ya no conocí y al que —puesto que he cedido a la maldita tentación de escribir sobre él— debo inventar.

La memoria no me traiciona, sin embargo, estoy seguro, en lo que concierne a su atuendo y a su físico. Esos pelos colorados, con un remolino en la coronilla del cráneo, rebeldes al peine, andaban siempre flameando, removiéndose, danzando sobre esa cara bifronte, que, en el lado sano, era de tez muy pálida y pecosa. Tenía ojos y dientes parejos. Era alto, flaco, y estoy seguro de que, salvo el día de su graduación de Bachiller, nunca lo vi con corbata. Andaba siempre con unas camisas sport baratas, de tocuyo, sobre las que, en invierno, se embutía una chompa de cualquier colorín, y con unos pantalones vaqueros descoloridos y arrugados. Sobre sus zapatones jamás debió pasar una escobilla. No creo que tuviera confidentes ni que estrechara una amistad íntima con nadie. Probablemente sus otras amistades fueron parecidas a la que nos unió, cordialísimas pero bastante epidérmicas. Conocidos sí tuvo, muchos, en la Universidad y sin duda en su barrio, pero juraría que nadie llegó a saber, por boca suya, lo que le estaba ocurriendo ni lo que se proponía hacer. Si es que aquello lo planeó cuidadosamente y no sucedió, más bien, de manera gradual, insensiblemente, por obra de las circunstancias más que por elección suya. Es algo en lo que he pensado mucho en estos años y que, por supuesto, nunca llegaré a saber.

III

Después, los hombres de la tierra echaron a andar, derecho hacia el sol que caía. Antes, permanecían quietos ellos también. El sol, su ojo del cielo, estaba fijo. Desvelado, siempre abierto, mirándonos, entibiaba el mundo. Su luz, aunque fuertísima, Tasurinchi la podía resistir. No había daño, no había viento, no había lluvia. Las mujeres parían niños puros. Si Tasurinchi quería comer, hundía la mano en el río y sacaba, coleteando, un sábalo; o, disparando la flecha sin apuntar, daba unos pasos por el monte y pronto se tropezaba con una pavita, una perdiz o un trompetero flechados. Nunca faltaba qué comer. No había guerra. Los ríos desbordaban de peces y los bosques de animales. Los mashcos no existían. Los hombres de la tierra eran fuertes, sabios, serenos y unidos. Estaban quietos y sin rabia. Antes que después.

Los que se iban, volvían, metiéndose en el espíritu de los mejores. Así, nadie solía morir. «Me toca irme», decía Tasurinchi. Bajaba a la orilla del río y se hacía su cama con hojas y ramas secas y una techumbre de ungurabi. Levantaba alrededor una empalizada de cañas filudas para que el ronsoco, en su merodeo por la orilla, no se comiera su cadáver. Se acostaba, se iba y, poco después, volvía, aposentándose en el que había cazado más, peleado mejor o respetado las costumbres. Los hombres de la tierra vivían juntos. Quietos. La muerte no era la muerte. Era irse y regresar. En lugar de debilitarlos, los robustecía, sumando a los que se quedaban la sabiduría y la fuerza de los idos. «Somos y seremos, decía Tasurinchi. Parece que no vamos a morir. Los que se van, han vuelto. Están aquí. Son nosotros.»

¿Por qué, pues, si eran tan puros, echaron a andar los hombres de la tierra? Porque, un día, el sol empezó a caerse. Para que no se cayera más, para ayudarlo a levantarse. Es lo que dice Tasurinchi.

Es, al menos, lo que yo he sabido.

¿Ya había tenido el sol su guerra con Kashiri, la luna? Tal vez. Se puso a parpadear, a moverse, su luz se apagó y apenas se lo veía. La gente empezó a frotarse el cuerpo, temblando. Eso era el frío. Así comenzó después, parece. Entonces, en la semioscuridad, desacostumbrados, asustados, los hombres caían en sus mismas trampas, comían carne de venado creyéndola de tapir y no reconocían el camino de regreso del yucal a su casa. ¿Dónde estoy?, se desesperaban, ambulando a ciegas, tropezando, ¿dónde estarán mis parientes? ¿Qué está pasando en el mundo? Había empezado a soplar el viento. Aullando, manoteando, se llevaba las crestas de las palmeras y arrancaba de cuajo las lupunas. La lluvia caía con estrépito, provocando inundaciones. Se veían manadas de huanganas, ahogadas, flotando patas arriba en la corriente. Los ríos cambiaban de curso, las palizadas reventaban las balsas, las cochas se volvían ríos. Las almas perdieron la serenidad. Eso ya no era irse. Era morir. Hay que hacer algo, decían. Y, mirando a derecha y a izquierda, ¿qué cosa?, ¿qué haremos?, decían. «Echarse a andar», ordenó Tasurinchi. Estaban en plena tiniebla, rodeados de daño. La yuca había empezado a faltar, el agua hedía. Los que se iban ya no volvían, ahuyentados por las calamidades, perdidos entre el mundo de las nubes y el nuestro. Bajo el suelo que pisaban oían correr, espeso, al Kamabiría, río de los muertos. Como acercándose, como llamándolos. ¿Echarse a andar? «Sí, dijo el seripigari, atorándose de tabaco en la mareada. Andar, andar. Y, recuérdense, el día que dejen de andar, se irán del todo. Trayéndose abajo al sol.»

Así empezó. El movimiento, la marcha. Avanzar con o sin lluvia, por tierra o por agua, subiendo el monte o bajando la quebrada. En los bosques, tan espesos, era noche siendo día y los llanos parecían lagunas porque no tenían un solo matorral, como cabeza de hombre que el diablito kamagarini dejó sin pelo. «El sol no se ha caído todavía, los animaba Tasurinchi. Se tropieza y se levanta. Cuidado, se está durmiendo. Despertémoslo, ayudémoslo.» Hemos sufrido daños y muertes, pero seguimos andando. ¿Bastarían todas las chispas del cielo para contar las lunas que han pasado? No. Estamos vivos. Nos movemos.

Para vivir andando, ellos, antes, debieron volverse ligeros y despojarse de lo que tenían. Ellos. Viviendas, animales, sembríos, la abundancia que los rodeaba. La playita donde iban a voltear a las charapas de carne salobre; el monte hirviendo de pájaros cantores. Se quedaron con lo indispensable y echaron a andar. ¿Fue castigo la marcha por el bosque? Más bien celebración, como ir de pesca o de cacería en la estación seca. Conservaron sus flechas y arcos, sus cuernos con el veneno, sus canutos de tintura de achiote, sus cuchillos, sus tambores, las cushmas que llevaban puestas, las chuspas y las tiras de tela para cargar a los niños. Los recién nacidos nacían andando, los ancianos morían andando. Cuando asomaba la luz ya estaba moviéndose la enramada con el paso de sus cuerpos, ya estaban ellos, de uno en fondo, andando, andando, los hombres con las armas preparadas, las mujeres cargando las bateas y las canastas, los ojos de todos puestos en el sol. No hemos perdido el rumbo todavía. La terquedad nos habrá mantenido puros, pues. El sol no se ha caído, no se termina de caer.

Se va y vuelve, como las almas con suerte. Calienta el mundo. La gente de la tierra no se ha caído, tampoco. Aquí estamos. Yo en el medio, ustedes rodeándome. Yo hablando, ustedes escuchando. Vivimos, andamos. Eso es la felicidad, parece.

Pero ellos, antes, debieron sacrificarse por el mundo de aquí. Soportar catástrofes, padecimientos y daños que a cualquier otro pueblo lo hubieran aniquilado.

Esa vez, los hombres que andan hicieron un alto para descansar. En la noche rugió el tigre y el señor del trueno roncó con ronca voz. Había malas señales. Las mariposas se metían a las viviendas y las mujeres debían apartarlas de las bateas de comida sacudiendo las esteras. Oyeron chillar la lechuza y la chícua. ¿Qué irá a pasar?, decían, asustados. En la noche, el río creció tanto que al amanecer se encontraron rodeados de aguas revueltas, armadas de palos, arbustos, malezas y cadáveres que se deshacían estallando contra las orillas. De prisa cortaron maderas, improvisando balsas y canoas antes de que la inundación se tragara el islote en que se había convertido la tierra. Tuvieron que lanzarse a las aguas fangosas y ponerse a remar. Remaban, remaban, y, mientras unos empujaban las pértigas, los otros iban gritando, señalando, a la derecha, las embestidas de las palizadas, a la izquierda, la boca de los remolinos, y, acá, acá, el coletazo de la yacumama que espera, mañosa, quietecita, bajo el agua, el momento de tumbar la canoa para tragarse a los remeros. Adentro del bosque, el amo de los demonios, Kientibakori, loco de alegría, bebía masato, bailando, entre la muchedumbre de kamagarinis. Muchos se fueron ahogados en las crecientes, cuando algún tronco hundido, invisible, rajaba la balsa y se robaba a las familias.

Ésos, no volvían. Sus cuerpos, hinchados, mordisqueados por las pirañas, aparecían a veces en una playa, o colgando en jirones de las raíces de un árbol de la ribera. No hay que engañarse con las apariencias. Los que se van así, se van. ¿Lo sabían entonces los seripigaris? Quién sabe si ya habría llegado la sabiduría. Una vez que los pájaros y las alimañas se comen su cáscara, el alma no encuentra el camino de regreso, parece. Se queda perdida en algún mundo, se vuelve diablillo kamagarini y baja a los de más abajo o se vuelve diosecillo saankarite y sube a los mundos de arriba. Por eso, ellos, antes, desconfiaban del río, de la cocha, incluso del caño de poco fondo. Les tenían enemistad. Por eso, sólo surcaban los ríos cuando todos los caminos quedaban cerrados. Sería que no querían morir, tal vez. Las aguas son traicioneras, dicen. Irse en las aguas será morir.

Eso es, al menos, lo que yo he sabido.

El fondo del río, en el Gran Pongo, está repleto de nuestros cadáveres. Serán muchísimos, tal vez. Ahí los soplaron y ahí regresarían a morir. Ahí estarán, abajo, oyendo el llanto del agua que cabecea contra las piedras y se deshace en las rocas filudas. Por eso no habrá charapas después del Pongo, en las tierras montuosas. Son buenas nadadoras y, sin embargo, ninguna habrá podido ir de surcada en esas aguas. Las que trataron, se ahogarían. Ahora estarán también ellas en el fondo, oyendo estremecerse el mundo de arriba. Allí empezamos y allí acabaremos los machiguengas, parece. En el Gran Pongo.

Otros se fueron peleando. Hay muchas maneras de pelear. Esa vez, los hombres que andan habían hecho un alto para tomar fuerzas. Estaban tan cansados que apenas podían hablar. Se habían quedado en un pedazo de monte que parecía seguro. Lo habían limpiado y habían construido sus casas, tejido sus techos. Era alto y creían que las aguas mandadas por Kientibakori para ahogarlos no llegarían hasta allí o que, si venían, las verían a tiempo y podrían escapar. Después de rozar y quemar el monte, plantaron la yuca y sembraron el maíz, el plátano. Había algodón silvestre para tejer las cushmas y plantas de tabaco cuyo olor mantenía apartadas a las culebras. Los huacamayos venían a arrullarse en los hombros de la gente. Las crías del tigrillo mamaban de las tetas de las mujeres. Las madres se iban a lo profundo del bosque y parían, se bañaban y volvían con niños que movían manos y pies, lloriqueando, contentos con el calorcito del sol. No había mashcos. Kashiri, la luna, no provocaba daños todavía; ya había estado en la tierra, enseñando a cultivar la yuca a la gente. Había dejado su mala semilla, tal vez. No lo sabían. Todo parecía bien.

Entonces, una noche un vampiro mordió a Tasurinchi mientras dormía. Le hincó sus dos colmillos en la cara y aunque él lo golpeaba con los puños, no se le quiso desprender. Tuvo que despedazarlo, enmelándose con sus huesos blandos, pegajosos como caca. «Es un aviso», dijo Tasurinchi. ¿Qué decía el aviso? Nadie lo entendió. Se había perdido o no había comenzado la sabiduría. No se fueron. Allí siguieron, miedosos, esperando. Antes de que crecieran los yucales y los maizales, antes de que dieran los plátanos, llegaron los mashcos. No los sintieron venir, no oyeron la música de sus tambores de pieles de mono. De pronto, les llovieron flechas, dardos, piedras. De pronto, grandes llamaradas incendiaron sus casas. Antes de que supieran defenderse, los enemigos ya habían cortado muchas cabezas, ya se habían robado a bastantes mujeres. Y se habían llevado todas las canastas de sal que ellos fueron a llenar al Cerro. Los que se iban así ¿volvían o morían? Quién sabe. Morirían, quizá. Su espíritu se iría a dar más furia y más fuerza a sus robadores, tal vez. O ahí estarán todavía dando vueltas por el bosque, desamparados.

Quién sabe cuántos no habrán vuelto. Los flechados, los apedreados, los caídos en tembladera por el veneno de los dardos y por las malas mareadas. Cada vez que atacaban los mashcos y veía ralear a la gente, Tasurinchi señalaba el cielo: «El sol se cae, diciendo. Algo malo hemos hecho. Nos habremos corrompido, quedándonos tanto tiempo en un mismo lugar. Hay que respetar la costumbre. Hay que volver a ser puros. Sigamos andando.» Y la sabiduría volvía, felizmente, cuando ellos iban a desaparecer. Entonces, se olvidaban de sus sembríos, de sus casas, de todo lo que no se pudiera guardar en las chuspas. Se ponían los collares, las coronas, quemaban lo demás y, tocando los tambores, cantando, bailando, echaban a andar. Otra vez, otra vez. Entonces, el sol se detenía en su caída por entre los mundos del cielo. Pronto sentían que se despertaba, que se enfurecía. «Ya está calentando de nuevo la tierra», decían. «Estamos vivos», decían. Y ellos seguían andando.

Así llegaron al Cerro aquella vez, los hombres que andan. Ahí estaba. Altísimo, puro, subiendo, subiendo hacia el Menkoripatsa, el mundo blanco de las nubes. Cinco ríos corrían bailoteando entre las piedras saladas. Rodeaban el Cerro unos bosquecillos de paja amarilla, con palomitas y perdices, con ratoncitos juguetones y hormigas de gusto de miel. Las rocas eran de sal, el suelo era de sal, el fondo de los ríos era también de sal. Los hombres de la tierra llenaban las canastas, las chuspas, las redes, tranquilos, sabiendo que la sal nunca se acabaría. Estaban contentos, parece. Partían, volvían y la sal se había multiplicado. Siempre había sal para el que subiera a buscarla. Subían muchos. Ashaninkas, amueshas, piros, yaminahuas. Los mashcos subían. Todos conocían el Cerro. Nosotros llegábamos y los enemigos estaban ahí. No nos peleábamos. No había guerras ni cacerías, sino respeto, dicen. Eso es, al menos, lo que yo he sabido. Será cierto, tal vez. Igual que en las collpas, igual que en los bebederos. ¿Acaso en esos lugares escondidos del monte, donde la tierra es salada y la van a lamer, los animales se pelean? ¿Quién ha visto que en una collpa el sajino embista al majaz o el ronsoco muerda al shimbillo? Nada se hacen. Ahí se encuentran y ahí se quedan, cada uno en su lugar, lamiendo tranquilamente del suelo su sal o su agua, hasta que se hartan. ¿No es acaso tan bueno descubrir una collpa o un bebedero? Qué fácil se caza a los animales, entonces. Allí están, descuidados, confiados, lamiendo. No sienten la piedra, no huyen cuando silba la flecha. Caen fácil. El Cerro era su collpa de los hombres, era su gran bebedero. Tenía su magia, quizás. Los ashaninka dicen que es sagrado, que, adentro de la piedra, conversan los espíritus. Tal vez sea, tal vez conversarán. Ellos llegaban con las canastas y las chuspas y nadie los cazaba. Se miraban nomás. Había sal y respeto para todos.

Después, ya no se podía subir más al Cerro. Después, ellos se quedaron sin sal. Después, al que subía lo cazaban. Amarrado, se lo llevaban a los campamentos. Eso era la sangría de árboles. ¡Fuerza, carajo! Después, la tierra se llenó de viracochas buscando y cazando hombres. Se los llevaban y ellos sangraban el árbol y cargaban el jebe. ¡Fuerza, carajo! Los campamentos fue peor que la oscuridad y las lluvias, parece, peor que cuando el daño y los mashcos. Tuvimos muchísima suerte. ¿No estamos andando? Eran astutos los viracochas, dicen. Sabían que la gente subiría con sus canastas y redes a recoger la sal del Cerro. Los esperaban con trampas y escopetazos. Se llevaban al que cayera. Ashaninka, piro, amahuaca, yaminahua, mashco. No tenían preferencias. El que cayera, si no le faltaban manos para sangrar el árbol, dedos para abrirle heridas, colocarle su lata y recoger su leche, hombros para cargar y piernas para correr con las bolas de jebe al campamento. Algunos se escapaban, quizás. Muy pocos, dicen. No era fácil. Más que correr, había que volar. ¡Muere, carajo! Al que huía, lo tumbaba el escopetazo. ¡Machiguenga muerto, carajo! «Es inútil huir de los campamentos, decía Tasurinchi. Los viracochas tienen su magia. Algo nos está pasando.

Algo habremos hecho. A ellos los espíritus los amparan y a nosotros nos abandonan. Somos culpables de algo. Mejor clavarse una espina de chambira o tomarse el jugo del cumo. Yéndose así, con espina o veneno, por propia voluntad, hay esperanza de volver. El que se va de escopetazo no vuelve, se queda flotando en el río Kamabiría, muerto entre los muertos, para siempre.» Parecía que los hombres iban a desaparecer. Pero ¿no somos afortunados? Aquí estamos. Todavía andando. Siempre felices. Desde entonces ya no volvieron más a recoger la sal del Cerro. Ahí estará siempre, altísimo, su alma limpia, mirándole al sol a su cara.

Eso es, al menos, lo que yo he sabido.

Tasurinchi, el que vive en el codo del arroyo, el que antes vivía en la laguna donde, al desaguarse, en la estación seca, quedan tantas charapas medio muertas, está andando. Fui y lo vi. Soplé el cuerno desde lejos, para anunciarle que venía a visitarlo, y, ya más cerca, se lo hice saber a gritos: «¡He venido! ¡He venido!» Mi lorito repitió: «¡He venido! ¡He venido!» No salió a recibirme y pensé que a lo mejor se había ido a vivir a otra parte y que mi caminata hasta allí era inútil. No. Ahí seguía su casa, junto al codo del arroyo. Me planté de espaldas ante ella, a esperar que me recibiera. Tuve que esperar mucho. Él estaba abajo, en el río, excavando un tronco para hacerse una canoa.

Mientras lo esperaba, estuve observando a su mujer. Ahí, cerquita, sentada junto al telar, teñía unas hebras de algodón con las raíces machucadas del palillo. No se levantó ni me miró. Siguió trabajando como si yo no hubiera llegado o fuera invisible. Tenía puestos más collares que la última vez. «¿Llevas tantos collares para que no se te acerquen los diablillos kamagarini o para que no pueda hacerte un hechizo el brujo machikanari?», le pregunté. Pero ella no me contestó y siguió tiñendo las hebras como si tampoco me oyera. Llevaba también muchos adornos en los brazos, en los tobillos y en los hombros y el pecho de su cushma. La corona de su cabeza era un arcoiris de plumas de huacamayo, de tucán, de loro, de paujil y de pavita kanari.

Por fin llegó Tasurinchi. «He venido», le dije. «¿Estás ahí?» «Aquí estoy», me respondió, contento de verme, y mi loro repitió: «estoy, estoy». Entonces, su mujer se puso de pie y desenrolló dos esteras para que nos sentáramos. Trajo una olla de yucas recién asadas, que vació en unas hojas de plátano, y una vasija de masato. También ella parecía contenta de verme. Estuvimos hablando hasta la luna siguiente, sin parar.

La mujer anda preñada y esta vez el hijo nacerá en el tiempo debido y no se irá. Se lo dijo un diosecillo al seripigari en la mareada. Y le hizo saber que si esta vez el hijo se muere antes de nacer, igual que las otras veces, será culpa de la mujer y no de un kamagarini. En esa mareada el seripigari averiguó muchas cosas. Las otras veces, los hijos nacieron muertos porque ella había tomado bebedizos para que se le murieran adentro y botarlos antes de tiempo. «¿Es verdad eso?», le pregunté a su mujer. Y ella me respondió: «No me acuerdo. Tal vez sea. Quién sabe.» «Sí, es verdad», me aseguró Tasurinchi. La ha prevenido que si esta vez nace el hijo muerto, la matará. «Si nace muerto, me clavará un virote envenenado y me pondrá junto al arroyo, para que me coman los ronsocos», me confirmó la mujer. Se reía, no estaba asustada, más bien parecía burlándose de nosotros.

Le pregunté a Tasurinchi por qué quería tanto que su mujer pariera. El hijo no le preocupa, es ella su inquietud. «¿No es raro que todos los hijos le nazcan muertos?», dice. Le preguntó de nuevo, en mi delante: «¿Los echaste muertos porque tomaste bebedizo?» Ella le repitió lo que me había dicho: «No me acuerdo.» «A veces pienso que no es una mujer sino una diabla, una sopai», me confesó Tasurinchi. No sólo lo de los hijos lo hace maliciar que tiene un alma distinta. También esas pulseras, collares, coronas y adornos que se pone. Y, es verdad, nunca he visto a nadie que lleve tantas cosas en el cuerpo y en la cushma. Quién sabe cómo puede andar con todo ese peso encima. «Mira lo que tiene ahora», me dijo Tasurinchi. Hizo que la mujer se acercara y fue señalando: sonajas de semillas, sartas de collares de huesos de perdiz, dientes de ronsoco, canillas de monito, colmillos de majaz, envolturas de gusano y muchas otras cosas que no me acuerdo. «Dice que esos collares la protegen contra el brujo malo, el machikanari, me contó Tasurinchi. Pero a ratos, viéndola, parece que ella fuera más bien un machikanari y estuviera preparando hechizo contra alguien.» Ella, riéndose, dijo que no creía ser bruja ni diabla sino una mujer nomás, como las otras.

A Tasurinchi no le importaría quedarse solo, si matara a su mujer. «Es preferible, antes que seguir viviendo con alguien que puede robarse todos los pedazos de mi alma», me explicó. Pero pensaba que no sucedería, ya que, según averiguó el seripigari en la mareada, esta vez el hijo nacerá andando. «Tal vez sea así», le oí decir a su mujer, riéndose a carcajadas, sin levantar la mirada de las hebras de algodón. Están bien los dos. Andando. Tasurinchi me dio esta redecilla de fibras. «Para que pesques algo», me dijo. Me dio, también, yucas y maíz. «¿No tienes miedo de viajar solo?», me preguntó. «Los machiguengas siempre cruzamos el bosque acompañados, por lo que pudiéramos encontrar en el camino.» «Yo también viajo acompañado», le respondí. «¿No estás viendo acaso a mi lorito?»«Lorito, lorito», repitió el lorito.

Le conté todo esto a Tasurinchi, el que vivía antes en el río Mitaya y vive ahora monte adentro del río Yavero. Pensativo, reflexionando, me comentó: «No lo comprendo. ¿Teme que su mujer sea una sopai porque bota niños muertos? Éstas serían diablas también, entonces, porque no sólo paren muertos sino, a veces, sapos y lagartijas. ¿Quién ha enseñado que una mujer es bruja mala cuando lleva muchos collares? Desconozco esa sabiduría. El machikanari es brujo malo porque sirve al soplador de los demonios, Kientibakori, y porque los kamagarinis, sus diablillos, lo ayudan a preparar hechizos, así como al seripigari, brujo bueno, los diosecillos que sopló Tasurinchi lo ayudan a curar daños, deshacer hechizos y descubrir la verdad. Pero tanto el machikanari como el seripigari se ponen collares, que yo sepa.»

Las mujeres se echaron a reír, oyéndole. No debe ser cierto que boten niños muertos porque había un hormiguero de chiquillos, ahí, en la casa del Yavero. «Son muchas bocas», se quejaba Tasurinchi. Antes, en el río Mitaya, siempre caían peces en la red, aunque la tierra no fuera buena para la yuca. Pero donde se ha ido a meter ahora, remontando bien arriba uno de los caños que desaguan en el Yavero, no hay peces. Es un sitio oscuro, lleno de sapos y armadillos. Una tierra húmeda que pudre a las plantas.

Siempre he sabido que la carne del armadillo no se debe comer, pues el armadillo tiene madre impura, trae daño y el cuerpo del que la come se cubre de manchas. Pero, ahí, ellos la comían. Las mujeres despellejaron un armadillo y luego asaron su carne, cortada en trocitos. Tasurinchi me metió un bocado en la boca con sus dedos. Me costó tragarlo, por la aprensión que sentía. No parece que me haya pasado nada. Si no, no estaría aquí andando, tal vez.

«¿Por qué te has venido tan lejos, Tasurinchi?, le pregunté. Me ha costado encontrarte. Además, por esta región, ahí cerquita, viven los mashcos.» «¿Estuviste por mi casa del Mitaya y no te diste de cara con los viracochas?», se asombró. «Están por todas partes, allá. Sobre todo, en la banda opuesta al lugar donde yo vivía.»

Los forasteros empezaron a pasar por el río, subiendo y bajando, bajando y subiendo, hace muchas lunas.

Había punarunas, venidos de la sierra, y muchos viracochas. No estaban de paso. Se han quedado. Han hecho casas, tumbado árboles. Cazan animales a escopetazos que retumban en el bosque. Venían con ellos, también, algunos hombres que andan. De esos que viven arriba, al otro lado del Gran Pongo, esos que dejaron ya de ser hombres y son también algo viracochas por la manera como se visten y hablan. Venían a ayudarlos, allá, en el Mitaya. Llegaron a visitar a Tasurinchi. Querían convencerlo de que se fuera a trabajar con ellos rozando el monte y cargando piedras para un camino que están abriendo, pegado al río. «No te harán nada», lo animaban, diciéndole. «Trae también a las mujeres, para que te preparen la comida. Míranos a nosotros: ¿nos han hecho algo, acaso? Ya no es como la sangría de árboles.» Entonces, sí, esos viracochas eran diablos, querían desangrarnos como a los árboles, querían robarse nuestras almas. Ahora es distinto. Con éstos, trabajas el tiempo que quieras. Te dan comida, te dan cuchillo, te dan machete, te dan arpón para pescar. Si te quedas, puedes tener una escopeta.»

Los que habían sido hombres parecían contentos, tal vez. «Somos gentes afortunadas», diciendo. «Míranos, tócanos. ¿No quieres serlo tú también? Aprende, pues. Haz como nosotros, pues.» Tasurinchi se dejó convencer. «Bueno», les dijo, «iré a ver». Y, cruzando el río Mitaya, los acompañó al campamento de los viracochas. Ahí mismo, llegando, descubrió que había caído en una trampa. Estaba rodeado de diablos. ¿Cómo te diste cuenta, Tasurinchi? Porque el viracocha que le estaba explicando, de una manera difícil de entender, lo que quería que hiciera, de pronto, sin más, le mostró la suciedad de su alma. ¿Y cómo, Tasurinchi? ¿Qué pasó, pues? Le estaba preguntando: «¿Eres buen machetero?»... y se calló de golpe, la cara desfigurada, fruncida. Abrió mucho la boca y ¡achiss!, ¡achiss!, ¡achiss! Tres veces seguidas, parece. Los ojos se le mojaron, rojos como candelas. Tasurinchi nunca había tenido tanto miedo, antes. «Estoy viendo a un kamagarini», pensó. «Ésa es su cara, ése su ruido. Hoy mismo he de morir.» Pensando «es diablo, diablo» sintió que la piel se le llenaba de gotitas, como si saliera del agua. El frío le hizo crujir los huesos y se vio por dentro, igual que en la mareada. Tuvo que hacer el mayor esfuerzo de su vida, dice, para moverse. Las piernas no le respondían de tanto temblar. Pudo, al fin. El viracocha estaba hablando de nuevo, sin saber que se había delatado. Un chorrito de moco verde le corría de los huecos de su nariz. Hablaba como si no hubiera pasado nada, hablaba como hablo yo ahora. Se asombró, seguro, al ver que Tasurinchi salía corriendo y lo dejaba con la palabra en la boca. Los que habían sido hombres y estaban por allí, trataron de atajarlo. «No te asustes, no te pasará nada», lo engañaban. «Es estornudo, nomás. A ellos no los mata. Tienen su medicina.» Tasurinchi se subió a su canoa, disimulando: «Sí, bueno, he de volver, ya regresaré, espérenme.» Todavía le chocaban sus dientes, parece. «Son diablos», pensaba. «Hoy he de morir, tal vez.»

Apenas estuvo en la otra orilla, reunió a las mujeres y a los hijos. «Ha llegado el daño, estamos rodeados de kamagarinis», les anunció. «Tenemos que irnos lejos. Vámonos, quizá no sea tarde, quizá podamos andar todavía.» Así lo hicieron y ahora viven en ese caño, monte adentro del río Yavero. Los viracochas no llegarán hasta allí, según él. Tampoco los mashcos, ni siquiera ellos se acostumbrarían en un sitio así. «Sólo los hombres que andan podemos vivir en lugares como éste», decía, orgulloso. Estaba contento de verme. «Temí que nunca vendrías a visitarme hasta aquí», decía. Las mujeres, mientras se escarbaban los pelos la una a la otra, repetían: «Suerte que escapáramos, qué sería de nuestras almas si no.» Parecían contentas de verme, también. Comimos, bebimos y conversamos muchas lunas. No querían que me fuera. «Cómo te vas a ir, pues», decía Tasurinchi, «todavía no has terminado de hablar. Habla, habla, te queda mucho por decirme». Por él, me tendría aún en el Yavero, hablando.

No ha terminado de hacerse su casa todavía. Pero ya limpió el terreno y cortó los palos y las hojas y preparó los manojos de paja para el techo. Tuvo que ir a traerlas de abajo, porque donde está no hay palmeras ni paja. Un muchacho que quiere casarse con una de sus hijas está viviendo allí, cerca, y ayuda a Tasurinchi a buscar una tierra en la parte más alta, para sembrar la yuca. Abundan los escorpiones y los están haciendo irse, fumándoles los huecos de sus escondrijos. También hay muchos murciélagos, por la noche; ya mordieron a uno de los chiquillos que, en el sueño, se alejó de la fogata. Dice que los murciélagos de allí salen a buscar comida hasta con lluvia, algo que no se ha visto en otra parte. Es una tierra donde los animales tienen diferentes costumbres, ésa del Yavero. «Todavía estoy conociéndolas», me dijo Tasurinchi. «La vida se vuelve difícil cuando uno cambia de sitio», le comenté. «Así es», me repuso. «Menos mal que sabemos andar. Menos mal que hemos estado andando tanto tiempo. Menos mal que siempre estuvimos cambiándonos de sitio. ¡Qué sería de nosotros si fuéramos de esos que no se mueven! Habríamos desaparecido quién sabe adónde. Así ocurrió a muchos, durante la sangría de árboles. No hay palabras para decir qué afortunados somos.»

«Cuando vuelvas a visitar a Tasurinchi recuérdale que es diablo el que hace ¡achiss! y no la mujer que pare niños muertos o se pone muchos collares de chaquira», se burló Tasurinchi, haciendo reír a las mujeres. Y me contó esta historia que ahora les voy a contar. Ocurrió hace muchas lunas, cuando los primeros Padres Blancos comenzaron a aparecer por este lado del Gran Pongo.

Ellos ya estaban viviendo del otro, allá arriba. Tenían sus casas en Koribeni y Chirumbia pero no habían venido por acá, río abajo. El primero que cruzó el Gran Pongo se fue al río Timpía sabiendo que allá había gente que anda. Había aprendido a hablar. Hablaba, parece. Se entendía lo que quería decir. Hacía muchas preguntas. Allí se quedó. Lo ayudaron a limpiar el terreno, a levantar su casa, a abrir chacra. Se iba y volvía. Traía comida, anzuelos, machetes. Los hombres que andan se llevaban bien con él. Parecían contentos. El sol estaba en su sitio, tranquilo. Pero al regresar de uno de sus viajes, el Padre Blanco ya había cambiado de alma, aunque su cara fuera la misma. Se había vuelto kamagarini y traía daño. Pero nadie se daba cuenta, y, por eso, nadie echó a andar. Habían perdido la sabiduría, quizás. Eso es, al menos, lo que yo he sabido.

El Padre Blanco estaba tumbado en su estera y lo veían hacer muecas. ¡Achiss! ¡Achiss! Cuando se acercaban a preguntarle «¿Qué tienes? ¿Por qué tuerces así la cara? ¿Qué son esos ruidos?», respondía: «No es nada, ya va a pasar.» El daño se había metido en el alma de todos. Niños, mujeres, ancianos. Y también, dicen, los huacamayos, los paujiles, los cerditos monteses, las perdices, todos los animales que tenían. Ellos también: ¡Achiss! ¡Achiss! Se reían, al principio. Creían que era como una mareada alegre. Se golpeaban el pecho y se empujaban, jugando. Y, torciendo sus caras: ¡Achiss! Les salía el moco de sus narices, les salía la baba de sus bocas. Escupían y se reían. Pero ya no podían echarse a andar. Había pasado el tiempo. Ya sus almas, rotas en pedazos, habían comenzado a salirse de sus cuerpos por el alto de sus cabezas. Sólo les quedaba resignarse a lo que sucedería.

Sentían como si adentro del cuerpo les hubieran encendido fogatas. Ardían, llameando. Se bañaban en el río pero el agua, en vez de apagar el fuego, lo aumentaba.

Después sentían un frío terrible, como si hubieran recibido el aguacero toda la noche. Aunque el sol estaba ahí, mirando con su ojo amarillo, ellos temblaban, mareados, asustados, no viendo lo que veían, sin reconocer lo conocido. Rabiaban, adivinando que tenían el daño metido adentro, como el pique en la uña. No habían entendido el aviso, no echaron a andar al primer ¡achiss! del Padre Blanco. Murieron hasta los piojos, parece. Las hormigas, los escarabajos y las arañas que pasaban por ahí también murieron, dicen. Nunca nadie ha vuelto a vivir en ese lugar del río Timpía. Aunque ya no se sabe bien cuál es, porque el monte lo tapó todo de nuevo. No conviene pasar por ahí, mejor dar un rodeo, evitándolo. Se reconoce por un humito blanco que hiede y unos silbidos hirientes. ¿Que si las almas de los que se van así, vuelven? Quién sabe. Quizá vuelvan. O, quizá, se quedan flotando en el Kamabiría, camino de agua de los muertos.

Yo estoy bien. Andando. Ahora estoy bien. Estuve con daño hace algún tiempo y creí que había llegado la hora de armar mi refugio de ramas junto al río. Iba camino de la casa de Tasurinchi, el ciego, el que vive por el rumbo del Cashiriari. De repente, se me fue saliendo todo, mientras andaba. Sólo me di cuenta cuando me vi las piernas manchadas. ¿Qué daño es éste? ¿Qué se ha metido dentro de mi cuerpo? Seguí andando, pero todavía faltaba mucho para llegar al Cashiriari. Cuando me senté a descansar, me vino la tembladera. Estuve viendo qué podía hacer, ojeando los alrededores. Por fin, encontré un árbol de floripondio y le arranqué todas las hojas que pude. Hice cocimiento y me salpiqué el cuerpo. Entibié otra vez el agua de la vasija y le metí, calentada al rojo, la piedra que me había dado el seripigari. Respiré su vaho hasta que me vino el sueño. Estuve así muchas lunas, quién sabe cuántas, tumbado sobre la estera, sin fuerzas para andar, sin fuerzas ni siquiera para sentarme. Se me paseaban las hormigas por el cuerpo y yo no las botaba; cuando alguna se acercaba mucho a mi boca me la tragaba y ésa fue toda mi comida. Entre sueños, oía al lorito, llamándome: «¡Tasurinchi! ¡Tasurinchi!» Medio dormido medio despierto y siempre muerto de frío. Sentía una gran tristeza, quizás.

En eso, se aparecieron unos hombres. Les vi las caras encima de mí, agachándose para mirarme. Uno me movió con su pie y yo no podía hablarle. No eran hombres que andan. No eran mashcos tampoco, felizmente. Ashaninka, más bien, creo, porque pude entender algo de lo que decían. Estuvieron observándome, haciéndome preguntas que yo no tenía fuerzas para contestar, aunque las oía, lejos. Me pareció que discutían sobre si yo sería un kamagarini. También, qué se debe hacer cuando uno se encuentra a un diablillo en el bosque. Discutían. Uno dijo que les traería daño el haber visto alguien como yo en su camino y que lo prudente era matarme. No se ponían de acuerdo. Conversaron y reflexionaron mucho rato. Al fin, decidieron tratarme bien, para mi suerte. Me dejaron unas yucas y como vieron que no tenía fuerzas para cogerlas, uno de ellos me metió un trozo a la boca. No era veneno. Era yuca. Envolvieron las otras en una hoja de plátano y me la pusieron en esta mano. A lo mejor soñé todo eso. No lo sé. Pero, después, cuando me sentí mejor y me volvieron las fuerzas, ahí estaban las yucas. Me las comí y también comió el lorito. Pude reanudar el viaje. Iba despacio, parándome cada ratito a descansar.

Cuando llegué donde Tasurinchi, el ciego, el del río Cashiriari, le conté lo que me había pasado. Me echó humo y me preparó cocimiento de tabaco. «Lo que te pasó fue que tu alma se dividió en muchas», me explicó. «El daño entró en tu cuerpo, porque algún machikanari te lo mandó o porque, de puro desprevenido, te cruzaste en su camino. Tu cuerpo es la cushma del alma, nomás.

Su envoltura, como la del gusano. Ya adentro el daño, el alma trató de defenderse. Dejó de ser una y se convirtió en muchas, para confundir al daño. Éste se robó las que pudo. Una, dos, varias. No se llevaría muchas porque te habrías ido del todo. Estuvo bien que te dieran un baño con agua de tohé y que aspiraras su vaho. Pero debiste hacer algo más astuto. Frotarte con tintura de achiote el alto de tu cabeza, hasta que quedara bien rojo. Entonces, el daño no hubiera podido salir de tu cuerpo con su cargamento de almas. Por ahí es por donde sale, ésa es su puerta. El achiote le cierra el camino. Al sentirse prisionero, adentro, pierde su fuerza y se muere. En el cuerpo es igual que en las casas. ¿Los diablos que entran a las casas no se roban las almas escapándose por la parte más alta, por su coronilla del techo? ¿Para qué tejemos con tanto cuidado esa madera, en su alto del techo? Para que el diablo no pueda escaparse, llevándose las almas de los que duermen. Igual con el cuerpo, pues. Te sentiste débil por las almas que perdiste. Pero ellas ya han vuelto a ti de nuevo y por eso estás aquí. Se le escaparían a Kientibakori, aprovechando un descuido de sus kamagarinis. Regresarían a buscarte, ¿no eres su casa de ellas?, y te encontrarían allí, en el mismo sitio, boqueando, moribundo. Entraron a tu cuerpo y renaciste. Ahora, adentro de ti, ya todas las almas se juntaron. Ahora son de nuevo una sola.»

Eso es, al menos, lo que yo he sabido.

Tasurinchi, el ciego, el que vive por el Cashiriari, está bien. Aunque no ve casi nada la mayor parte del tiempo, puede limpiar su chacra. Anda. Dice que en la mareada ahora ve más cosas que antes de quedarse ciego. Será una suerte lo que le ha pasado, tal vez. Eso cree. Está domesticando las cosas de manera que su ceguera les cause el menor daño a él y a los suyos. Su hijo menor, el que gateaba la última vez que fui a verlo, se ha ido. Le picó una víbora en la pierna. Cuando se dieron cuenta,

Tasurinchi preparó cocimiento e hizo lo que pudo para salvarlo, pero ya había pasado mucho tiempo. Fue cambiando de color, se volvió negro como el huito y se fue.

Pero sus padres tuvieron la alegría de verlo una vez más.

Ocurrió así.

Fueron donde el seripigari y le dijeron que estaban muy apenados con la partida del niño. Le rogaron: «Averigua qué ha sido de él, en cuál de los mundos está, diciéndole. Y pídele que vuelva a visitarnos siquiera una vez.» El seripigari así lo hizo. Su alma, en la mareada, guiada por un saankarite, viajó hasta el río de los espíritus puros, el Meshiareni. Allí encontró al niño. Los saankarite lo habían bañado, había crecido, tenía una casa y pronto tendría también una esposa. Contándole lo tristes que se habían quedado sus padres, el seripigari lo convenció de que volviera a esta tierra a hacerles una última visita. Lo prometió y lo cumplió.

Tasurinchi, el ciego, dice que en la casa del Cashiriari se presentó de pronto un joven, vestido con una cushma nueva. Todos lo reconocieron, a pesar de que ya no era niño sino un joven. Tasurinchi, el ciego, supo que era él por el perfume que despedía. Se sentó entre ellos y probó un bocado de yuca y unas gotas de masato. Les estuvo contando su viaje, desde que su alma se escapó de su cuerpo por el alto de la cabeza. Estaba oscuro pero él pudo reconocer la entrada de la cueva por donde se baja al río de las almas muertas. Se echó al Kamabiría y flotó en las aguas espesas, sin hundirse. No necesitaba mover los pies ni las manos. La corriente, plateada como telaraña, lo llevaba, despacio. A su rededor, otras almas viajaban también por el Kamabiría, río ancho a cuyas orillas, tal vez, hay rocas más escarpadas que las del Gran Pongo. Por fin llegó al lugar donde las aguas se dividen, arrastrando por su despeñadero de cascadas y remolinos a los que bajan al Gamaironi, a sufrir. La misma corriente del río iba separando a unos de otros. Aliviado, el hijo de Tasurinchi, el ciego, sintió que las aguas lo apartaban del despeñadero; feliz, supo que él seguiría viajando por el Kamabiría, con los que iban a subir, por el río Meshiareni, hasta el mundo de más arriba, el mundo del sol, el Inkite. Para llegar allá, viajó mucho todavía. Tuvo que pasar por el fin de esta tierra, el Ostiake, donde desaguan todos los ríos. Es una región pantanosa, llena de monstruos; Kashiri, la luna, baja a veces a urdir allí sus fechorías.

Esperaron a que el cielo estuviera limpio de nubes y que las estrellas se reflejaran en las aguas, nítidas. Entonces, el hijo de Tasurinchi pudo ascender con sus compañeros de viaje, por el Meshiareni, que es una escalera de luceros, hasta el Inkite. Los saankarites lo recibieron con una fiesta. Comió un fruto de sabor dulce que lo hizo crecer y le mostraron la casa donde viviría. Ahora, al regresar, le tendrían preparada una esposa. Estaba contento, parece, en el mundo de más arriba. No se acordaba de la picadura de la víbora.

«¿No extrañas nada de esta tierra?», le preguntaron sus parientes. Sí, algo. La dicha que sentía cuando su madre le daba de mamar. Y entonces, me contó el ciego del Cashiriari, pidiendo permiso para hacerlo, el joven se acercó a su madre, le abrió la cushma y con mucha delicadeza le chupó los pechos, como hacía de recién nacido. ¿Le salió a ella su leche? Quién sabe. Pero él se sintió dichoso, quizá. Se despidió de ellos, contento.

Se fueron también las dos hermanas más jóvenes de la mujer de Tasurinchi. A una la pillaron unos punarunas que se aparecieron por el rumbo del Cashiriari y la tuvieron cocinándoles y usándola como mujer, muchas lunas. Era el período en que debía estar pura, con los cabellos recortados, sin comer, sin hablar con nadie y sin que su marido la tocara. Dice Tasurinchi que él no la avergonzó por lo que le había pasado. Pero ella se atormentaba con su suerte. «Ya no merezco que nadie me hable, diciendo. No sé, tampoco, si merezco vivir.» A la anochecida, se fue despacito hasta la orilla, hizo su cama con ramitas y se clavó una espina de chambira. «Estaba tan triste que yo maliciaba que haría eso», me dijo Tasurinchi, el ciego. La envolvieron en dos cushmas para que no la picoteen los buitres y, en vez de soltarla en una canoa en medio del río o enterrarla, la han colgado en lo alto de un árbol. De una manera muy sabia, pues a sus huesos los lamen los rayos del sol mañana y tarde. Tasurinchi me mostró dónde y yo me asombré. «¡Qué alto! ¿Cómo pudiste llegar hasta allí?» «No tendré vista, pero para trepar al árbol no se necesitan ojos sino piernas y brazos, y los míos están todavía fuertes», me respondió.

La otra hermana de la mujer de Tasurinchi, el ciego del Cashiriari, se cayó de una quebrada, regresando del yucal. Tasurinchi la había mandado a revisar las trampas que pone alrededor de la chacra y en las que, dice, siempre caen los agutís. Se pasaba la mañana y ella no volvía. La salieron a buscar y la encontraron al fondo de la quebrada. Se había rodado, resbalando tal vez, o por un derrumbe bajo sus pies. Pero a mí me sorprendió. No es un barranco profundo. Cualquiera podría saltar o rodar hasta el fondo, sin matarse. Ella murió antes, tal vez, y su cuerpo vacío, sin alma, rodaría quebrada abajo. Tasurinchi, el ciego del Cashiriari, dice: «Siempre pensamos que esa muchacha se iría sin explicación.» Se pasaba la vida canturreando unas canciones que nadie había oído. Tenía arrebatos raros, hablaba de sitios desconocidos, y, al parecer, los animales le contaban secretos cuando no había nadie cerca para escucharlos. Ésos son indicios de que uno se va a ir pronto, según Tasurinchi. «Ahora que se fueron esas dos, hay más comida para repartir, qué suerte tenemos», bromeaba.

Ha enseñado a sus hijos más pequeños a cazar. Los

tiene practicando todo el día, por lo que pueda ocurrirle. Les pidió que me mostraran lo que habían aprendido. Es cierto, ya manejan el arco y el cuchillo, aun los que empiezan a andar. También son diestros haciendo trampas y pescando. «Como puedes ver, no les faltará qué comer», me dijo Tasurinchi. Me gusta el ánimo que tiene. Es un hombre al que nada entristece. Estuve varios días con él, acompañándolo a poner sus anzuelos, a armar sus trampas, y lo ayudé a limpiar su chacra. Trabajaba doblado en dos, arrancando la hierba, como si sus ojos vieran. También fuimos a una cocha donde hay súngaros, pero nada pescamos. No se cansaba de escucharme. Me hacía repetir las mismas historias: «Así, cuando te vayas, volveré a contarme yo mismo lo que ahora me cuentas», diciendo.

«Qué miserable debe ser la vida de los que no tienen, como nosotros, gentes que hablen, reflexionaba. Gracias a lo que cuentas, es como si lo que ha pasado volviera a pasar muchas veces.» A una de sus hijas, que se durmió mientras yo hablaba, la despertó de un golpe: «Escucha, no desperdicies estas historias, criatura, diciéndole. Conoce las maldades de Kientibakori. Aprende los daños que nos han hecho y nos pueden hacer todavía sus kamagarinis.»

Ahora sabemos muchas cosas de Kientibakori que, ellos, antes, no sabían. Sabemos que tiene muchos intestinos, como el renacuajo inkiro. Sabemos que nos odia a los machiguengas. Ha tratado de destruirnos muchas veces. Sabemos que él sopló todo lo malo que existe, desde los mashcos hasta el daño. Las rocas filudas, las nubes oscuras, la lluvia, el barro, el arcoiris, él los sopló. Y los piojos, las pulgas, los piques, las culebras y las víboras venenosas, los ratones y los sapos. Él sopló las moscas, los mosquitos, los zancudos, los murciélagos y los vampiros, las hormigas y los gallinazos. Él sopló las plantas que hacen arder la piel y las que no se pueden comer; y las tierras rojas, que sirven para hacer vasijas pero no para plantar la yuca. Esto lo aprendí en el río Shivankoreni, por boca del seripigari. El que más sabe sobre las cosas y los seres soplados por Kientibakori, quizá.

La vez que estuvo más cerca de destruirnos fue esa vez. Ya no era el tiempo de la abundancia. Tampoco el de la sangría de árboles. Antes que éste y después que aquél, parece. Vino un kamagarini disfrazado de gente y dijo a los hombres que andan: «Quien verdaderamente necesita ayuda no es el sol. Sino Kashiri, la luna, que es el padre del sol.» Les dio sus razones, con palabras que los dejaron cavilosos. ¿El sol, tan fuerte, no hacía llorar a quienes se atrevían a mirarlo fijo, sin pestañear? Qué ayuda iba a necesitar, pues. Eso de que se caía y levantaba era maña. Kashiri, en cambio, con su luz tenue, bondadosa, estaba siempre luchando contra las tinieblas, en condiciones difíciles. Si la luna no estuviera allí, en las noches, espiando en el cielo, la oscuridad sería completa, una tiniebla espesa: el hombre caería en el precipicio, pisaría la víbora y no podría encontrar su canoa ni salir a cultivar la yuca o cazar. Viviría prisionero en un mismo sitio y los mashcos podrían cercarlo, flecharlo, cortarle la cabeza y robarle el alma. Si el sol se caía del todo sería noche, tal vez. Pero mientras hubiera luna, la noche nunca sería noche del todo, sólo oscuridad a medias, y la vida continuaría, tal vez. ¿No debían ayudar los hombres a Kashiri, más bien? ¿No era ésa su conveniencia? Si lo hacían, la luz de la luna brillaría más intensa, y la noche sería menos noche, una penumbra buena para andar.

El que les decía estas cosas parecía un hombre pero era un kamagarini. Uno de esos que Kientibakori sopló para que vayan por este mundo sembrando desgracias. Ellos, antes, no lo reconocían. A pesar de que llegó en medio de una gran tormenta, como llegan siempre los diablillos a las aldeas. Ellos, antes, no lo entendían, quizá. Si alguien aparece cuando el señor del trueno está rugiendo y caen trombas de agua no es hombre, es kamagarini. Ahora sabemos. Ellos no lo aprendían aún. Se dejaron convencer. Y, cambiando sus costumbres, empezaron a hacer de noche lo que hacían antes de día y de día lo que hacían antes de noche. Pensando que, así, Kashiri, la luna, brillaría más.

Apenas asomaba su ojo del sol en el cielo se ponían bajo techo, diciéndose unos a otros: «Es hora de descansar», «Es hora de prender las fogatas», «Es hora de sentarse a escuchar al que habla». Así lo hacían: descansaban con el sol o se reunían a oír al hablador hasta que empezaba a oscurecer. Entonces, desperezándose, decían: «Ha llegado el momento de vivir.» De noche viajaban, de noche cazaban, de noche construían sus viviendas y de noche rozaban el monte y limpiaban de hierbas y malezas los yucales. Se fueron acostumbrando al nuevo modo de vida. Tanto, que ya no resistían estar al aire libre a las horas de luz. El calor del sol les hacía arder la piel y el fuego de su ojo los cegaba. Frotándose, decían: «No vemos, qué terrible es esta luz, la odiamos.» En cambio, en la noche, sus ojos se habían acostumbrado a la oscuridad y veían en ella como ustedes y yo durante el día. Decían: «Era cierto, Kashiri, la luna, nos agradece la ayuda que le prestamos.» Empezaron a llamarse, ya no hombres de la tierra, ya no hombres que andan, ya no hombres que hablan. Sino los hombres de la tiniebla.

Todo estaba muy bien, tal vez. Parecían contentos, quizás. La vida transcurría sin ocurrencias. Se sentían serenos. Los que se iban, volvían, y, mal que mal, no les faltaba la comida. «Fuimos sabios haciendo lo que hicimos», decían. Estaban equivocados, parece. Habían perdido la sabiduría. Todos se estaban volviendo kamagarinis, pero no lo sospechaban. Hasta que empezaron a sucederles ciertas cosas. A Tasurinchi, un buen día, le amanecieron escamas y una cola donde tenía los pies. Parecía una enorme carachama. Sí, ese pez que vive en el agua y en la tierra, ese pez que nada y anda. Arrastrándose con dificultad fue a meterse a la cocha, murmurando apesadumbrado que no podía soportar la vida en la tierra, pues echaba de menos el agua. A Tasurinchi, al despertarse, unas lunas después, le habían salido alas en el sitio de los brazos. Dio un pequeño salto y vieron que se elevaba y desaparecía sobre los árboles, aleteando como picaflor. A Tasurinchi le creció una trompa y sus hijos, desconociéndolo, gritaron desaforados: «Un sajino, comámonoslo.» Cuando trató de decirles quién era, emitió un ronquido y gruñó. Tuvo que escapar, trotando. Torpe trotaba en sus cuatro patas que apenas si sabía usar, perseguido por la gente hambrienta que le tiraba flechas y piedras, «Cojámoslo, cacémoslo», diciendo.

Esta tierra se fue quedando sin hombres. Unos se volvían pájaros, otros peces, otros tortugas, otros arañas, y se iban a hacer la vida de los diablillos kamagarinis. «Qué nos está pasando, qué desgracias son éstas», se preguntaban, aturdidos, los sobrevivientes. Estaban miedosos y ciegos, no se daban cuenta. Una vez más, se había perdido la sabiduría. «Vamos a desaparecer», se lamentaban. Tristes, tal vez. Entonces, en medio de tanta confusión, los mashcos les cayeron encima e hicieron una gran matanza. Les cortaron las cabezas a muchos y se llevaron sus mujeres. Parecía que las catástrofes no terminarían nunca. Entonces, en su desesperación, a uno se le ocurrió: «Vamos a visitar a Tasurinchi.»

Era un seripigari ya viejo, que vivía solo, por el río Timpía, detrás de una cascada. Los escuchó sin decir nada. Fue con ellos hasta el lugar donde vivían. Con sus ojos legañosos contempló el desamparo y el desorden que reinaban en el mundo. Ayunó varias lunas, mudo, reconcentrado, meditando. Preparó los cocimientos para la mareada. Machacó tabaco verde en el batán, estrujó las hojas sobre un cernidor, echó agua y puso a hervir la vasija hasta que el cocimiento espesó y eructó. Machacó la raíz del ayahuasca, exprimió su jugo pardo, lo hirvió y dejó que se enfriara. Apagaron la fogata, rodearon la casa con hojas de plátano para que la oscuridad fuera completa. El seripigari los fumó uno por uno a todos y cantó, y ellos le respondieron, cantando. Luego, tomó sus cocimientos, siempre cantando. Ellos aguardaban, anhelantes. Él seguía agitando su manojo de hojas y cantando. No entendían lo que decía. Por fin, ya vuelto espíritu, vieron su sombra escalar el palo del centro de la choza y desaparecer en el techo, por el mismo lugar por donde el diablo se lleva a las almas. Al poco rato, volvió. Tenía su mismo cuerpo, pero ya no era él, sino un saankarite. Los reprendió, furioso. Les recordó lo que habían sido, lo que habían hecho, tantos sacrificios desde que comenzaron a andar. ¿Cómo habían podido dejarse engañar por las astucias de su enemigo de siempre? ¿Cómo habían podido traicionar al sol por Kashiri, la luna? Al cambiar su manera de vivir, perturbaron el orden del mundo, desorientando a las almas de los que se fueron. En la oscuridad en la que se movían, las almas no los reconocían, no sabían si estaban erradas. Por eso ocurrían las desgracias, quizás. Los espíritus de los que se iban y volvían, confundidos con los cambios, se iban de nuevo. Erraban por el bosque, huérfanos, gimiendo en el viento. A los cuerpos abandonados, sin el sustento de las almas, el kamagarini se les metía adentro para corromperlos; por eso les salían plumas, escamas, hocicos, garras, aguijones. Pero todavía estaban a tiempo. La disolución y la impureza las había traído un diablo, viviendo entre ellos vestido de hombre. Salieron en su busca, decididos a matarlo. Pero el kamagarini ya había huido al fondo del bosque. Ellos, entonces, comprendieron. Avergonzados, volvieron a hacer lo que habían hecho antes, hasta que el mundo, la vida, fueron lo que eran y debían ser. Apenados, arrepèntidos, echaron a andar. ¿No debe hacer cada cual lo que le corresponde? ¿No les tocaba a ellos andar, ayudando al sol a levantarse? Su obligación la han cumplido, tal vez. ¿Nosotros la estamos cumpliendo? ¿Andamos? ¿Vivimos?

Entre todas las clases de kamagarinis que sopló Kientibakori, el peor de los diablillos es el kasibarenini, parece. Pequeñito como niño, si asoma con su cushma color tierra por algún lugar, es porque allí hay algún enfermo. Quiere apoderarse de su alma para impulsarlo a hacer crueldades. Por eso no hay que dejar a los enfermos ni un momento solos. Basta un pequeño descuido para que el kasibarenini haga de las suyas. Tasurinchi dice que eso le pasó a él. Ese que ha vuelto, ese que está viviendo ahora por el río Camisea. Tasurinchi. Según él, un kasibarenini tuvo la culpa de lo que le ocurrió allá en Shivankoreni, donde todavía la gente rabia recordándolo. Fui a verlo, a la playita del Camisea donde ha hecho su casa. Se asustó al verme aparecer. Cogió su escopeta. «¿Vienes a matarme?», diciendo. «Cuidado, mira lo que tengo en las manos.» No estaba rabioso sino triste. «Vengo a visitarte», lo tranquilicé. «Y a hablarte, si me quieres oír. Si prefieres que me vaya, me iré.» «Cómo no voy a querer que me hables», me respondió, extendiendo dos esteras. «Ven, ven. Cómete toda mi comida, llévate todas las yucas que tengo. Todo es tuyo.» Se quejó amargamente de que no le permitan regresar a Shivankoreni. Se acerca y sus antiguos parientes le salen al encuentro con flechas y piedras, gritándole: «Diablo, maldito diablo.»

Además, han pedido a un brujo malo, un machikanari, que le haga daño. Tasurinchi lo sorprendió metiéndose a ocultas en su casa, de noche, para robarse una mecha de sus pelos, o alguna cosa suya, y poder hacerlo enfermar y morir de muerte horrible. Hubiera podido matar al machikanari, pero sólo lo hizo correr, disparando un escopetazo al aire. Eso prueba, según él, que su alma está de nuevo pura. «No es justo que me tengan tanto odio», dice. Me contó que fue donde Tasurinchi, río arriba, llevándole comida y regalos. Ofreciéndose a abrirle una chacra nueva en el monte, le pidió que le diera como mujer a cualquiera de sus hijas. Tasurinchi lo insultó: «Liendre, caca, falso, cómo te atreves a venir por acá, te he de matar ahora mismo.» Y había intentado machetearlo.

Se quejó, llorando, de su suerte. Dijo que no era verdad que fuera un diablo kasibarenini disfrazado de hombre. Lo habría sido por un tiempo, tal vez, antes. Pero, ahora, es igual a cualquiera de los machiguengas de Shivankoreni que no lo dejan acercarse. Su desgracia empezó aquella vez que tuvo el daño. Estaba tan flaco y tan débil que no podía levantarse de la estera. Tampoco podía hablar; abría la boca y no le salía la voz. «Me estaré volviendo pez», parece que pensaba. Pero veía y entendía lo que ocurría a su alrededor, en las otras viviendas de Shivankoreni. Se asustó mucho cuando advirtió que, todos, en la casa, se quitaban las pulseras y los adornos de muñecas, brazos y tobillos. Los oía diciendo: «Se va a morir pronto. Pero, antes de irse, su espíritu se sacará las venas y con ellas, cuando estemos durmiendo, nos amarrará por las partes del cuerpo donde teníamos adornos.» Él quería tranquilizarlos, decirles que nunca haría eso con ellos y que tampoco estaba muriéndose. Pero no le salía la voz. Y, en eso, lo divisó, bajo la lluvia. Merodeaba por el pueblo, haciéndose el inocente. Era un niño con una cushma color tierra y parecía entretenido jugando con unas semillas de floripondio e imitando con su mano el revolotear de un colibrí. A Tasurinchi no se le ocurrió que podía ser un diablillo. Por eso, no se alarmó cuando sus parientes partieron a pescar rumbo a la cocha. Entonces, cuando lo vio solo, el kasibarenini se transformó en hormiga y se metió en el cuerpo de Tasurinchi por el huequito de la nariz por donde se aspira el jugo del tabaco. Ahí mismo se sintió curado del daño que tenía, ahí mismo le volvieron las fuerzas y engordó. Pero sintió, también, un impulso irresistible de hacer lo que hizo. Y, sin más, corriendo, aullando, golpeándose el pecho como un mono, empezó a quemar las viviendas de Shivankoreni. Dice que no era él, sino el diablillo, el que encendía la paja y esparcía las candelas de un lado a otro, rugiendo y brincando, feliz. Tasurinchi se acuerda del griterío de los loros y de la sofocación que sentía, entre las nubes de humo, mientras adelante, atrás, a la derecha y a la izquierda, todo ardía. Si no hubieran llegado los demás, hoy, Shivankoreni no existiría. Dice que apenas vio venir a la gente se arrepintió de lo que había hecho. Tuvo que escaparse, asustadísimo, diciéndose: «Qué me está pasando.» Querían matarlo, lo perseguían gritándole: «Diablo, diablo.»

Pero, según Tasurinchi, eso es historia vieja. El diablillo que le hizo prender fuego a Shivankoreni se lo chupó un seripigari de Koribeni: se lo sacó por la axila y lo vomitó, después. Tasurinchi lo vio: tenía la forma de un huesito blanco. Dice que, desde entonces, él es de nuevo como yo o como cualquiera de ustedes. «¿Por qué crees que no me dejan vivir en Shivankoreni?», me preguntó. «Porque desconfían de ti», le expliqué. «Todos se acuerdan de ese día que te curaste sólo para quemar sus casas. Y, además, saben que has estado viviendo, allá, al otro lado del Gran Pongo, entre los viracochas.» Porque Tasurinchi no estaba vestido con cushma, sino con camisa y pantalón. «Allá, entre ellos, me sentía un huérfano», me dijo. «Soñaba con volver a Shivankoreni. Y, ahora que estoy aquí mis parientes me hacen sentir un huérfano también. ¿Viviré siempre en una soledad así, sin familia? Lo único que quisiera es una mujer que ase las yucas y tenga hijos.»

Estuve con él tres lunas. Es un hombre huraño y distraído que, a veces, habla solo. Alguien que vivió con un diablo kasibarenini adentro del cuerpo no puede volver a ser el que era, tal vez. «Que tú hayas venido a visitarme es el principio de un cambio, quizás», me dijo. «¿Crees que dentro de poco los hombres que andan me permitirán andar con ellos?» Quién sabe, le respondí. «No hay nada más triste que sentirse alguien que ya no es un hombre», me dijo, al despedirnos. Cuando me iba por el río Camisea lo divisé, a lo lejos. Se había subido a una loma y me iba siguiendo con la vista. Yo me acordaba de su cara hosca, desamparada, pero ya no la veía.

Eso es, al menos, lo que yo he sabido.

IV

CONOCÍ la selva amazónica a mediados de 1958, gracias a mi amiga Rosita Corpancho. Sus funciones en la Universidad de San Marcos eran inciertas; su poder, inconmensurable. Merodeaba entre los profesores sin ser uno de ellos y todos hacían lo que Rosita les pedía; gracias a sus artes, las legañosas puertas de la administración se abrían y los trámites se facilitaban.

—Hay un sitio en una expedición por el Alto Marañón, organizada por el Instituto Lingüístico para un antropólogo mexicano —me dijo, un día que me la crucé en el patio de Letras—. ¿Quieres ir?

Yo había conseguido por fin la ansiada beca a Europa y debía partir a España el mes siguiente. Pero, sin dudar un segundo, acepté.

Rosita es loretana y, si uno presta atención, todavía advierte en ella un resabio del cantito sabroso de los peruanos del Oriente. Era —lo sigue siendo, sin duda— protectora y promotora del Instituto Lingüístico de Verano, una institución que, en los cuarenta años de vida que lleva en el Perú, ha sido objeto de virulentas controversias. Entiendo que ahora, mientras escribo estas líneas, hace sus maletas para marcharse del país. No porque lo hayan echado (estuvo a punto de ocurrirle cuando la dictadura del General Velasco); de *motu proprio*, porque considera que ha cumplido la misión que lo llevó a Yarinacocha, su base de operaciones, a orillas del Ucayali, a unos diez kilómetros de Pucallpa, y, desde allí, lo extendió prácticamente por todos los repliegues y vericuetos de la Amazonía.

¿En qué consiste la misión del Instituto? Según sus enemigos, es un brazo del imperialismo norteamericano, que, bajo la coartada de la investigación científica, realiza trabajos de inteligencia y una labor de penetración cultural neocolonialista entre los indígenas amazónicos. Estas acusaciones proceden, sobre todo, de la izquierda. Pero también son adversarios suyos algunos sectores de la Iglesia Católica —principalmente, los misioneros de la selva— que lo acusan de ser nada más que una falange de evangelizadores protestantes disfrazados de lingüistas. Entre los antropólogos, hay quienes le reprochan pervertir a las culturas aborígenes, tratar de occidentalizarlas e incorporarlas a una economía de mercado. Algunos conservadores critican la presencia del Instituto en el Perú por razones nacionalistas e hispánicas. Era de esos últimos mi maestro y jefe de entonces, el historiador Porras Barrenechea, quien, al enterarse de que yo partía en aquella expedición, me sermoneó: «Tenga cuidado, esos gringos tratarán de comprárselo.» Para él, era intolerable que, por culpa del Instituto, los indígenas selváticos aprenderían probablemente a hablar inglés antes que español.

Sus amigos, como Rosita Corpancho, defendían el Instituto con argumentos pragmáticos. La labor de los lingüistas —estudiar las lenguas y dialectos de la Amazonía, establecer vocabularios y gramáticas de las distintas tribus— servía al país, y, además, por lo menos en teoría, estaba cautelada por el Ministerio de Educación, que debía dar el visto bueno a sus proyectos y recibía copias de todo el material recogido por el Instituto. Mientras el propio Ministerio o las Universidades peruanas no se tomaran el esfuerzo de hacer ese trabajo, convenía al Perú que alguien lo hiciera. De otro lado, la infraestructura montada por el Instituto en la Amazonía, con su flotilla de hidroaviones y su sistema de comunicaciones por radio entre la base de Yarinacocha y la red de lingüistas viviendo en las tribus, también era aprovechada por el país, ya que los maestros, funcionarios y militares de remotas localidades selváticas solían, y no sólo en casos de emergencia, recurrir a ella.

La controversia no ha terminado ni terminará, por supuesto.

Esa expedición de pocas semanas en la que tuve la suerte de participar, me causó una impresión tan grande que, veintisiete años después, todavía la recuerdo con lujo de detalles y aún escribo sobre ella. Como ahora, en Firenze. Estuvimos primero en Yarinacocha, conversando con los lingüistas, y, luego, a gran distancia de allí, en la región del Alto Marañón, recorriendo una serie de caseríos y aldeas de dos tribus de origen jíbaro: aguarunas y huambisas. Después, subimos hasta el Lago de Morona a visitar a los shapras.

Viajábamos en un pequeño hidroavión y, en ciertos lugares, en canoas indígenas, a través de delgados caños de aguas sumergidas bajo una vegetación tan intrincada que, en pleno día, parecía de noche. La fuerza y la soledad de la Naturaleza —los altísimos árboles, las tersas lagunas, los ríos inmutables— sugerían un mundo recién creado, virgen de hombres, un paraíso vegetal y animal. Cuando llegábamos a las tribus, en cambio, tocábamos la prehistoria. Allí estaba la existencia elemental y primeriza de los distantes ancestros: los cazadores, los recolectores, los flecheros, los nómadas, los irracionales, los mágicos, los animistas. También eso era el Perú y sólo entonces tomaba yo cabal conciencia de ello: un mundo todavía sin domar, la Edad de Piedra, las culturas mágico-religiosas, la poligamia, la reducción de cabezas (en una localidad shapra, de Moronacocha, el cacique Tariri nos explicó, a través de un intérprete, la complicada técnica de relleno y cocimientos que exigía la operación), es decir, el despuntar de la historia humana.

A lo largo de todo el recorrido, estoy seguro que pensé continuamente en Saúl Zuratas. Y, también, hablé mucho sobre él con su maestro, el Doctor Matos Mar, que formaba parte de la expedición y con quien, desde aquel viaje, nos hicimos amigos. Matos Mar me contó que había invitado a Saúl a venir con nosotros, pero que éste se negó porque objetaba severamente la labor del Instituto.

El viaje me permitió entender mejor el deslumbramiento de Mascarita con esas tierras y esas gentes, adivinar la fuerza del impacto que cambió el rumbo de su vida. Pero, además, me dio experiencias concretas para justificar muchas de las discrepancias que, más por intuición que por conocimiento real del asunto, había tenido con Saúl sobre las culturas amazónicas. ¿Qué ilusión era aquella de querer preservar a estas tribus tal como eran, tal como vivían? En primer lugar, no era posible. Unas más lentamente, otras más de prisa, todas estaban contaminándose de influencias occidentales y mestizas. Y, además, ¿era deseable aquella quimérica preservación? ¿De qué les serviría a las tribus seguir viviendo como lo hacían y como los antropólogos puristas tipo Saúl querían que siguieran viviendo? Su primitivismo las hacía víctimas, más bien, de los peores despojos y crueldades.

En la aldea aguaruna de Urakusa, donde llegamos un atardecer, vimos, desde las ventanillas del hidroavión, el espectáculo acostumbrado cada vez que acuatizábamos a orillas de alguna tribu: el pueblo entero de hombres y mujeres semidesnudos y pintados, atraídos por el ruido del motor, siguiendo las evoluciones del aeroplano, mientras todos se iban golpeando caras y pechos con ambas manos (para espantar a los insectos). Pero, en Urakusa, además de cuerpos cobrizos, tetas colgantes, niños de vientres hinchados por los parásitos, pieles rayadas de rojo o de negro, nos esperaba un espectáculo que nunca olvidé: el de un hombre recientemente torturado. Se trataba del cacique del lugar, llamado Jum.

Una expedición de blancos y mestizos de Santa María de Nieva —una factoría a orillas del río Nieva, donde también estuvimos, alojados en una misión católica— había llegado una semanas antes que nosotros a Urakusa. Todas las autoridades civiles del poblado, más un militar de una guarnición de frontera, formaban parte de ella. A Jum, que salió a recibirlos, le partieron la frente de un linternazo. Luego, quemaron las cabañas de Urakusa, golpearon a los indígenas que pudieron echar mano y violaron a varias mujeres. A Jum se lo llevaron a Santa María de Nieva, donde lo sometieron a la vejación de raparlo. Luego, lo torturaron en público. Lo azotaron; le quemaron las axilas con huevos calientes y, finalmente, lo izaron a un árbol, como se hace con los paiches del río para que se escurran. Luego de tenerlo allí unas horas, lo soltaron y le permitieron volver a su pueblo.

La causa inmediata de este salvajismo era un incidente menor ocurrido en Urakusa entre los aguarunas y un grupo de soldados que pasó por allí. Pero la razón profunda era que Jum había tratado de organizar una cooperativa entre los pueblos aguarunas del Alto Marañón. El cacique era un hombre empeñoso, de mente ágil, y el lingüista del Instituto que trabajaba entre los aguarunas lo animó para que fuera a seguir un cursillo a Yarinacocha, a fin de convertirse en maestro bilingüe. Éste era un programa diseñado por el Ministerio de Educación con ayuda del Instituto Lingüístico. Se llevaba a Yarinacocha a hombres de las tribus que, como Jum, parecían capacitados para desarrollar una labor pedagógica en su aldea. En Yarinacocha recibían un entrenamiento —bastante somero, me imagino—, impartido por los lingüistas y por maestros peruanos, para que pudieran alfabetizar a los suyos en su propia lengua.

Luego, se los devolvía a su lugar de origen con material didáctico y el título, algo optimista, de maestro bilingüe.

El programa no alcanzó el objetivo que se había propuesto —la alfabetización de los indígenas de la Amazonía—, pero, en lo que concierne a Jum, tuvo consecuencias imprevisibles. Su paso por Yarinacocha, su contacto con la «civilización», hizo descubrir al cacique de Urakusa —por sí mismo o con ayuda de sus instructores— que él y los suyos eran inicuamente explotados por los patronos con los que comerciaban. Los patronos, blancos o mestizos de la Amazonía, recorrían periódicamente las tribus para comprarles caucho y pieles de animales. Ellos mismos fijaban el precio de lo que compraban y pagaban en especies —machetes, anzuelos, ropas, escopetas—, cuyos precios también determinaban a su capricho y conveniencia. Su paso por Yarinacocha hizo comprender a Jum que si, en vez de comerciar con los patronos, los aguarunas se daban el trabajo de ir a vender el caucho y las pieles a las ciudades —a las oficinas del Banco Hipotecario, por ejemplo—, recibirían por esas mercancías un precio mucho más elevado. Y que allí podrían comprar más barato aquellos productos que les vendían los patronos.

Descubrir el valor del dinero fue trágico para los urakusas. Jum hizo saber a los patronos que ya no seguiría comerciando con ellos. Esta decisión significaba, pura y simplemente, la ruina de aquellos viracochas de Santa María de Nieva que nos habían recibido tan cordialmente. Unos blancos y mestizos miserables, por lo demás, semianalfabetos y descalzos, que vivían en condiciones casi tan ínfimas como sus víctimas. Los excesos feroces que perpetraban con los aguarunas no los hacían ricos, eran apenas para sobrevivir. La explotación, en ese rincón del mundo, se llevaba a cabo a un nivel poco menos que infrahumano. Por eso se había organizado la expedición punitiva contra Urakusa y por eso, mientras supliciaban a Jum, le habían repetido: «Olvídate de la cooperativa.»

Aquello acababa de ocurrir. Las heridas de Jum aún supuraban. El pelo no le había crecido. Mientras, en el apacible claro de Urakusa, nos traducían esta historia —Jum apenas carraspeaba una que otra frase en español— yo pensaba: «Tengo que hablar de esto con Saúl.» ¿Qué me diría Mascarita? ¿Admitiría que, en un caso así, se veía, clarísimo, que lo que convenía a Urakusa, a Jum, no era el movimiento hacia atrás sino adelante? Es decir, establecer su cooperativa, comerciar con las ciudades, prosperar económica y socialmente, de modo que ya no pudieran hacer con ellos lo que habían hecho los «civilizados» de Santa María de Nieva. ¿O Saúl me diría, irrealmente, que no, que la verdadera solución era que aquellos viracochas se marcharan de allí y dejaran a los urakusas retomar su vida tradicional?

Aquella noche, Matos Mar y yo la pasamos en vela, conversando sobre la historia de Jum y el horror que ella mostraba sobre la condición del débil y del pobre en nuestro país. Invisible y mudo, participó en la conversación el fantasma de Saúl Zuratas, a quien ambos hubiéramos querido tener allí, opinando y discutiendo. Matos Mar creía que, de la desgracia de Jum, Mascarita extraería razones para apuntalar sus tesis. ¿No probaba aquello que la coexistencia era imposible, que fatalmente se convertía en dominio de viracochas sobre indígenas, en la gradual y sistemática destrucción de la cultura más débil? Esos borrachines salvajes de Santa María de Nieva no abrirían nunca, en ningún caso, a los urakusas, el camino de la modernidad, sólo el de su extinción; su «cultura» no tenía más títulos a la hegemonía que la de los aguarunas, quienes, por primitivos que fuesen, habían desarrollado los conocimientos y las artes suficientes para coexistir —ellos sí— con la Amazonía. Por razones de antigüedad, de historia y de moral había que

75

reconocerles soberanía sobre ese territorio y expulsar de allí a los forasteros intrusos de Santa María de Nieva. Yo no estaba de acuerdo con Matos Mar; pensaba que, más bien, la historia de Jum tal vez induciría a Saúl a consideraciones más prácticas, a resignarse al mal menor. ¿Había, acaso, la más remota probabilidad de que algún gobierno peruano, del signo que fuera, concediese a las tribus un derecho de extraterritorialidad en la selva? Era obvio que no. ¿Por qué, entonces, no cambiar más bien a los viracochas, para que su manera de tratar a los indígenas fuera otra?

Dormíamos en el suelo de tierra, compartiendo un mosquitero, en una cabaña impregnada de olor a caucho (era el depósito de Urakusa), cercados por la respiración de nuestros compañeros y los rumores desconocidos de la selva. Matos Mar y yo compartíamos también, en aquel tiempo, entusiasmos e ideas socialistas y en el curso de la charla comparecieron, claro está, esas famosas relaciones sociales de producción que, como una varita mágica, servían para explicar y resolver todos los problemas. El de los urakusas —el de todas las tribus— había que entenderlo como parte del problema general derivado de la estructura clasista de la sociedad peruana. El socialismo, al sustituir la obsesión del provecho económico —la ganancia individual— por la noción de servicio a la colectividad como incentivo del trabajo y reintroducir un sentido solidario y humano en las relaciones sociales, permitiría aquella coexistencia entre el Perú moderno y el Perú primitivo que Mascarita creía imposible e indeseable. En el nuevo Perú, inspirado en la ciencia de Marx y de Mariátegui, las tribus amazónicas podrían, simultáneamente, modernizarse y conservar lo esencial de su tradición y sus costumbres dentro de ese mosaico de culturas que constituiría la futura civilización peruana. ¿Creíamos, de veras, que el socialismo garantizaría la integridad de nuestras culturas mágico-religiosas? ¿No había ya bastantes pruebas de que el desarrollo industrial, fuera capitalista o comunista, significaba fatídicamente el aniquilamiento de aquéllas? ¿Había una sola excepción en el mundo a esta terrible, inexorable ley? Pensándolo bien —y desde la perspectiva de los años transcurridos y del mirador de esta Firenze calurosa— éramos tan irreales y románticos como Mascarita con su utopía arcaica y antihistórica.

Esa larga conversación con Matos Mar, bajo el mosquitero, mirando cimbrearse unas bolsas oscuras colgadas del techo de hojas de palmera que misteriosamente desaparecieron al amanecer —eran cientos de arañas, supimos después, que venían a ovillarse de este modo, en las noches, al calor de la fogata de la cabaña— es una de las imágenes imperecederas de aquel viaje. Otra: el recuerdo de un prisionero, de una tribu enemiga, al que los shapras del Lago de Morona tenían en libertad, permitiéndole desplazarse tranquilamente por la aldea. Pero, su perro, en cambio, se hallaba encarcelado en una jaula y era objeto de cuidadosa vigilancia. Capturado y captores estaban evidentemente de acuerdo en el sentido de aquella metáfora; para aquéllos y para éste, el animal enjaulado impedía que el prisionero huyera, ataba a éste a sus captores con más fuerza —la fuerza del rito, de la creencia, de la magia— que una cadena de hierro. Y otra más: las habladurías y fantasías que nos persiguieron en todo el viaje en torno a un aventurero, pillo y señor feudal, un japonés llamado Tushía, de quien se decía que habitaba en una isla del río Pastaza con un harén de niñas robadas a lo largo y ancho de la Amazonía.

Pero, a la larga, el recuerdo más memorable y recurrente de aquel viaje —un recuerdo que, en esta tarde florentina, arde casi con la misma violencia que las ascuas del sol veraniego de Toscana— sería lo que les oí contar, en Yarinacocha, a una pareja de lingüistas: los esposos Schneil. Al principio, me pareció que era la primera vez que oía nombrar a aquella tribu. Pero, de pronto, me di cuenta que era la misma sobre la que había oído tantas historias a Saúl, aquella con la que entró en contacto desde su primer viaje a Quillabamba: los machiguengas. Y, sin embargo, salvo en el nombre, ambas no parecían tener mucho en común.

Poco a poco, fui adivinando la razón de la desinteligencia de imágenes. Aunque se trataba de la misma tribu, los machiguengas —cuyo número se calculaba, a ciegas, entre cuatro y cinco mil— estaban desigualmente vinculados con el resto del Perú y entre sí mismos. Era un pueblo fracturado. Una línea divisoria, que tenía como hito principal el Pongo de Mainiqui, diferenciaba a los machiguengas dispersos en la ceja de montaña, colindante con la sierra —zona montuosa, donde la presencia de blancos y mestizos era abundante—, de los machiguengas de la zona oriental, allende el Pongo, donde comienza la llanura amazónica. El accidente geográfico, aquel paso angosto entre montañas donde el Urubamba se embravecía y llenaba de espuma, remolinos y ruido, separaba a aquellos, de arriba, que tenían contactos con el mundo blanco y mestizo y habían entrado en un proceso de aculturación, de los otros, diseminados en los bosques del llano, que vivían casi en total aislamiento y conservaban más o menos intacta su forma de vida tradicional. Los dominicos habían levantado misiones entre aquellos —como Chirumbia, Koribeni y Panticollo—, y en esa zona había, también, chacras de viracochas, en las que algunos machiguengas trabajaban. Ésos eran los dominios del célebre Fidel Pereira y el mundo machiguenga al que se referían las evocaciones de Saúl: el más occidentalizado y expuesto al exterior.

El otro sector de la comunidad —pero ¿se podía hablar, en estas condiciones, de una comunidad?—, diseminado en el extensísimo territorio de las hoyas de los ríos Urubamba y Madre de Dios, se mantenía aún, a fines de los años cincuenta, celosamente aislado y se resistía a todo tipo de comunicación con los blancos. A ellos no habían llegado los misioneros dominicos y en esa zona no había, por el momento, nada que atrajera a los viracochas. Pero ni siquiera ese sector era homogéneo. Había, entre los machiguengas más primitivos, un pequeño grupo o fracción aún más arcaico, enemistado con el resto. Los llamados «kogapakori». Concentrados en la zona bañada por dos afluentes del Urubamba —los ríos Timpía y Tikompinía—, los kogapakori andaban totalmente desnudos, salvo algunos hombres que llevaban estuches fálicos hechos de bambú, y atacaban a quien penetrara en sus dominios, aun si eran de la misma etnia. Su caso era excepcional, porque, comparados con cualquier otra tribu, los machiguengas habían sido tradicionalmente pacíficos. Su carácter suave, dócil, hizo de ellos las víctimas privilegiadas de la época del caucho, cuando las grandes cacerías de indios para proveer de brazos a los asentamientos caucheros —período en que la tribu fue literalmente diezmada y estuvo a punto de extinguirse— y por ello habían llevado siempre la peor parte en las escaramuzas con sus enemigos inveterados, los yaminahuas y los mashcos, sobre todo estos últimos, famosos por su belicosidad. Éstos eran los machiguengas de los que nos hablaban los esposos Schneil. Llevaban ya dos años y medio de esfuerzos para ser admitidos por ellos y todavía encontraban desconfianza y a veces hostilidad en los grupos con los que habían logrado hacer contacto.

Yarinacocha, a la hora del crepúsculo, cuando la boca roja del sol comienza a hundirse tras las copas de los árboles y la laguna de aguas verdosas llamea bajo el cielo azul añil, en el que titilan las primeras estrellas, es uno de los espectáculos más hermosos que yo haya visto. Estábamos en la terraza de una casa de madera y contemplábamos, por sobre el hombro de los Schneil, el horizonte de la selva, oscureciéndose. La visión era bellísima. Pero todos, creo, nos sentíamos incómodos y deprimidos. Porque aquello que nos contaba la pareja —ambos bastante jóvenes y con el aire deportivo, candoroso, puritano y diligente que lucían, como un uniforme, todos los lingüistas— era una historia lúgubre. Hasta los dos antropólogos del grupo —Matos Mar y el mexicano Juan Comas— estaban sorprendidos por el grado de postración y pesimismo en el que, según los Schneil, se hallaba la quebrada sociedad machiguenga. A juzgar por lo que oíamos, parecía estar virtualmente desintegrándose.

Casi no habían sido estudiados. Salvo un pequeño libro, publicado en 1943 por un dominico, el Padre Vicente de Cenitagoya, y algunos artículos de otros misioneros sobre su folklore y su lengua, aparecidos en las revistas de la Orden, no existía un trabajo etnográfico serio sobre ellos. Pertenecían a la familia arawak y se confundían algo con los campas de los ríos Ene y Perené y el Gran Pajonal, pues sus idiomas tenían raíces semejantes. Su origen era un misterio total; su identidad, borrosa. Vagamente denominados Antis, por los Incas, que los arrojaron de la parte oriental del Cusco pero no pudieron nunca invadir sus dominios selváticos ni sojuzgarlos, figuraban, en las Crónicas y Relaciones de la Colonia, con apelativos arbitrarios —Manaríes, Opataris, Pilcozones— hasta que en el siglo XIX, por fin, los viajeros comenzaron a llamarlos por su nombre. Uno de los primeros en nombrarlos fue el francés Charles Wiener, quien, en 1880, encontró «dos cadáveres machiguengas abandonados ritualmente en el río», a los que decapitó e incorporó a su colección de curiosidades recogidas en la selva peruana. Estaban en movimiento desde tiempos remotos y era probable que jamás hubieran vivido de manera gregaria, en colectividades. El hecho de haber sido desplazados, cada cierto tiempo, por tribus más aguerridas, y por los blancos —en los períodos de las «fiebres»: la del caucho, la del oro, la del palo de rosa, la de la colonización agrícola— hacia regiones cada vez más insalubres y estériles, donde era imposible la supervivencia para grupos numerosos, había acentuado su fragmentación y desarrollado en ellos un individualismo casi anárquico. No existía un solo poblado machiguenga. No tenían caciques y no parecían conocer otra autoridad que la de cada padre en su propia familia. Estaban pulverizados en minúsculas unidades de, a lo más, una decena de personas, en ese vastísimo perímetro que abarcaba todas las selvas del Cusco y de Madre de Dios. La pobreza de la zona obligaba a estas células humanas a moverse continuamente, conservando una considerable distancia unas de otras, a fin de no mermar demasiado la caza. Debido a la erosión y empobrecimiento de la tierra, debían mudar sus sembríos de yucas cada dos años, a lo más.

Lo que los Schneil habían podido averiguar de su mitología, creencias y costumbres, insinuaba la dureza de la existencia que habían llevado y dejaba entrever briznas de su historia. Habían sido soplados por el dios Tasurinchi, creador de todo lo existente, y carecían de nombres propios. Su nombre era siempre provisional, relativo y transeúnte: el que llega o el que se va, el esposo de la que acaba de morir o el que baja de la canoa, el que nació o el que disparó la flecha. Su idioma sólo admitía estas cantidades: uno, dos, tres y cuatro. Todas las otras se expresaban con el adjetivo «muchas». Su noción del Paraíso era modesta: un lugar donde los ríos tenían peces y los bosques, animales para cazar. Asociaban su vida nómada al tránsito de los astros por el firmamento. El índice de muertes voluntarias entre ellos era altísimo. Los Schneil nos refirieron algunos casos que habían presenciado de machiguengas —hombres y mujeres, pero, principalmente, estas últimas— que se quitaban la vida, clavándose espinas de chambira en el corazón o en las sienes, o tomando bebedizos ponzoñosos, por motivos fútiles, como una discusión, fallar la flecha o haber sido reprendidos por un familiar. Una contrariedad insignificante podía empujar al machiguenga a matarse. Era como si su voluntad de vivir, su instinto de supervivencia, se hubiera reducido a su mínima expresión.

La menor enfermedad solía acabar con ellos. Tenían un miedo cerval al catarro, como muchas tribus de la Amazonía —estornudar delante suyo significaba, siempre, espantarlos— pero, a diferencia de otras, se negaban a sanar cuando caían enfermos. Al primer dolor de cabeza, hemorragia, accidente, se disponía a morir. Rechazaban tomar medicinas o dejarse curar. «Para qué, si de todas maneras hemos de irnos», respondían. Sus brujos o curanderos —los seripigaris— eran consultados y requeridos para exorcizar los malos espíritus y los daños del alma; pero una vez que éstos se manifestaban en males del cuerpo los tenían poco menos que por irreparables. Era un espectáculo frecuente, entre ellos, ver que el enfermo se iba a acostar junto al río, a esperar la muerte.

Su susceptibilidad y desconfianza hacia los forasteros eran extremadas, así como su fatalismo y timidez. Los sufrimientos experimentados por la comunidad durante la época del caucho, cuando eran cazados por los «habilitadores» de los asentamientos o por indios de otras tribus que de este modo pagaban sus deudas con los patronos, habían dejado una impronta de terror en sus mitos y leyendas referidos a aquella época, a la que denominaban la sangría de árboles. Tal vez era cierto, como sostenía un misionero dominico, el Padre José Pío Aza —el primero en estudiar su idioma—, que ellos eran los últimos vestigios de una civilización panamazónica (sobre la que atestiguarían los misteriosos petroglifos dispersos por el Alto Urubamba) que, desde su choque con los Incas, había venido sufriendo derrota tras derrota y paulatinamente extinguiéndose.

A los Schneil les costó mucho establecer los primeros contactos. Sólo un año después de iniciar sus tentativas, había conseguido, él, ser hospedado por una familia machiguenga. Nos contó la delicada experiencia que fue, su zozobra y expectación de aquella mañana, en una de las cabeceras del río Timpía, cuando, totalmente desnudo, avanzó hacia la solitaria cabaña de rajas de corteza y techo de paja, en la que ya había estado antes en tres ocasiones dejando presentes —sin encontrar a nadie pero sintiendo a sus espaldas las miradas de los machiguengas que lo observaban desde la floresta— y vio que la media docena de pobladores, esta vez, no corría.

Desde entonces, los Schneil habían pasado cortas temporadas —por separado o juntos— con ésa y otras familias machiguengas del Alto Urubamba y afluentes. Habían acompañado a los grupos en la estación seca, cuando salían a pescar y de cacería, y hecho grabaciones que nos hicieron oír. Una crepitación sonora, con súbitas notas agudas, y, a veces, un gran desorden gutural que, nos explicaron, eran cantos. Tenían la transcripción y traducción de una de aquellas canciones, hecha por un misionero dominico en los años treinta y que los Schneil habían vuelto a escuchar, un cuarto de siglo después, en una quebrada del río Sepahua. El texto ilustraba admirablemente aquel estado de ánimo de la comunidad que nos habían descrito. Tanto, que lo copié. Desde entonces, lo he llevado conmigo, doblado en cuatro, en un rincón de mi cartera, como amuleto. Todavía se puede descifrar:

Opampogyakyena shinoshinonkarintsi
Me está mirando la tristeza
opampogyakyena shinoshinonkarintsi
me está mirando la tristeza

ogakyena kabako shinoshinonkarintsi
>me está mirando bien la tristeza

ogakyena kabako shinoshinonkarintsi
>me está mirando bien la tristeza

okisabintsatana shinoshinonkarintsi
>mucho me enoja la tristeza

okisabintsatana shinoshinonkarintsi
>mucho me enoja la tristeza

amakyena tampia tampia tampia
>me ha traído aire, viento

ogaratinganaa tampia tampia
>me ha levantado el aire

okisabintsatana shinoshinonkarintsi
>mucho me enoja la tristeza

okisabintsatana shinoshinonkarintsi
>mucho me enoja la tristeza

amaanatyomba tampia tampia
>me ha traído el aire, el viento

onkisabintsatenatyo shinonka
>mucho me enoja la tristeza

shinoshinonkarintsi
>tristeza

amakyena popyenti pogyentima pogyenti
>me ha traído gusanito gusanito

tampia tampia tampia
>el aire, el viento, el aire.

Aunque tenían suficientes conocimientos de la lengua machiguenga, a los Schneil les faltaba todavía mucho para dominar los secretos de su estructura. Era una lengua arcaica, de vibrante sonoridad y aglutinante, en la que una sola palabra compuesta de muchas otras podía expresar un vasto pensamiento.

La señora Schneil estaba encinta. Ésa era la razón por la que ambos esposos se encontraban en la base de Yarinacocha. Una vez que hubiera nacido su primer hijo, la pareja volvería al Urubamba. El niño o la niña, decían, se criaría allá y dominaría el machiguenga mejor y, acaso, antes que ellos.

Los Schneil habían recibido su diploma, igual que los demás lingüistas, en la Universidad de Oklahoma, pero eran, ante todo, como sus colegas, seres animados por un proyecto espiritual: la difusión de la Biblia. No sé cuál era su exacta filiación religiosa, pues hay entre los lingüistas del Instituto miembros de distintas iglesias. La intención que los inducía a estudiar las culturas primitivas era religiosa: traducir la Biblia a aquellas lenguas a fin de que esos pueblos pudieran escuchar la palabra de Dios a los compases y en las inflexiones de su propia música. Éste fue el designio que llevó al Doctor Peter Townsend —un interesante personaje, mezcla de misionero y pionero, amigo del Presidente mexicano Lázaro Cárdenas y autor de un libro sobre él— a fundar el Instituto, y el incentivo que mueve todavía a los lingüistas a hacer la paciente labor que realizan. El espectáculo de la fe sólida, inconmovible, que lleva a un hombre a dedicarle su vida y a aceptar por ella cualquier sacrificio, siempre me ha conmovido y asustado, pues de esta actitud resultan por igual el heroísmo y el fanatismo, hechos altruistas y crímenes. Pero, en el caso de los lingüistas del Instituto, su fe me pareció, en aquel viaje, benigna. Aún recuerdo a aquella mujer —una muchacha casi— que llevaba años viviendo entre los shapras del Morona, y a esa familia instalada entre los huambisas cuyos hijos —unos gringuitos pelirrojos— chapoteaban desnudos en las orillas del río con los cobrizos niños de la aldea, hablando y escupiendo como éstos. (Los huambisas escupen mientras hablan para mostrar que dicen la verdad. Un hombre que no escupe al hablar es para ellos un mentiroso.)

Cierto que, por primitivas que fueran las condiciones en que vivían en las tribus, gozaban de una infraestructura que los protegía: aviones, aparatos de radio, médicos, medicinas. Pero, aun así, había en ellos una convicción profunda y una capacidad de adaptación nada común. Los lingüistas que vimos instalados en las tribus, con la diferencia de estar vestidos y sus huéspedes semidesnudos, vivían casi de la misma manera: en idénticas chozas o en la semiintemperie, bajo un endeble pamacari, compartiendo la dieta frugal y el régimen espartano de los nativos. Había en todos ellos, también, algo de esa predisposición por la aventura —la atracción de la frontera— tan frecuente en la mentalidad norteamericana y que es denominador común de gentes de la más diversa condición y oficio. Los Schneil eran muy jóvenes, estaban empezando su vida matrimonial, y por lo que nos dieron a entender en esa charla, no consideraban su venida a la Amazonía algo transitorio sino un compromiso vital de largo alcance.

Lo que nos contaron sobre los machiguengas quedó rondándome en todo nuestro recorrido por el Alto Marañón. Era un asunto que quería comentar con Saúl; necesitaba oír sus críticas y observaciones al testimonio de los Schneil. Le daría una sorpresa, además. Porque aprendí de memoria el texto de aquella canción y se la recitaría en machiguenga. Me imaginaba su pasmo, la gran carcajada cordial...

Las tribus que nosotros visitamos, en el Alto Marañón y en Moronacocha, eran muy diferentes de las del Urubamba y del Madre de Dios. Los aguarunas mantenían contactos con el resto del Perú y algunas de sus aldeas experimentaban un proceso de mestizaje evidente a simple vista. Los shapras estaban más aislados y, hasta hacía poco —sobre todo porque reducían cabezas— tenían fama de violentos, pero no se advertía en ellos ninguno de esos síntomas de desánimo, de colapso moral, que los Schneil nos habían descrito en los machiguengas.

Cuando regresamos a Yarinacocha, para emprender

la vuelta a Lima, pasamos una última noche con los lingüistas. Fue una sesión de trabajo, en la que éstos interrogaron a Matos Mar y Juan Comas sobre sus impresiones de viaje. Al terminar la reunión, pregunté a Edwin Schneil si no le importaba que conversáramos un rato. Me llevó a su casa. Su esposa nos preparó una taza de té. Vivían en una de las últimas cabañas, donde el Instituto terminaba y comenzaba la selva. El chirrido regular, armonioso, simétrico, de los insectos del exterior, sirvió de música de fondo a nuestra charla, que duró mucho rato y en la que, por momentos, participó también la señora Schneil. Fue ella la que me habló de la cosmogonía fluvial del machiguenga, donde la Vía Láctea era el río Meshiareni por el que bajaban los innumerables dioses y diosecillos de su panteón a la tierra y por el que subían al paraíso las almas de sus muertos. Les pregunté si tenían fotografías de las familias con las que habían vivido. Me dijeron que no. Pero me mostraron muchos objetos machiguengas. Tamboriles y bombos de piel de mono, flautas de caña y una especie de pífano, compuesto de tubitos de bejuco, sujetados en gradiente por fibras vegetales, que, apoyándolo en el labio inferior y soplando, daba una rica escala de sonidos desde un agudo extremo hasta un grave profundo. Cribas de hojas de caña cortadas en tiritas y tejidas en trenza, como canastillas, para colar las yucas con que hacían masato. Collares y sonajas de semillas, dientes y huesos. Tobilleras, pulseras. Coronas de plumas de loro, huacamayo, tucán y paujil, engarzadas en aros de madera. Arcos, puntas de flechas labradas en piedra y unos cuernos donde guardaban el curare para envenenar sus flechas y las tinturas del tatuaje. Los Schneil habían hecho unos dibujos, en cartulinas, con las figuras que los machiguengas se pintaban en caras y cuerpos. Eran geométricas, algunas muy simples y otras como enrevesados laberintos; me explicaron que se llevaban según las circunstancias y la condición de la persona. Su función era atraer la buena suerte y conjurar la mala. Éstas correspondían a los solteros, éstas a los casados, éstas eran para salir de caza y sobre otras no se habían formado una idea muy clara. La simbología machiguenga era sumamente sutil. Había una figura —dos rayas cruzadas como un aspa, dentro de media circunferencia— que, por lo visto, se pintaban los que iban a morir.

Fue sólo ya al final, cuando buscaba un hueco en la conversación para despedirme, que, de manera casual, surgió el asunto que, a distancia, borra todos los otros de esa noche y es, seguramente, la razón de que yo dedique ahora mis días de Firenze, no tanto a Dante, Machiavelli y el arte renacentista, sino a entretejer los recuerdos y fantasías de esta historia. No sé cómo brotó. Yo les hacía muchas preguntas y algunas de ellas debieron versar sobre los brujos y curanderos machiguengas (los había de dos clases: los benéficos, seripigaris, y los maléficos, machikanaris). Acaso esto lo suscitó. O, acaso, cuando les pregunté acerca de los mitos, leyendas, historias, que hubieran podido recoger en sus viajes, se produjo la asociación de ideas. No sabían gran cosa sobre las prácticas de hechicería de seripigaris y machikanaris, salvo que ambos, como ocurría con los chamanes de otras tribus, se servían del tabaco, el ayahuasca y otras plantas alucinógenas —la corteza del kobuiniri, por ejemplo— en el curso de sus sesiones, a las que llamaban la mareada, ni más ni menos que a la simple borrachera de masato. Los machiguengas eran de por sí muy locuaces, magníficos informantes, pero los Schneil no habían querido insistir demasiado sobre el asunto de los brujos, temerosos de violentarlos.

—Bueno, y, además del seripigari y el machikanari, hay también entre ellos ese personaje raro, que no parece curandero ni sacerdote —dijo, de pronto, la señora Schneil. Se volvió hacia su marido, dudando—. Bueno, tal vez sea un poco de las dos cosas, ¿no es cierto, Edwin?

—Ah, te refieres al... —dijo el señor Schneil, y vaciló. Articuló un ruido fuerte, largo, gutural y con eses. Quedó en silencio, buscando—. ¿Cómo se podría traducir?

Ella entrecerró los ojos y se llevó un nudillo a la boca. Era rubia, de ojos muy azules y labios delgadísimos y tenía una sonrisa infantil.

—Tal vez, conversador. O, más bien, hablador —dijo, al fin. Y pronunció de nuevo el ruido: bronco, sibilante, larguísimo.

—Sí —sonrió él—. Creo que es lo más aproximado. Hablador.

Nunca habían visto a ninguno. Por su puntillosa discreción —su temor a irritarlos— nunca habían pedido a sus huéspedes una explicación detallada sobre las funciones que cumplía entre los machiguengas, ni que les precisaran si se trataba de uno o de muchos, o, incluso, aunque tendían a descartar esta hipótesis, si, en vez de seres concretos y contemporáneos, se trataba de alguien fabuloso, como Kientibakori, patrón de los demonios y creador de todo lo ponzoñoso e incomestible. Lo seguro era que la palabra «hablador» se pronunciaba con extraordinarias muestras de respeto por todos los machiguengas y que cada vez que alguien la había proferido delante de los Schneil, los demás habían cambiado de tema. Pero no creían que se tratara de un tabú. Pues el hecho era que la famosa palabreja se les escapaba muy a menudo, lo que parecía indicar que el hablador estaba siempre en sus mentes. ¿Era un jefe o mentor de toda la comunidad? No, no parecía ejercer ningún poder específico sobre ese archipiélago tan laxo, tan disperso: la sociedad machiguenga. Por lo demás, ésta carecía de autoridades. Sobre eso los Schneil no abrigaban la menor duda. Sólo habían tenido curacas cuando se los impusieron los viracochas, como en las pequeñas aglomeraciones de Koribeni y Chirumbia, organizadas por los dominicos, o en la época de las haciendas y de los asentamientos caucheros, cuando los patronos designaban a uno de ellos como jefe para controlarlos mejor. Tal vez el hablador ejercía un liderazgo espiritual, tal vez realizaba ciertas prácticas religiosas. Pero, por alusiones captadas aquí y allá, en una frase suelta de uno y en una réplica de otro, la función del hablador parecía ser sobre todo aquella inscrita en su nombre: hablar.

A la señora Schneil le había ocurrido un curioso lance, hacía pocos meses, a orillas del río Kompiroshiato. Súbitamente, la familia machiguenga con la que estaba viviendo —ocho personas: dos ancianos varones, un adulto, cuatro mujeres y una niña— desapareció, sin darle ninguna explicación. La extrañó mucho, pues nunca antes habían hecho nada semejante. Los ocho volvieron unos días después, tan misteriosamente como se fueron. ¿Dónde se habían marchado de ese modo? «A oír al hablador», dijo la niña. El sentido de la frase era claro, pero la señora Schneil no pudo saber más, porque nadie añadió más detalles ni ella los pidió. Sin embargo, los días subsiguientes, los ocho machiguengas habían estado sumamente excitados, cuchicheando sin cesar. Y la señora Schneil, viéndolos enfrascados en sus interminables conciliábulos, sabía que estaban recordando al hablador.

Los Schneil habían hecho conjeturas, barajado hipótesis. El hablador, o los habladores, debían de ser algo así como los correos de la comunidad. Personajes que se desplazaban de uno a otro caserío, por el amplio territorio en el que estaban aventados los machiguengas, refiriendo a unos lo que hacían los otros, informándoles recíprocamente sobre las ocurrencias, las aventuras y desventuras de esos hermanos a los que veían muy rara vez o nunca. El nombre los definía. Hablaban. Sus bocas eran los vínculos aglutinantes de esa sociedad a la que la lucha por la supervivencia había obligado a resquebrajarse y desperdigarse a los cuatro vientos. Gracias a los habladores, los padres sabían de los hijos, los hermanos de las hermanas, y gracias a ellos se enteraban de las muertes, nacimientos y demás sucesos de la tribu.

—Y, también, de algo más —dijo el señor Schneil—. Tengo la impresión de que el hablador no sólo trae noticias actuales. También, del pasado. Es probable que sea, asimismo, la memoria de la comunidad. Que cumpla una función parecida a la de los trovadores y juglares medievales.

La señora Schneil lo interrumpió para aclararme que aquello era difícil de establecer. El sistema verbal machiguenga era intrincado y despistante, entre otras razones porque confundía fácilmente el pasado y el presente. Así como la palabra «muchos» —tobaiti— servía para expresar todas las cantidades superiores a cuatro, el «ahora» abarcaba a menudo el hoy y el ayer y el verbo en tiempo presente lo usaban con frecuencia para referirse a acciones del pasado próximo. Era como si sólo el futuro fuese para ellos algo nítidamente delimitado. La charla derivó hacia el tema lingüístico y terminó con un rosario de ejemplos que me dieron sobre las risueñas e inquietantes implicaciones de una manera de hablar en la que el antes y el ahora eran poco diferenciables.

La idea de ese ser, de esos seres, en los bosques insalubres del Oriente cusqueño y de Madre de Dios, que hacían larguísimas travesías de días y semanas llevando y trayendo historias de unos machiguengas a otros, recordando a cada miembro de la tribu que los demás vivían, que, a pesar de las grandes distancias que los separaban, formaban una comunidad y compartían una tradición, unas creencias, unos ancestros, unos infortunios y algunas alegrías, la silueta furtiva, tal vez legendaria, de esos habladores que con el simple y antiquísimo expediente —quehacer, necesidad, manía humana— de contar historias, eran la savia circulante que hacía de los machiguengas una sociedad, un pueblo de seres solidarios y comunicados, me conmovió extraordinariamente. Me conmueve aún, cuando pienso en ellos, y, ahora mismo, aquí, mientras escribo estas líneas, en el Caffè Strozzi de la vieja Firenze, bajo el calor tórrido de julio, se me pone todavía la carne de gallina.

—¿Y por qué se te pone la carne de gallina? —dijo Mascarita—. ¿Qué es lo que tanto te llama la atención? ¿Qué tienen de particular los habladores?

En efecto, ¿por qué no podía quitármelos de la cabeza, desde esa noche?

—Son una prueba palpable de que contar historias puede ser algo más que una mera diversión —se me ocurrió decirle—. Algo primordial, algo de lo que depende la existencia misma de un pueblo. Quizá sea eso lo que me ha impresionado tanto. Uno no siempre sabe por qué lo conmueven las cosas, Mascarita. Te tocan una fibra secreta y ya está.

Saúl se rió, dándome una palmada en el hombro. Yo le había hablado en serio, pero él lo tomó a la broma.

—Ah, es por el lado literario que el asunto te interesa —exclamó, decepcionado, como si esa conexión devaluara mi curiosidad—. Bueno, no te hagas ilusiones. Lo más probable es que quienes te hayan contado el cuento de los contadores de cuentos sean esos gringos. Las cosas no pueden ser como se les ocurre a ellos. Te aseguro que los gringos entienden a los machiguengas todavía menos que los misioneros.

Estábamos en un cafecito de la avenida España, comiéndonos un pan con chicharrón. Habían pasado varios días de mi regreso de la Amazonía. Apenas volví, por más que lo busqué en la Universidad y le dejé recados en La Estrella, no pude dar con él. Y ya estaba temiendo que me iría a Europa sin despedirme de Saúl, cuando, la víspera de mi partida a Madrid, me lo encontré al bajar de un ómnibus, en una esquina de la avenida

España. Fuimos hasta aquel cafetín donde, me dijo, me ofrecería una despedida de sandwichs de chicharrón y cerveza helada cuyo recuerdo me acompañaría toda la estancia en Europa. El recuerdo que me quedó grabado fue, más bien, el de sus evasivas y su incomprensible desinterés por un asunto, los habladores machiguengas, que yo había creído lo entusiasmaría muchísimo. ¿Era un desinterés real? Naturalmente que no. Ahora sé que fingía no interesarse por el tema y que me mintió cuando, acosado por mis preguntas, me aseguró no haber oído jamás una palabra sobre los tales habladores.

La memoria es una pura trampa: corrige, sutilmente acomoda el pasado en función del presente. He tratado tantas veces de reconstruir aquella conversación de agosto de 1958 con mi amigo Saúl Zuratas, en esa chinganita de sillas desfondadas y mesas cojas de la avenida España, que ahora ya no estoy seguro de nada, salvo, quizás, de su gran lunar color vino vinagre, que imantaba las miradas de los parroquianos, de su alborotado mechón de cabellos rojizos, de su camisita de franela a cuadros rojos y azules y de sus zapatones de gran caminante.

Pero mi memoria no puede haber fabricado totalmente la feroz catilinaria de Mascarita contra el Instituto Lingüístico de Verano, que me parece estar oyendo, veintisiete años después, ni mi asombro al ver la sorda cólera con que hablaba. Fue la única vez que lo vi así: lívido de furia. Ese día supe que también el arcangélico Saúl era capaz, como el resto de los mortales, de ceder a aquellas rabias que, según sus amigos machiguengas, podían desestabilizar el universo. Se lo dije, tratando de distraerlo:

—Vas a provocar un apocalipsis con esa pataleta, Mascarita.

Pero él no me escuchó.

—Ellos son los peores de todos, tus apostólicos lingüistas. Se incrustan en las tribus para destruirlas desde adentro, igualito que los piques. En su espíritu, en sus creencias, en su subconsciencia, en las raíces de su modo de ser. Los otros les quitan el espacio vital y los explotan o los empujan más adentro. En el peor de los casos, los matan físicamente. Tus lingüistas son más refinados, los quieren matar de otro modo. ¡Traduciendo la Biblia al machiguenga, qué te parece!

Lo vi tan alterado, que no le discutí. Varias veces, oyéndolo, me mordí la lengua para no contradecirlo. Sabía que en el caso de Saúl Zuratas las objeciones al Instituto no eran frívolas ni inspiradas en prejuicios políticos; que, por cuestionables que me parecieran, reflejaban un punto de vista profundamente meditado y sentido. ¿Por qué la tarea del Instituto le parecía aún más nociva que la de esos barbados dominicos y esas monjitas españolas de Quillabamba, Koribeni y Chirumbia?

Debió demorar su respuesta, pues la señora que atendía se acercó en ese momento con una nueva tanda de pan con chicharrón. Después de colocar el plato en la mesa, se quedó mirando un buen rato el lunar de Saúl, hechizada. La vi que se retiraba hacia el fogón, persignándose.

—No me parece más nociva, te equivocas,—me contestó al fin, con sarcasmo, siempre frenético—. Ellos también les quieren robar el alma, por supuesto. Pero, a los misioneros se los está tragando la selva, como al Arturo Cova de *La vorágine*. ¿No los has visto, en tu viaje? Medio muertos de hambre y, además, poquísimos. Viven en un desamparo tal que ya no están en condiciones de evangelizar a nadie, felizmente. El aislamiento les ha embotado el espíritu catequístico. No hacen más que sobrevivir. La selva les cortó las uñas, compadre. Y, al paso que van las cosas en la Iglesia Católica, pronto ya no habrá curas ni para Lima, no te digo la Amazonía.

Los lingüistas eran algo muy diferente. Tenían, detrás de ellos, un poder económico y una maquinaria eficientísima que les permitiría tal vez implantar su progreso, su religión, sus valores, su cultura. ¡Aprender las lenguas aborígenes, vaya estafa! ¿Para qué? ¿Para hacer de los indios amazónicos buenos occidentales, buenos hombres modernos, buenos capitalistas, buenos cristianos reformados? Ni siquiera eso. Sólo para borrar del mapa sus culturas, sus dioses, sus instituciones y adulterarles hasta sus sueños. Como habían hecho con los pieles rojas y los otros, allá en su país. ¿Eso quería para nuestros compatriotas de la selva? ¿Que se convirtieran en lo que eran, ahora, los aborígenes de Norteamérica? ¿Que se volvieran sirvientes y lustrabotas de los viracochas?

Hizo una pausa porque advirtió que, en la mesa vecina, tres hombres habían dejado de hablar para escucharlo, atraídos por su lunar y su furor. La mitad sana de su rostro estaba congestionada; tenía la boca entreabierta y su labio inferior, adelantado, temblaba. Me levanté a orinar sin tener ganas, pensando que mi ausencia lo calmaría. La señora del fogón me preguntó al pasar, bajando la voz, si lo que mi amigo tenía en la cara era muy grave. Le susurré que no, sólo un lunar, ni más ni menos que el que tiene usted en el brazo, señora. «Pobrecito, qué pena da verlo», murmuró. Regresé a la mesa y Mascarita trató de sonreír mientras alzaba su vaso:

—Salud, compadre, por ti. Perdona que se me subiera un poco la mostaza.

Pero, en realidad, no se había calmado y se lo notaba tenso y a punto de estallar de nuevo. Le dije que su expresión me traía a la memoria un poema y le recité, en machiguenga, los versos que recordaba de aquella canción sobre la tristeza.

Conseguí que sonriera, un momento.

—Hablas el machiguenga con un ligero dejo californiano —se burló—. ¿Por qué será?

Pero un rato después volvió a la carga sobre aquello que lo tenía en ascuas. Sin quererlo, yo había removido algo profundo, que lo angustiaba y hería. Habló sin pausas, como aguantando la respiración.

Hasta ahora nadie lo había conseguido, pero podía ser que esta vez los lingüistas se salieran con la suya. En cuatrocientos, quinientos años de intentos, todos los otros habían fracasado. Nunca habían podido someter a esas tribus pequeñitas que despreciaban. Yo lo habría leído en las Crónicas que fichaba donde Porras Barrenechea, ¿no, compadre? Lo que les pasó a los Incas, cada vez que mandaron ejércitos al Antisuyo. A Túpac Yupanqui, sobre todo, ¿no lo había leído? Cómo sus guerreros se desvanecieron en la selva, cómo los Antis se les escurrieron entre los dedos. No habían sometido a uno solo y, despechados, los civilizados cusqueños se pusieron entonces a menospreciarlos. Por eso inventaron todos esos vocablos peyorativos en quechua contra los indios amazónicos: salvajes, depravados. Y, sin embargo, ¿qué le ocurrió al Tahuantinsuyo cuando debió hacer frente a una civilización más poderosa? Los bárbaros del Antisuyo, al menos, seguían siendo lo que eran, ¿no? ¿Y acaso los españoles habían tenido más éxito que los Incas? ¿No habían sido todas sus «entradas» un fracaso absoluto? Los mataban cuando podían echarles la mano encima, pero ocurrió rara vez. Los miles de soldados, aventureros, fugitivos, misioneros que bajaron al Oriente entre 1500 y 1800 ¿pudieron acaso incorporar una sola tribu a la muy ilustre civilización cristiana y occidental? Todo eso ¿no significaba nada para mí?

—Dime, más bien, qué significa para ti, Mascarita —le contesté.

—Que esas culturas deben ser respetadas —dijo, suavemente, como si, por fin, comenzara a serenarse—.

Y la única manera de respetarlas es no acercarse a ellas. No tocarlas. Nuestra cultura es demasiado fuerte, demasiado agresiva. Lo que toca, lo devora. Hay que dejarlas en paz. ¿No han demostrado de sobra que tienen derecho a seguir siendo lo que son?

—Eres un indigenista cuadriculado, Mascarita —le tomé el pelo—. Ni más ni menos que los de los años treinta. Como el Doctor Luis Valcárcel, de joven, cuando pedía que se demolieran todas las iglesias y conventos coloniales porque representaban el Anti-Perú. ¿O sea que tenemos que resucitar el Tahuantinsuyo? ¿También los sacrificios humanos, los quipus, la trepanación de cráneos con cuchillos de piedra? Es gracioso que el último indigenista del Perú sea un judío, Mascarita.

—Bueno, un judío está mejor preparado que otros para defender el derecho de las culturas minoritarias a existir —me repuso—. Después de todo, como dice mi viejo, el problema de los boras, de los shapras, de los piros, es nuestro problema hace tres mil años.

¿Lo dijo así? ¿Se podía cuando menos, de lo que me iba diciendo, inferir una idea de esta índole? No estoy seguro. Tal vez sea una pura elucubración mía a posteriori. Saúl no era practicante, ni siquiera creyente, muchas veces le oí que iba a la sinagoga sólo por no decepcionar a Don Salomón. De otro lado, aquella asociación, leve o profunda, debió existir. El haber oído, en su casa, en el colegio, en la sinagoga, en los inevitables contactos con otros miembros de la comunidad, tantas historias de persecución y de diáspora, los intentos de sometimiento de la fe, la lengua y las costumbres judías por culturas más fuertes, intentos a los que, al precio de grandes sacrificios, el pueblo judío había resistido, preservando su identidad, ¿no explicaba, al menos en parte, la defensa recalcitrante que hacía Saúl de la vida que llevaban los peruanos de la Edad de Piedra?

—No, no soy un indigenista a la manera de esos de

los años treinta. Ellos querían restablecer el Tahuantinsuyo y yo sé muy bien que para los descendientes de los
Incas no hay vuelta atrás. A ellos sólo les queda integrar-
se. Que esa occidentalización, que se quedó a medias, se
acelere, y cuanto más rápido acabe, mejor. Para ellos,
ahora, es el mal menor. Ya ves, no soy un utópico. En la
Amazonía, sin embargo, es distinto. No se ha producido
todavía el gran trauma que convirtió a los Incas en un
pueblo de sonámbulos y de vasallos. Los hemos golpea-
do mucho, pero no están vencidos. Ahora ya sabemos la
atrocidad que significa eso de llevar el progreso, de
querer modernizar a un pueblo primitivo. Simplemente,
acaba con él. No cometamos ese crimen. Dejémoslos con
sus flechas, plumas y taparrabos. Cuando te acercas a
ellos y los observas, con respeto, con un poco de simpatía, te das cuenta que no es justo llamarlos bárbaros ni
atrasados. Para el medio en que están, para las circunstancias en que viven, su cultura es suficiente. Y, además,
tienen un conocimiento profundo y sutil de cosas que
nosotros hemos olvidado. La relación del hombre y la
naturaleza, por ejemplo. El hombre y el árbol, el hombre
y el pájaro, el hombre y el río, el hombre y la tierra, el
hombre y el cielo. El hombre y Dios, también. Esa
armonía que existe entre ellos y esas cosas nosotros ni
sabemos lo que es, pues la hemos roto para siempre.

Esto sí lo dijo. No con estas palabras, seguramente.
Pero en una forma que se podría transcribir así. ¿Habló
de Dios? Sí, estoy seguro que habló de Dios porque
recuerdo haberle preguntado, sorprendido por lo que
dijo, tratando de llevar a la broma algo que era sumamente serio, si resultaba que ahora teníamos que poner-
nos también a creer en Dios.

Se quedó en silencio, cabizbajo. Un moscardón se
había metido en el cafetín y se daba de encontrones en
las paredes tiznadas. La señora que atendía no dejaba de
observar a Mascarita desde el mostrador. Cuando Saúl

alzó la vista, parecía incómodo. Su voz se había agravado:

—Bueno, yo ya no sé si creo o no creo en Dios, compadre. Es uno de los problemas de nuestra cultura tan poderosa. Ha hecho de Dios algo prescindible. Para ellos, Dios es el aire, el agua, la comida, una necesidad vital, algo sin lo cual no sería posible la vida. Son más espirituales que nosotros, aunque no te lo creas. Incluso los machiguengas, que, comparados con los demás, resultan bastante materialistas. Por eso es tan grande el daño que les hacen los del Instituto, quitándoles a sus dioses para reemplazarlos con el suyo, un Dios abstracto que a ellos no les sirve para nada en su vida diaria. Los lingüistas son los destructores de idolatrías de nuestro tiempo. Con aviones, penicilina, vacunas y todo lo que hace falta para derrotar a la selva. Y, como son fanáticos, cuando les pasa lo que a esos gringos en el Ecuador, se sienten más inspirados. Nada como el martirio para estimular a los fanáticos, ¿no, compadre?

Lo que había pasado en el Ecuador, semanas atrás, era que tres misioneros norteamericanos, de alguna iglesia protestante, habían sido asesinados por una tribu jíbara, en la que uno de los tres estaba viviendo. Los otros dos se hallaban de paso. No se conocían detalles del episodio. Los cadáveres, decapitados y flechados, habrían sido encontrados por una patrulla militar. Como los jíbaros eran reductores de cabezas, el motivo de la decapitación era obvio. Esto había provocado un gran escándalo en la prensa. Las víctimas no pertenecían al Instituto Lingüístico. Le pregunté a Saúl, intuyendo lo que me iba a contestar, qué pensaba de aquellos tres cadáveres.

—Al menos, puedo asegurarte una cosa —me dijo—. Fueron decapitados sin crueldad. ¡No te rías! Así fue, créeme. Sin ánimo de hacerlos sufrir. En eso, pese a lo diferentes que son las tribus, todos se parecen. Sólo matan por necesidad. Cuando se sienten amenazados. Cuando se trata de matar o morir. O cuando tienen hambre. Pero los jíbaros no son caníbales, no los mataron para comérselos. Algo dijeron, algo hicieron los misioneros que hizo sentir de pronto a los jíbaros un gran peligro. Una historia triste, por supuesto. Pero no saques conclusiones apresuradas. Nada en ella que se parezca a las cámaras de gas de los nazis o a la bomba atómica sobre Hiroshima.

Estuvimos juntos mucho rato, tal vez tres o cuatro horas. Comimos muchos sandwichs de chicharrón y, al final, la dueña del cafetín nos sirvió una mazamorra morada «como regalo de la casa». Al despedirnos, sin poder contenerse, la señora le preguntó a Saúl, señalándole el lunar, «si esa su desgracia le dolía mucho».

—No, señora, felizmente no duele nada. Ni me doy cuenta de que la tengo así —le sonrió Saúl.

Dimos una caminata, hablando todavía del único tema de aquella tarde, de eso tampoco tengo duda. Al despedirnos, en la esquina de la Plaza Bolognesi y el Paseo Colón, nos abrazamos.

—Te tengo que pedir disculpas —me dijo, de pronto compungido—. He hablado como una cotorra y no te dejé abrir la boca. Ni siquiera has podido contarme tus planes para Europa.

Quedamos en escribirnos, aunque fuera una postal de cuando en cuando, para no perder el contacto. Yo lo hice tres veces, en los años siguientes, pero él nunca me contestó.

Ésa fue la última vez que vi a Saúl Zuratas. La imagen sobrenada, indemne, el turbión de los años. La atmósfera gris, el cielo encapotado y la humedad corrosiva del invierno de Lima, sirviéndole de fondo. Detrás de él, el maremágnum de autos, camiones y ómnibus enroscados al monumento a Bolognesi, y Mascarita, con su gran mancha oscura en la cara, sus pelos flamígeros y su camisa a cuadros, haciéndome adiós con la mano y gritando:

—A ver si vuelves hecho un madrileño, hablando con vosotros y con zetas. ¡Oye, y que tengas buen viaje! ¡Que te vaya muy bien por allá, compadre!

Pasaron cuatro años sin que supiera de él. Nunca, nadie, entre los peruanos de paso, allá en Madrid, o en París, donde viví después de terminar mi posgrado, supo darme noticias de Saúl. Yo lo recordaba con frecuencia, sobre todo en España, y no sólo por el aprecio que le tenía, sino a causa de los machiguengas. La historia de los habladores que escuché a los Schneil volvía siempre a mi memoria, llena de incitaciones. Excitaba mi fantasía y mis deseos como una bella muchacha. Iba a la Universidad sólo en las mañanas; en las tardes, solía pasar algunas horas en la Biblioteca Nacional, en la Castellana, leyendo novelas de caballerías. Un día recordé el nombre del misionero dominico que había escrito sobre los machiguengas: Fray Vicente de Cenitagoya. Busqué en el catálogo y allí estaba el libro.

Lo leí de un tirón. Era breve e ingenuo y los machiguengas, a quien el buen dominico llamaba a menudo salvajes y a los que reconvenía paternalmente por ser aniñados, indolentes, borrachines y por sus brujerías —que Fray Vicente calificaba de «aquelarres nocturnos»—, aparecían vistos desde afuera y de bastante lejos, pese a que el misionero había vivido entre ellos más de veinte años. Pero Fray Vicente elogiaba su honradez, su respeto a la palabra empeñada y su delicadeza de maneras. Y, además, su libro corroboraba algunas informaciones que acabaron de decidirme. Tenían una propensión poco menos que enfermiza a escuchar y contar historias, eran unos chismosos incorregibles. No podían estarse quietos, no sentían el menor apego por el lugar donde vivían y se los diría poseídos por el demonio de la locomoción. El bosque ejercía sobre ellos una suerte de hechizo. Los misioneros, valiéndose de toda clase de cebos, los atraían hacia los centros de Chirumbia, Koribeni y Panticollo. Se extenuaban tratando de arraigarlos. Les regalaban espejos, comida, semillas, los instruían sobre las ventajas de vivir en comunidad desde el punto de vista de su salud, de su educación, de su mera supervivencia. Parecían convencidos. Levantaban sus casas, hacían sus chacras, aceptaban enviar a sus hijos a la escuelita de la misión y ellos mismos comparecían, pintarrajeados y puntuales, al rosario de las tardes y a la misa de las mañanas. Se los creía enrumbados por la senda de la civilización cristiana. Y, de pronto, un buen día, sin decir gracias ni adiós, se hacían humo en el bosque. Era más fuerte que ellos: un instinto ancestral los empujaba irresistiblemente a la vida errante, los dispersaba por los enmarañados bosques vírgenes.

Esa misma noche escribí a Mascarita, comentándole el libro del Padre Cenitagoya. Le contaba que había decidido escribir un relato sobre los habladores machiguengas. ¿Me ayudaría? Aquí, en Madrid, acaso por nostalgia o porque había dado muchas vueltas y revueltas a nuestras conversaciones, sus ideas ya no me parecían tan disparatadas ni tan irreales. En mi relato, en todo caso, haría el máximo esfuerzo para mostrar la intimidad machiguenga de la manera más auténtica. ¿Me echaría una mano, compadre?

Me puse a trabajar con mucho entusiasmo. Pero los resultados fueron pobrísimos. ¿Cómo se podría escribir una historia sobre los habladores sin tener un conocimiento siquiera somero de sus creencias, mitos, usos, historia? El convento de los dominicos, en la calle Claudio Coello, me brindó una ayuda utilísima. Conservaban la colección completa de Misiones Dominicanas, órgano de los misioneros de la Orden en el Perú, y allí encontré abundantes artículos sobre los machiguengas, así como los estudios sobre la lengua y el folklore de la tribu del Padre José Pío Aza, sumamente valiosos.

Pero, quizás, la colaboración más instructiva fue la charla, en la vasta y resonante biblioteca del convento —de techo altísimo, donde el eco nos regresaba lo que decíamos—, con un barbado misionero; Fray Elicerio Maluenda había vivido muchos años en el Alto Urubamba y se había interesado por la mitología machiguenga. Era un anciano alerta y erudito, con las maneras un poco silvestres de quien se ha pasado la vida a la intemperie, viviendo la vida ruda de la selva. A cada rato, como para impresionarme más, mechaba su castizo español con palabrejas machiguengas.

Quedé encantado con sus informaciones sobre la cosmogonía de la tribu, riquísima en simetrías y —lo descubro ahora, en Firenze, leyendo por primera vez la *Commedia* en italiano— con reverberaciones dantescas. La tierra era el centro del cosmos y había dos regiones encima de ella y dos debajo. Cada una con su propio sol, su luna y su maraña de ríos. En la más elevada, Inkite, vivía Tasurinchi, el que todo lo puede, el soplador de la gente, y por allí circulaba, bañando fértiles riberas, con árboles cuajados de frutos, el Meshiareni o río de la inmortalidad, que se podía divisar desde la tierra pues era la Vía Láctea. Debajo de Inkite, flotaba la liviana región de las nubes o Menkoripatsa, con su río transparente, el Manaironchaari. La tierra, Kipacha, era la vivienda de los machiguengas, pueblo peripatético. Por debajo, anidaba la lóbrega región de los muertos, cubierta casi toda ella por el río Kamabiría, donde navegaban las almas de los fallecidos antes de instalarse en su nueva morada. Y, finalmente, la región más temible y profunda, la del Gamaironi, río de aguas negras, sin peces, y de páramos donde tampoco había nada que comer. Eran los dominios de Kientibakori, creador de inmundicias, espíritu del mal y jefe de una legión de demonios: los kamagarinis. El sol de cada región iba perdiendo fuerza, brillantez, en relación con la precedente. El de Inkite era un sol fijo y radiante, blanco. El de Gamaironi, un sol oscuro y helado. El dudoso sol de la tierra se iba y volvía: su supervivencia estaba míticamente vinculada al comportamiento machiguenga.

¿Cuánto habría de cierto en esto y en los otros datos que me dio Fray Maluenda? ¿No habría hecho el amable misionero demasiados añadidos y adaptaciones en el material que recogió? Se lo pregunté a Mascarita, en mi segunda carta. Tampoco hubo respuesta.

Le envié la tercera como un año después, ya desde París. Lo reñía por su silencio contumaz y le confesaba que había renunciado a escribir mi relato sobre los habladores. Había borroneado cuadernos y pasado muchas horas en la Plaza del Trocadero, en la biblioteca y las vitrinas del Museo del Hombre, tratando de entenderlos y adivinarlos, en vano. Inventadas por mí, las voces de los habladores desafinaban. Así que me resigné a escribir otras historias. ¿Y él, qué hacía, cómo le iba, qué había estado haciendo todo este tiempo, qué proyectos?

Fue sólo a fines de 1963, cuando Matos Mar apareció por París, invitado a un congreso de antropología, que tuve noticias de su paradero. Lo que le oí, me dejó atónito.

—¿Saúl Zuratas se fue a vivir a Israel?

Estábamos en el Old Navy, en Saint-Germain-des-Prés, tomando un grog para resistir el frío y la tristísima tarde ceniza de diciembre. Fumábamos y yo me lo comía a preguntas sobre los amigos y los asuntos del remoto Perú.

—Cosas de su padre, parece —me explicó Matos Mar, encogido debajo de una bufanda y un abrigo tan abultados que parecía un esquimal—. Don Salomón, el talareño, ¿lo conociste? Saúl lo quería mucho. ¿Te acuerdas que rechazó esa beca de Burdeos para no dejarlo solo? Al viejito se le metió ir a morirse en Israel, por lo visto. Y, con la devoción que le tenía, claro que Mascarita le dio gusto. Decidieron todo muy rápido, de la noche a la mañana. Porque cuando Saúl me lo dijo, ya habían vendido la tiendecita que tenían en Breña, La Estrella, y estaban con las maletas hechas.

¿Y a Saúl le hacía gracias eso de ir a instalarse en Israel? Porque, allá, habría tenido que aprender hebreo, hacer el servicio militar, reordenar su vida de pies a cabeza. Matos Mar pensaba que, acaso, por su lunar lo habrían eximido del Ejército. Escarbé la memoria tratando de recordar si alguna vez lo había oído hablar de sionismo, de hacer *la aliá*. Nunca.

—Bueno, tal vez no haya sido una mala cosa para Saúl empezar todo desde cero —especuló Matos Mar—. Se debe haber adaptado a Israel, pues de esto hacen ya unos cuatro años y, que yo sepa, no ha vuelto al Perú. Me lo imagino muy bien viviendo en un kibbutz. La verdad es que Saúl en Lima no hacía nada. Se había decepcionado de la Etnología y de la Universidad por una razón que nunca acabé de entender. Dejó sin terminar su tesis doctoral. Y hasta creo que se eclipsó su enamoramiento con los machiguengas. «¿No vas a extrañar a tus calatos del Urubamba?», le pregunté, al despedirnos. «Seguro que no», me dijo. «Yo me adapto a todo. Allá en Israel debe haber, también, muchos calatos.»

En contra de lo que creía Matos Mar, pensé que a Saúl no le habría sido tan fácil hacer *la aliá*. Porque estaba visceralmente integrado al Perú, demasiado desgarrado y soliviantado por asuntos peruanos —por uno de ellos, al menos— para desprenderse de todo eso de la noche a la mañana, como quien se cambia de camisa. Muchas veces traté de imaginármelo en el Medio Oriente. Conociéndolo, era previsible suponer que al ciudadano israelí Saúl Zuratas tenían que habérsele presentado en su nueva patria toda clase de dilemas morales sobre la cuestión palestina y los territorios ocupados. Divagué, tratando de verlo en su nuevo ambiente, chapurreando su nueva lengua, ejerciendo su nuevo oficio —¿cuál?— y le pedí a Tasurinchi que ninguna bala se hubiera tropezado con él en las guerras e incidentes fronterizos de Israel desde que Mascarita estaba allí.

V

A Tasurinchi, un kamagarini travieso, disfrazado de avispa, le picó la punta del pene mientras orinaba. Él está andando. ¿Cómo? No lo sé. Pero anda, yo lo vi. No lo han matado. Pudo perder los ojos y la cabeza, pudo salírsele el alma por lo que hizo, allá, entre los yaminahuas. Nada le pasó, parece. Está bien, andando, contento. Sin rabia y riéndose, tal vez. «No hay razón para tanto alboroto», diciendo. Mientras iba rumbo al río Mishahua a visitarlo, yo pensaba: «No lo encontraré. Si es cierto que hizo eso, se habrá escapado lejos, donde los yaminahuas no lo hallen. O ya lo habrán matado, quizás, a él y también a sus parientes.» Pero ahí estaba y lo mismo su familia y la mujer que se robó. «¿Estás ahí, Tasurinchi?» «Ehé, ehé, estoy aquí.»

Ella está aprendiendo a hablar. «Hazlo, que el hablador vea que tú también hablas», le ordenó. Apenas se comprendía lo que la yaminahua decía, y las otras mujeres, burlándose, «¿qué son esos ruidos que estamos oyendo?», haciéndose las que buscaban, «¿qué animal se habrá metido a la casa?», levantando las esteras. La hacen trabajar y la tratan mal. «Cuando abre sus piernas a ella también le saldrán pescados, como a Pareni», diciendo. Y cosas peores todavía. Pero, es cierto, está aprendiendo a hablar. Algunas cosas que decía, entendí. «El hombre anda», le entendí.

«Entonces, es verdad, te robaste a una yaminahua», le comenté a Tasurinchi. Dice que no se la robó. La cambió por una sachavaca, un saco de maíz y otro de yuca, más bien. «Los yaminahuas deberían alegrarse, eso que les di vale más que ella», me aseguró. Le preguntó a la yaminahua en mi delante: «¿No es así?» Y ella asintió: «Sí, lo es», diciendo. También eso le entendí.

Desde que el kamagarini travieso le picó en el pene, Tasurinchi tiene que hacer cosas que bruscamente se le antojan, sin saber cómo ni por qué. «Es una orden que oigo y la tengo que obedecer», dice. «Vendrá de un diosecillo o de un diablillo, de algo que se me metió por el pene bien adentro, cómo será.» El robarse a esa mujer fue una de esas órdenes, parece.

El pene lo tiene ahora igual que antes. Pero se le ha quedado, en el alma, un espíritu que le manda ser distinto y hacer cosas que no comprenden los demás. Me mostró dónde estaba orinando cuando el kamagarini le picó. ¡Ay!, ¡ay!, le hizo chillar, lo hizo saltar, y ya no pudo seguir orinando. Espantó a la avispa de un manotón y la oyó reírse, quizás. Un rato después, su pene comenzó a crecer. Cada noche se hinchaba más, cada mañana más. Todos se reían de él. Avergonzado, se hizo tejer una cushma más grande. Lo escondía en su bolsón. Pero el pene seguía creciendo, creciendo, y ya no lo pudo ocultar. Le molestaba al moverse, lo arrastraba como su cola el animal. A veces la gente se lo pisaba sólo para oírlo chillar: ¡Ay! ¡Atatau! Tuvo que enrollarlo y ponérselo en el hombro, como yo a mi lorito. Iban así en los viajes, cabeza con cabeza, acompañándose. Tasurinchi le hablaba, para distraerse. El otro lo oía, callado, atento, como ustedes me oyen a mí, mirándolo con su gran ojazo. ¡Tuerto! ¡Tuertito! Fijo lo miraba, pues. Había crecido muchísimo. Creyéndolo árbol, los pájaros se posaban en él para cantar. Cuando Tasurinchi orinaba, salía de su bocaza una cascada de agua caliente, espumosa como las cataratas del Gran Pongo. Tasurinchi podía bañarse y su familia, tal vez. Le servía de asiento cuando se detenía a descansar. En las noches, de camastro. Y si iba de caza, de honda y de lanza. Podía dispararlo hasta la cresta del árbol para derribar a los shimbillos y, usándolo como pedrón, matar con él al puma.

Para purificarlo, el seripigari le envolvió el pene en hojas de helechos calentados a las brasas. El jugo del cocimiento se lo hizo tomar a sorbitos, cantando, toda una noche, mientras él bebía tabaco y ayahuasca, bailaba, desaparecía por el techo y volvía, transformado en saankarite. Entonces, le pudo chupar el daño y escupirlo. Era amarillo, espeso y olía a vómito de borrachera. De amanecida, el pene comenzó a enflaquecer y unas lunas después era el enanito de antes. Pero desde entonces Tasurinchi oye esas órdenes. «En algunas de mis almas, hay una madre caprichosa», dice. «Por eso me traje a la yaminahua, pues.»

Parece que ella se ha acostumbrado a su nuevo marido. Ahí está, en el Mishahua, tranquila, como si hubiera sido siempre mujer de Tasurinchi. Las otras, en cambio, andan rabiando, insultándola, y con cualquier pretexto le pegan. Yo las vi y las oí. «Ésta no es como nosotras», diciendo, «no es gente, quién será pues. Tal vez una mona, tal vez el pescado que se le atoró a Kashiri en la garganta». Ella seguía masticando la yuca como si no las oyera.

Otra vez, estaba trayendo un cántaro con agua y, sin darse cuenta, dio un encontrón a un niño, derribándolo. Entonces, todas se le echaron encima: «Lo hiciste adrede, quisiste matarlo», diciendo. No era verdad pero así le decían. Ella cogió un palo y se les enfrentó, sin rabiar. «Un día la matarán», le dije a Tasurinchi. «Sabe defenderse», me respondió. «Caza animales, algo que nunca supe hicieran las mujeres. Y es la que aguanta más carga en la espalda, cuando traemos las yucas de la chacra. Mi temor es que ella, más bien, mate a las otras. Los yaminahuas son gente de pelea, igual que los mashcos. Sus mujeres también, quizás.»

Le dije que, por eso mismo, debería estar inquieto. Y mudarse a otro lugar cuanto antes. Los yaminahuas estarían rabiando por lo que les hizo. ¿Y si venían a vengarse? Tasurinchi se echó a reír. Todo estaba arreglado, parece. El marido de la yaminahua vino a verlo, con dos más. Conversaron, bebiendo masato. Se entendían, pues. No querían a la mujer sino una escopeta, además de la sachavaca, el maíz y la yuca que les dio. Los Padres Blancos les habían dicho que tenía una escopeta. «Busquen», les ofreció. «Si la encuentran, llévensela.» Al final, se fueron. Contentos, parece. Tasurinchi no va a devolver a la yaminahua a sus parientes. Porque ella ya está aprendiendo a hablar. «Las otras se acostumbrarán a ella cuando tenga un hijo», dice Tasurinchi. Porque los niños ya se han acostumbrado. La tratan como si fuera gente, mujer que anda, «Madre», diciéndole.

Eso es, al menos, lo que yo he sabido.

Quién sabe si a Tasurinchi, el del Mishahua, esa mujer le dará felicidad. Puede traerle desgracia, también. A Kashiri, la luna, bajar a este mundo para casarse con una machiguenga lo desgració. Eso es lo que dicen, al menos. No deberíamos lamentarnos, tal vez. Las desdichas de Kashiri nos dan de comer y nos permiten calentarnos. ¿No es la luna el padre del sol en una machiguenga?

Eso era antes.

Joven fuerte, sereno, Kashiri se aburría en el cielo de más arriba, el Inkite, donde aún no había estrellas. Los hombres, en vez de yuca y plátano, comían tierra. Era su única comida. Kashiri bajó por el río Meshiareni, bogando con sus brazos, sin pértiga. La canoa esquivaba los remolinos y las piedras. Bajaba, flotando. El mundo estaba a oscuras todavía y soplaba mucho viento. Llovía a cántaros. En el Oskiaje, donde esta tierra se junta con los mundos del cielo, donde viven los monstruos y donde van a morir todos los ríos, Kashiri saltó a la orilla. Miró a su alrededor. No sabía dónde estaba pero se le veía contento. Empezó a andar. No mucho después vio, sentada, tejiendo una estera, cantando bajito una canción para ahuyentar a la culebra, a la machiguenga que le traería la dicha y la desdicha. Tenía pintadas las mejillas y la frente; dos rayas rojas le subían desde la boca hasta las sienes. Era, pues, soltera; aprendería, pues, a cocinar y hacer masato.

Para agradarla, Kashiri, la luna, le enseñó qué es la yuca, qué el plátano. Le mostró cómo se plantaban, recogían y comían. Desde entonces hay en el mundo comida y masato. Así comenzó después, parece. Luego, Kashiri se presentó en casa del padre de la muchacha. Llevaba los brazos cargados de animales que había pescado y cazado para él. Finalmente, le ofreció abrirle una chacra en la parte más alta del monte y trabajar, sembrando y arrancando la hierba, hasta que las yucas crecieran. Tasurinchi aceptó que se llevara a su hija. Tuvieron que esperar la primera sangre de la joven. Tardó en llegar y, mientras, la luna rozó, quemó y limpió el bosque y sembró plátano, maíz, yuca, para la que sería su familia. Todo iba muy bien.

La muchacha, entonces, comenzó a sangrar. Permaneció encerrada, sin decir una palabra a sus parientes. La anciana que la protegía no se separaba de ella ni de día ni de noche. La muchacha hilaba e hilaba las fibras del algodón, sin descanso. Ni una sola vez se acercó al fuego ni comió ají, para no atraer desgracias sobre ella o sus parientes. Ni una sola vez miró al que sería su marido ni tampoco le habló. Así estuvo hasta que dejó de sangrar. Luego, se cortó los cabellos y la anciana la ayudó a bañarse en agua tibia; le iba mojando el cuerpo con los chorritos del cántaro. Por fin, la joven pudo irse a vivir con Kashiri. Por fin, pudo ser su mujer.

Todo seguía andando. El mundo estaba tranquilo. Las bandadas de loritos pasaban sobre ellos, ruidosos y contentos. Pero en el caserío había otra muchacha que no era, tal vez, mujer sino un itoni, ese diablillo perverso. Ahora se viste de paloma pero, entonces, se vestía de mujer. Se llenó de rabia, parece, viendo los regalos de Kashiri a sus nuevos parientes. Ella hubiera querido que él fuera su marido, ella hubiera querido, pues, parir al sol. Porque la mujer de la luna había parido a ese niño robusto que, creciendo, daría calor y luz a nuestro mundo. Para que todos supieran su furia, ella se pintó la cara de rojo, con tintura de achiote. Y fue a apostarse en un rincón del camino por donde Kashiri tenía que pasar regresando del yucal. Acuclillada, vació su cuerpo. Pujaba fuerte, hinchándose. Luego enterró sus manos en la suciedad y esperó, rebalsándose de rabia. Cuando lo vio acercarse, se abalanzó sobre Kashiri, de entre los árboles. Y antes de que la luna pudiera escapar, le refregó la cara con la caca que acababa de cagar.

Kashiri supo ahí mismo que nunca se le borrarían esas manchas. ¿Qué iba a hacer en este mundo con semejante vergüenza? Entristecido, se volvió al Inkite, el cielo de más arriba. Ahí se ha quedado. Se le apagó la luz por esas manchas. Pero su hijo resplandece, más bien. ¿No brilla el sol? ¿No calienta? Nosotros lo ayudamos andando. Levántate, diciéndole, cada noche que se cae. Su madre fue una machiguenga, pues.

Eso es, al menos, lo que yo he sabido.

Pero el seripigari de Segakiato lo cuenta de otra manera.

Kashiri bajó a la tierra y divisó a la muchacha en el río. Estaba bañándose y cantando. Se le acercó y le aventó una puñada de tierra que le dio en el vientre. Enojada, ella comenzó a apedrearlo. Se había puesto a llover, de repente. Kientibakori estaría en el bosque, bailando, harto de masato. «Mujer tonta», le decía la luna a la joven, «te eché barro para que tengas un hijo». Todos los diablillos estaban felices entre los árboles, tirándose pedos. Y así pasó. La muchacha quedó preñada. Pero, cuando le tocó parir, murió. También murió su hijo. Los machiguengas se pondrían rabiosos, entonces. Cogerían sus flechas, sus cuchillos. Irían donde Kashiri y diciéndole «Tienes que comerte ese cadáver» lo rodearían. Lo amenazarían con sus arcos, le harían oler sus piedras. La luna se resistiría, temblando. Y ellos: «Cómetela, has de comerte a la muerta.»

Al fin, llorando, con un cuchillo abriría el vientre de su mujer. Ahí estaba la criatura, destellando. La sacó y ella resucitó, parece. Se movía y chillaba, agradecida. Viva estaba. Arrodillado, Kashiri empezó a tragarse el cuerpo de su esposa por los pies. «Está bien, ya puedes irte», le dijeron los machiguengas cuando había llegado a la barriga. Entonces, la luna, echándose al hombro los restos se regresó al cielo de más arriba, caminando. Ahí estará, mirándonos. Oyéndome estará. Sus manchas son los pedazos que no se comió.

Furioso por lo que hicieron con Kashiri, su padre, el sol, se estuvo quieto, quemándonos. Secaba los ríos, hacía arder las chacras y los bosques. A los animales los mataba de sed. «Nunca más se va a mover», decían los machiguengas, arrancándose los pelos. Miedosos estaban. «Habrá que morir», cantando, tristes. Entonces, el seripigari subió al Inkite. Habló con el sol. Lo convenció, parece. Se movería de nuevo, pues. «Andaremos juntos», dicen que le dijo. La vida fue desde entonces así, siendo como es. Ahí terminó antes y empezó después. Por eso seguimos andando.

«¿De ahí es tan floja la luz de Kashiri?», le pregunté al seripigari del río Segakiato. «Sí», me contestó. «La luna es un hombre a medias nomás. Otros dicen que, comiendo un pescado, se le atracó una espina en la garganta. Y que desde entonces se apagó.»

Eso es, al menos, lo que yo he sabido.

Cuando estaba viniendo, aunque conocía el camino,

me perdí. Sería culpa de Kientibakori, de sus diablillos o de algún machikanari con muchos poderes. La lluvia empezó de pronto, sin aviso, sin que se oscureciera antes el cielo y sin volverse el aire salmuera. Yo estaba vadeando un río y la lluvia caía ya con tanta fuerza que no me dejaba trepar la pendiente. Daba dos o tres pasos, resbalaba, la tierra se deshacía bajo mis pies y me regresaba al fondo del caño. Asustado, el lorito se puso a aletear y, chillando, se escapó. Pronto, la pendiente fue torrentera. Lodo y agua, también piedras, ramas, matorrales, árboles partidos por la tormenta, cadáveres de pájaros e insectos. Todo rodando contra mí. El cielo se puso negro; a ratos había incendio de rayos. Tronaba como si todos los animales del monte se hubieran puesto a rugir. Cuando el señor del trueno rabia así, algo grave está pasando. Yo seguía queriendo subir la quebrada. ¿Podría? Si no me trepo a un árbol bien alto, me iré, pensaba. Pronto todo esto será un hervidero de agua del cielo. Ya no tenía fuerzas para forcejear; mis piernas y brazos estaban llenos de heridas de los golpes que me daba en las caídas. Tragaba agua por la nariz y por la boca. Hasta por los ojos y por el ano se me estaría metiendo el agua en el cuerpo. Será tu fin, Tasurinchi, tu alma se escapará quién sabe adónde. Y me tocaba la coronilla para sentirla salir.

No sé cuánto estuve así, trepando, rodando, volviendo a trepar, volviendo a caer. El caño se había vuelto un río anchísimo, después de tragarse las orillas. Hasta que, de tan cansado, me dejé hundir. «Voy a descansar», diciendo, «basta de lucha inútil». Pero los que se van así, ¿descansan? ¿No es ahogarse la peor manera de irse? Prontito estaría flotando en el río de los muertos, el Kamabiría, hacia el abismo sin sol y sin pescados que es el mundo de más abajo, la tierra oscura de Kientibakori. Y mientras, sin darme cuenta, mis manos se habían prendido de un tronco que la tormenta echaría al río, tal

114

vez. No sé cómo pude encaramarme. Tampoco si en ese mismo momento me quedé dormido. El sol se había caído. La oscuridad estaba fría. Sobre mi espalda, las gotas parecían piedras.

En el sueño, descubrí la trampa. Lo que yo creía un tronco era un lagarto, pues. Esa costra tan dura, tan punzante, ¿qué corteza podía ser? Es el lomo del caimán, Tasurinchi. ¿Se había dado cuenta el lagarto que me tenía sobre él? Hubiera empezado a coletear, tal vez. O se hubiera hundido para obligarme a soltarlo y darme de mordiscos debajo del agua, como hacen siempe los caimanes. ¿Estaría muerto, quizá? Si hubiera estado, flotaría patas al cielo. ¿Qué vas a hacer, Tasurinchi? ¿Deslizarte al agua, despacito, y nadar hasta la orilla? Nunca hubiera llegado, en esa tempestad. Ni siquiera se veían los árboles. A lo mejor ya no quedaba tierra en este mundo. ¿Tratar de matar al lagarto? No tenía con qué. Allá en el caño, mientras luchaba contra la pendiente, había perdido mi bolsón, mi cuchillo y mis flechas. Mejor quedarme quieto, montadito en el lagarto. Mejor esperar que alguien o algo decidiera.

Estuvimos flotando, al capricho del agua. Sentía mucho frío, temblaba y me chocaban los dientes. «Dónde estará el lorito», pensando. El lagarto no movía sus patas ni su cola, se dejaba llevar donde el río quisiera. Poco a poco fue aclarando. Aguas fangosas, cadáveres de animales, palizadas de techos, de casas, de ramas y canoas. De cuando en cuando, hombres medio comidos por las pirañas y otras bestias del agua. Había nubarrones de mosquitos, había arañas del agua caminando por mi cuerpo. Las sentía picarme. Tenía mucha hambre y hubiera podido, tal vez, coger uno de esos peces muertos que el agua arrastraba, pero ¿y si llamaba la atención del lagarto? Bebía, nomás. Para aplacar la sed no necesitaba moverme, sólo abrir la boca. La lluvia me la llenaba de agua fresquita.

Entonces, se me paró en el hombro un pajarito. Por su cresta roja y amarilla, sus plumas, su pecho dorado y su pico tan puntiagudo, parecía un kirigueti. Pero era, tal vez, un kamagarini o, acaso, un saankarite. Porque ¿quién ha visto que los pajaritos hablen? «Estás en una situación muy difícil», dijo su vocecita chirriante. «Si te sueltas, el lagarto te descubrirá. Sus ojitos chuecos miran larguísimo. Te atontará de un coletazo, te cogerá por la barriga con su bocaza dientuda y te comerá. Con huesos y pelos te comerá, porque tiene tanta hambre como tú. ¿Pero, te puedes quedar prendido de ese caimán toda tu vida?»

«¿De qué me sirve que me digas lo que de sobra sé?», le respondí. «¿No podrías, más bien, darme un consejo? Dime cómo hago para salir del agua.»

«Volando», pió, revoloteando su cresta rojiamarilla. «No hay otra forma, Tasurinchi. Como hizo tu lorito en la pendiente o, así, como yo.» Y, dando un brinquito, haciendo círculos, desapareció.

¿Acaso es tan sencillo volar? Los seripigaris y los machikanaris vuelan, en la mareada. Pero ellos tienen la sabiduría; los cocimientos, diosecillos y diablillos los ayudan. Yo, ¿qué tengo? Las cosas que me cuentan y que cuento, nada más. Eso, tal vez, no ha hecho volar a nadie todavía. Estaba maldiciendo al kamagarini vestido de kirigueti cuando sentí que me rascaban la planta de los pies.

En la cola del lagarto había venido a posarse una garza. Le vi sus largas patas rosadas, le vi su pico torcido. Me escarbaba los pies, buscando gusanos o creyendo tal vez que eran comida. Hambrienta andaba ella también. Por más miedo que sentía, me vino la risa. No pude contenerme, pues. Empecé a reírme. Así como ustedes ahora me reía. Torciéndome y retorciéndome de las carcajadas. Igualito que tú, Tasurinchi. Y el lagarto se despertó, pues. Ahí mismo se dio cuenta que a su espalda pasaban cosas que no veía ni entendía. Abrió su bocaza, roncó, coleteó rabioso y yo, sin saber lo que hacía, ya estaba prendido de la garza. Como un monito de la mona, como un recién nacido de la madre que le está dando de mamar. Asustada con los coletazos, la garza trataba de irse, volando. Y, como no podía, pues yo estaba prendido de ella, chillaba. Sus chillidos lo asustaban más al lagarto y también a mí. Los tres chillábamos, parece. Chilla y chilla a cual más estábamos los tres.

Y, de pronto, vi, abajo, alejándose, al lagarto, al río, al fango, y un viento fuertísimo me dejaba apenas respirar. Ahí estaba yo. Sí, en el aire, allá arriba. Ahí se iba Tasurinchi, el hablador, volando. La garza volaba y yo, colgado de su pescuezo, mis piernas enroscadas en sus patas, también. Abajo, se veía la tierra, amaneciendo. Brillaba de agua por todas partes. Esas manchitas oscuras serían los árboles; esas serpientes, los ríos. Hacía más frío que nunca. ¿Habíamos salido de la tierra? Esto debía ser, pues, Menkoripatsa, el mundo de las nubes. No aparecía su río. ¿Dónde estaba el Manaironchaari, de aguas de algodón? ¿Era cierto que estaba volando? La garza habría crecido para poder sostenerme. O tal vez yo me habría vuelto del tamaño de un ratón. Quién sabe cómo sería. Ella volaba, tranquila, moviendo sus alas, dejándose llevar por el viento. Sin que mi peso la molestara, tal vez. Cerré los ojos para no ver lo lejos que había quedado la tierra. Qué hondo, qué abajo. Sintiendo tristeza por ella, quizá. Cuando los abrí, vi sus alas blancas, los bordes rosados, el aleteo a compás. El calorcito de su plumón me defendía contra el frío. Ella gargajeaba a ratos, estirando su cuello, alzando su pico, como hablándose. Éste era el Menkoripatsa, pues. Hasta este mundo subían los seripigaris en las mareadas; entre estas nubes consultaban con los diosecillos saankarites sobre los daños y enredos de los malos espíritus. Cuánto hubiera querido ver a un seripigari allí, flotando. «Ayúdame, sácame de este apuro, Tasurinchi», diciéndole. Porque, ahí arriba, volando entre las nubes, ¿no estaba todavía peor que montado encima del caimán?

Quién sabe cuánto estuve volando con la garza. ¿Y ahora, Tasurinchi? No vas a resistir mucho. Los brazos y las piernas se te están cansando. Te soltarás, en el aire tu cuerpo se irá deshaciendo y cuando llegues a la tierra serás agua. Había parado de llover. Se estaba levantando el sol. Eso me dio ánimos. ¡Fuerza, Tasurinchi! Di patadas, jalones, cabezazos y hasta mordí a la garza para obligarla a bajar. No entendía, ella. Asustada, ya no gargajeaba; comenzó a chillar, picoteando aquí, allá. Haciendo piruetas, así, así, para soltarme. Casi me gana el forcejeo, pues. Varias veces estuve a punto de zafarme. Y, de pronto, me di cuenta que cuando le estrujaba su ala, nos caíamos, como si se tropezara en el aire. Eso me salvó, tal vez. Con las fuerzas que me quedaban, enredé mis pies en una de sus alas, atracándola. Ya no pudo aletear esa ala, casi. ¡Fuerza, Tasurinchi! Ocurrió lo que quería, entonces. Moviendo sólo la otra, por más que lo hacía rapidito, rapidito, ya no volaba como antes. Se cansó, empezó a bajar. Bajando, bajando, entre chillidos; desesperada, quizás. Yo, en cambio, feliz. La tierra se acercaba. Más, más. Qué suerte tienes, Tasurinchi. Ahí está, ya. Cuando me rozaron las copas de los árboles, me solté. Cayendo, cayendo, vi a la garza. Parloteando, aleteando dichosa otra vez con sus dos alas, elevándose. Iba dándome muchos golpes, arañazos. Iba rebotando entre las ramas, las rompía, descascaraba los troncos y sentía que me estaba rompiendo yo también. Trataba de sujetarme, con las manos, con los pies, «Qué suerte tienen los monos, quién tuviera una cola para colgarse», pensando. Las hojas y las ramitas, los bejucos, las enredaderas, las telarañas, las lianas me irían parando en mi caída, tal vez. Cuando me estrellé en la tierra el golpe no me mató, creo. Qué alegría, sintiendo la tierra bajo mi cuerpo. Era blanda, tibia. Húmeda, también. Ehé, aquí estoy, he llegado. Éste es mi mundo. Ésta es mi casa. Lo mejor que me ha pasado es vivir acá, en esta tierra, no en el agua, no en el aire.

Cuando abrí los ojos, ahí estaba Tasurinchi, el seripigari, mirándome. «Tu lorito te ha esperado mucho rato», me dijo. Y ahí estaba él, carraspeando. «¿Cómo sabes que es el mío?», me burlé. «Hay muchos loros en el monte.» «Éste se parece a ti, pues», me respondió. Era mi lorito, sí. Parloteaba, contento de verme. «Has dormido no sé cuántas lunas», me contó el seripigari.

«Me han pasado muchas cosas en este viaje, viniendo a verte, Tasurinchi. Ha sido difícil llegar hasta aquí. Nunca hubiera llegado, de no haber sido por un lagarto, un kirigueti y una garza. A ver si tú me explicas cómo fue eso posible.»

«Te salvó no tener rabia durante toda tu aventura», me comentó, después que le conté lo que les acabo de contar. Así será, pues. La rabia es un desarreglo del mundo, parece. Si los hombres no tuvieran rabia, la vida sería mejor de lo que es. «Ella es culpable de que haya cometas —kachiborérine— en el cielo», me aseguró. «Con sus colas de fuego y sus carreras, ellos son una amenaza de confusión para los cuatro mundos del Universo.»

Ésta es la historia de Kachiborérine.

Eso era antes.

El cometa era un machiguenga, al principio. Joven y sereno. Andaba. Contento estaría. Se le murió la mujer, dejándole un hijo que creció sano y fuerte. Él lo crió y tomó una nueva mujer, hermana menor de la que había perdido. Un día, cuando regresaba de pescar boquichicos, encontró al muchacho montado sobre su segunda esposa. Los dos jadeaban, bien contentos. Kachiborérine se apartó de la cabaña, preocupado. «Tengo que conseguirle una mujer a mi hijo», pensando. «Necesita una esposa, pues.»

Fue a consultar al seripigari. Éste habló con el saankarite y regresó: «El único lugar donde puedes conseguir una esposa para tu hijo es en la región donde viven los chonchoites», diciéndole. «Pero ten cuidado, ya sabes por qué.»

Kachiborérine fue allí, sabiendo muy bien que los chonchoites se afilan los dientes con cuchillos y comen carne humana. Apenas entró en su territorio, nada más cruzar la cocha donde empieza, sintió que se lo tragaba la tierra. Vio todo oscuro. «He caído en una tseibarintsi», pensó. Sí, ahí estaba, en un hueco disimulado en el suelo con ramas y hojas y lanzas para que se ensarten el sajino y el tapir. Los chonchoites lo sacaron de allí magullado y miedoso. Tenían máscaras de diablos que dejaban ver sus fauces hambrientas. Contentos estaban, oliéndolo y lamiéndolo. Por todas partes le pasaban sus narices y sus lenguas. Sin más, le sacaron los intestinos, como a un pescado. Y ahí mismo los pusieron a asar sobre piedras calientes. Mientras los chonchoites, aturdidos, dichosos, se comían sus tripas, el pellejo semivacío de Kachiborérine se escapó y cruzó la cocha.

En el viaje de regreso a su casa, preparó cocimiento de tabaco. También era seripigari, tal vez. La mareada le hizo saber que su mujer estaba calentando un bebedizo con veneno de cumo, para matarlo. Sin dejarse llevar todavía por la rabia, Kachiborérine le mandó un mensajero, aconsejándola. «¿Por qué le quieres matar a tu marido?», diciendo. «No hagas eso. Ha sufrido mucho. Prepárale, más bien, un cocimiento que le reponga los intestinos que se comieron los chonchoites.» Ella escuchaba sin decir nada, mirando de reojo al muchacho que era ahora su marido. Contentos estaban los dos viviendo juntos.

Poco después, Kachiborérine llegó a su casa. Cansado de tanto viajar; triste por su fracaso. La mujer le alcanzó una vasija. El líquido amarillento parecía masato, pero era chicha de maíz. Soplando la espumita de la superficie, él bebió, ansioso. Pero el líquido se le salió por el cuerpo, que era puro pellejo, mezclado con chorros de sangre. Llorando, Kachiborérine comprendió que estaba vacío; llorando, que era un hombre sin tripas ni corazón.

Entonces, tuvo rabia.

Llovió, hubo relámpagos. Todos los diablos saldrían al bosque a bailar. Asustada, la mujer echó a correr. Hacia la chacra, monte arriba, tropezándose corría. Allí se ocultó en el tronco de un árbol que su marido había excavado para hacer una canoa. Kachiborérine la buscaba, gritando rabioso: «He de despedazarla.» Preguntaba su paradero a las yucas del yucal y, como no sabían responderle, las arrancaba a manotones. Preguntaba a la maguna, al floripondio: no sabemos. Ni las plantas ni los árboles le decían su paradero. Entonces, con su machete las tajaba y después las pisoteaba. En el fondo del bosque, bebiendo masato, Kientibakori bailaba, feliz.

Por fin, mareado de buscar, ciego de tanta rabia, Kachiborérine volvió a su casa. Cogió una caña de bambú, machacó uno de sus extremos, lo empapó bien con resina del árbol de ojeé y le prendió fuego. Cuando la llama estuvo alta, tomó la caña por la otra punta y se la metió en el ano, bien adentro. Miraba el suelo, miraba el bosque, brincando y rugiendo. Por fin, ahogado de rabia, señalando el cielo, exclamó: «¿Adónde he de ir, pues, que no sea este mundo maldito? Allá arriba iré, allá estaré mejor, quizás.» Ya vuelto diablo, comenzó a subir, a subir. Y, desde entonces, allá está. Desde entonces es ese que vemos, de cuando en cuando, en el Inkite: Kachiborérine, el cometa. No se ve su cara. No se ve su cuerpo. Sólo la caña llameante que lleva en el ano. Andará siempre rabiando, quizá.

«Menos mal que no te encontraste con él, cuando volabas prendido de la garza», se burló de mí Tasurinchi, el seripigari. «Te hubiera quemado con su cola, pues.» Según él, Kachiborérine baja a este mundo, a veces, a recoger cadáveres de machiguengas, de las orillas de los ríos. Los carga a su espalda y se los sube, allá. Los convierte en estrellas furtivas, dicen.

Eso es, al menos, lo que yo he sabido.

Estábamos conversando en esa región donde hay tantas luciérnagas. Había anochecido mientras hablaba con Tasurinchi, el seripigari. El bosque se encendía por allá, se apagaba por aquí, se encendía más allá. Haciéndonos guiños parecía. «No sé cómo puedes vivir en este sitio, Tasurinchi. Yo no viviría aquí. Yendo de un lado a otro, he visto muchas cosas entre los hombres que andan. Pero te aseguro que en ninguna parte vi tantas luciérnagas. Todos los árboles se han puesto a chispear. ¿No será anuncio de desgracia? Cada vez que vengo a visitarte, tiemblo acordándome de estas luciérnagas. Parece que estuvieran mirándonos, escuchando lo que te digo.»

«Claro que nos están mirando», me aseguró el seripigari. «Claro que escuchan con atención lo que hablas. Igual que yo, esperan tu venida. Se alegran viéndote llegar y oyendo tus historias. Tienen buena memoria, a diferencia de lo que me pasa a mí. Yo estoy perdiendo la sabiduría al mismo tiempo que las fuerzas. Ellas se conservan jóvenes, parece. Cuando te vas, me entretienen recordándome lo que te oyeron contar.»

«¿Te estás burlando de mí, Tasurinchi? He visitado a muchos seripigaris y a todos les he oído algo extraordinario. Pero nunca supe que alguno conversara con luciérnagas.»

«Pues aquí estás viendo uno», me dijo Tasurinchi, riéndose de mi sorpresa. «Para oír, hay que saber escuchar. Yo he aprendido. Si no, habría dejado de andar hace tiempo. Acuérdate, yo tenía una familia. Todos se fueron, matados por el daño, el río, el rayo y el tigre. ¿Cómo crees que pude resistir tantas desgracias? Escuchando, hablador. Aquí, en este rincón del monte, nunca viene nadie. Muy de cuando en cuando, algún machiguenga de las quebradas de más abajo, buscando ayuda. Viene, se marcha y me vuelvo a quedar solo. Nadie vendrá a matarme aquí; no hay viracocha, mashco, punaruna o diablo que suba este monte. Pero la vida de un hombre tan solo se acaba rápido.

»¿Qué podía hacer? ¿Rabiar? ¿Desesperarme? ¿Ir a la orilla del río y clavarme una espina de chambira? Me puse a reflexionar y me acordé de las luciérnagas. A mí también me producían cierta inquietud, como a ti. ¿Por qué había tantas, pues? ¿Por qué en ninguna otra parte del monte se reunían como en este lugar? En la mareada lo averigüé. Se lo pregunté al espíritu de un saankarite, allá en el techo de mi casa. "¿No será por ti?", me respondió. "¿No habrán venido para acompañarte? Un hombre necesita su familia, para andar." Me dejó pensando, pues. Y, entonces, les hablé. Me sentía raro, hablando a unas luces que se apagaban y encendían, sin contestarme. "He sabido que están aquí para hacerme compañía. El diosecillo me lo explicó. Bruto fui de no adivinarlo antes. Les agradezco que hayan venido, que estén rodeándome." Pasó una noche, otra noche y otra. Cada vez que el monte se oscurecía y se llenaba de lucecitas, yo me purificaba con agua, preparaba el tabaco, los cocimientos, y les hablaba, cantándoles. Toda la noche les cantaba. Y, aunque no me respondían, las escuchaba. Con atención. Con respeto. Pronto estuve seguro de que me entendían. "Comprendo, comprendo. Están probando la paciencia de Tasurinchi." Callado, inmóvil, sereno, cerrando los ojos, esperando. Las escuchaba, sin oír. Por fin, una noche después de muchas, ocurrió. Ahí, ahora. Unos ruidos distintos a los ruidos del monte cuando anochece. ¿Los oyes? Murmullos, susurros, quejidos.

Una cascada de voces bajitas. Remolinos de voces, voces que se atropellan y se cruzan, voces que apenas se pueden oír. Escucha, escucha, hablador. Siempre es así, al principio. Como una confusión de voces. Después, ya se entiende. Había ganado su confianza, quizás. Pronto, pudimos conversar. Y ahora son mis parientes.»

Así ha sido, parece. Se han acostumbrado ellas y Tasurinchi. Ahora se pasan las noches conversando. El seripigari les cuenta de los hombres que andan y ellas le cuentan su historia de siempre. No están contentas, las luciérnagas. Antes, estarían. Perdieron la felicidad hace muchas lunas, aunque sigan chispeando. Porque todas las luciérnagas de aquí son machos. Ésa es su desgracia, pues. Sus hembras son las luces de allá arriba. Sí, las estrellas del Inkite. ¿Qué hacen ellas en el mundo de arriba y ellos en éste? Ésa es la historia que cuentan, según Tasurinchi. Miren, mírenlas. ¿Lucecitas que aparecen y desaparecen? Sus palabras, tal vez. Ahora mismo, aquí, alrededor nuestro, se estarán contando cómo perdieron sus mujeres. No se cansan de hablar de eso, dice él. Viven recordando su desgracia y maldiciendo a Kashiri, la luna.

Ésta es la historia de las luciérnagas.

Eso era antes.

En ese tiempo formaban una sola familia, los machos tenían sus hembras y las hembras sus machos. Había paz, comida y las que se iban volvían sopladas por Tasurinchi.

Los machiguengas todavía no comenzábamos a andar. La luna vivía entre nosotros, casado con una machiguenga. Insaciable, sólo quería estar encima de ella. La preñó y nació el sol. Kashiri se la montaba más y más. El seripigari le advirtió: «Un daño ocurrirá, en este mundo y en los de arriba, si sigues así. Déjala descansar a tu mujer, no seas tan hambriento.» Kashiri no le hizo caso pero los machiguengas se asustaron, pues. El sol perdería su luz, tal vez. La tierra se quedaría a oscuras, fría; la vida iría desapareciendo, quizás. Y así fue. Hubo trastornos terribles, de pronto. El mundo tembló, se salieron los ríos, del Gran Pongo emergieron seres monstruosos que devastaron las regiones. Los hombres que andan, confundidos, malaconsejados, estaban viviendo de noche, huidos del día, para dar gusto a Kashiri. Porque la luna, envidiosa de su hijo, detestaba el sol. ¿Íbamos todos a morir? Parecía. Entonces, Tasurinchi sopló. Sopló de nuevo. Siguió soplando. No mató a Kashiri pero lo apagó, dejándolo con la luz débil que ahora tiene. Y lo despachó de vuelta al Inkite, de donde había bajado en busca de mujer. Así empezaría después.

Pero para que la luna no se sintiera solitaria, «Llévate una compañía, la que quieras», le dijo su padre, el sol. Kashiri, entonces, señaló a las hembras de estas luciérnagas. ¿Porque brillaban con luz propia? Le recordarían la luz que perdió, tal vez. La región del Inkite adonde el padre del sol fue expulsado, será la noche. Las estrellas de allí arriba, las hembras de estas luciérnagas. Allí estarán ellas, arriba. Dejándose montar por la luna, macho insaciable, estarán. Y ellos, aquí, sin sus mujeres, esperándolas. ¿Por eso será que cuando se divisa una estrella cayendo, rodando, se enloquecen las luciérnagas? ¿Por eso chocarán unas con otras, se estrellarán contra los árboles, revoloteando? «Es una de nuestras mujeres», pensarán. «Se ha escapado de Kashiri», diciendo. Todos los machos soñando: «La que se escapa, la que viene, es mi mujer.»

Así empezaría después, acaso. El sol vive solo, también; alumbra y da calor. Por culpa de Kashiri hubo noche. El sol quisiera tener familia, a veces. Estar cerca de su padre, por malvado que haya sido. Irá a buscarlo. Y, entonces, se cae, una vez, otra vez. Ésas son las caídas del sol, parece. Por eso nos echaríamos a andar. Para poner el mundo en orden y evitar la confusión. Tasurinchi, el seripigari, está bien. Contento. Andando. Rodeado de luciérnagas está.

Eso es, al menos, lo que yo he sabido.

Mucho aprendo en cada viaje, escuchando. ¿Por qué los hombres pueden plantar y recoger la yuca en el yucal y no las mujeres? ¿Por qué las mujeres pueden plantar y arrancar el algodón en la chacra y no los hombres? Hasta que, una vez, allá por el río Poguintinari, escuchando a los machiguengas, lo entendí. «Porque la yuca es macho y el algodón hembra, Tasurinchi. A la planta le gusta tratar con su igual, pues.» Hembra con hembra, macho con macho. Ésa es la sabiduría, parece. ¿Cierto, lorito?

¿Por qué la mujer que perdió a su marido puede ir de pesca y, en cambio, no puede cazar sin que peligre el mundo? Cuando flecha a algún animal, la madre de las cosas sufre, dicen. Sufrirá, tal vez. En las prohibiciones y en los peligros pensaba mientras venía. «¿No tienes miedo de viajar solo, hablador?», me preguntan. «Acompáñate con alguien, más bien.» Me acompaño, a veces. Si alguien va por mi rumbo, andamos juntos. Si veo a una familia andando, ando con ella. Pero no siempre es fácil hallar compañía. «¿No tienes miedo, hablador?» No tenía, antes, porque no sabía. Ahora tengo. Ahora sé que podría encontrarme, en una quebrada, en un caño, a un kamagarini o a uno de los monstruos de Kientibakori. ¿Qué haría entonces? No lo sé. A veces, cuando he levantado el refugio, clavado los palos en la orilla del río, puesto encima las hojas de la palmera, empieza a llover. ¿Y si se aparece el diablillo, qué harás?, pienso. Y me paso la noche despierto. Hasta ahora no se apareció. Quizá lo espantan las hierbas de mi chuspa; quizá, el collar que el seripigari me colgó, diciendo: «Te protegerá contra los demonios y las mañoserías del machikanari.» Nunca me lo he quitado desde entonces. El que ve a un kamagarini perdido en el bosque, ahí mismo muere, aseguran. No habré visto a ninguno todavía. Quizá.

Tampoco es bueno viajar solo por el monte debido a las prohibiciones de la cacería, me explicó el seripigari. «¿Cómo harás cuando caces un mono o fleches una pavita?», diciendo. «¿Quién ha de recoger el cadáver, pues? Si tocas al animal que mataste, te corromperás.» Es peligroso, parece. Escuchando, aprendí cómo hay que hacer. Limpiar la sangre primero, con hierbas o agua. «Le limpias bien su sangre y le puedes tocar. Porque la corrupción no está en la carne ni en los huesos, sino en la sangre del que murió.» Así lo hago y aquí estoy. Hablando. Andando.

Gracias a Tasurinchi, el seripigari de las luciérnagas, nunca me aburro cuando estoy viajando. Tampoco siento tristeza, «Cuántas lunas faltarán todavía para encontrar al primer hombre que anda», pensando. Más bien, me pongo a escuchar. Y aprendo. Escucho con atención, como él hacía. Con cuidado, con respeto, escuchando. Luego de un tiempo la tierra se suelta a hablar. Igual que en la mareada se suelta la lengua de todos y de todas. Las cosas que uno menos creería, hablan. Ahí están: hablando. Los huesos, las espinas. Los guijarros, los bejucos. Las matitas y las hojas que están brotando. El alacrán. La fila de hormigas que arrastra el moscardón al hormiguero. La mariposa con arcoiris en las alas. El picaflor. Habla el ratón trepado en la rama y hablan los círculos del agua. Quietecito, tumbado, con los ojos sin abrir, el hablador está escuchando. Que todos se olviden de mí, pensando. Una de mis almas se va, entonces. Y viene a visitarme la madre de algo que me rodea. Oigo, comienzo a oír. Ya estoy entendiendo. Todos tienen algo que contar. Eso es, quizá, lo que aprendí escuchando. El escarabajo, también. La piedrecita que apenas se ve, sobresaliendo del barro, también. Hasta el piojo del pelo que uno parte en dos con la uña, tiene una historia que contar. Ojalá recordara todo lo que voy oyendo. No se cansarían de oírme, tal vez.

Algunas cosas saben su historia y las historias de las demás; otras, sólo la suya. El que sabe todas las historias tendrá la sabiduría, sin duda. De algunos animales yo aprendí su historia. Todos fueron hombres, antes. Nacieron hablando, o, mejor dicho, del hablar. La palabra existió antes que ellos. Después, lo que la palabra decía. El hombre hablaba y lo que iba diciendo, aparecía. Eso era antes. Ahora, el hablador habla, nomás. Los animales y las cosas ya existen. Eso fue después.

El primer hablador sería Pachakamue, entonces. Tasurinchi había soplado a Pareni. Era la primera mujer. Se bañó en el Gran Pongo y se puso una cushma blanca. Ahí estaba: Pareni. Existiendo. Luego, Tasurinchi sopló a su hermano de Pareni: Pachakamue. Se bañó en el Gran Pongo y se puso una cushma color greda. Ahí estaba él: Pachakamue. El que, hablando, nacería a tantos animales. Sin darse cuenta, parece. Les daba su nombre, pronunciaba la palabra y los hombres y las mujeres se volvían lo que Pachakamue decía. No quiso hacerlo. Pero tenía ese poder.

Ésta es la historia de Pachakamue, cuyas palabras nacían animales, árboles y rocas.

Eso era antes.

Una vez fue a visitar a su hermana, Pareni. Cuando empezaban a tomar masato, sentados en las esteras, él le preguntó por sus hijos. «Están jugando allá, trepados en el árbol», dijo ella. «Cuidado se vuelvan monitos», se rió Pachakamue. Y, apenas lo dijo, los que habían sido niños, ya con pelos, ya con cola, atronaron el día de tanto chillido. Prendidos de las ramas con sus colas, se balanceaban, contentos.

En otra visita a su hermana, Pachakamue preguntó a Pareni: «¿Y tu hija?» La muchacha había tenido la primera sangre y estaba purificándose, en un refugio de hojas y cañas, a la espalda de su casa. «La tienes encerrada como a una sachavaca», comentó Pachakamue.

«¿Qué quiere decir sachavaca?», exclamó Pareni. Al instante escucharon un mugido y un escarbar de patas en la tierra. Y ahí salió, despavorida, husmeando el aire, rumbo al monte, la sachavaca. «Eso querrá decir, pues», murmuró Pachakamue, señalándola.

Entonces Pareni y su marido Yagontoro se alarmaron. Con las palabras que decía ¿Pachakamue no desarreglaba el mundo? Era prudente matarlo. ¡Qué daños ocurrirían si seguía hablando! Lo invitaron a tomar masato. Cuando estuvo borracho, con mañas lo llevaron a orillas de un barranco. «Mira, mira», le dijeron. Él miró y entonces lo empujaron. Pachakamue rodó y rodó. Al llegar al fondo, ni siquiera se había despertado. Seguía durmiendo y eructando, su cushma vomitada de masato.

Al abrir sus ojos se sorprendió mucho. Pareni lo espiaba desde el borde. «¡Ayúdame a salir de aquí, pues!», le pidió. «Transfórmate en un animal y escala el precipicio», se burló ella. «¿No haces eso con los machiguengas?» Siguiendo su consejo, Pachakamue pronunció la palabra «Sankori». Y ahí mismo se transformó en hormiga sankori, la que construye galerías colgantes en los troncos y en las rocas. Pero, esta vez, las construcciones de la hormiguita tenían misterio; se deshacían cada vez que se acercaban al filo del barranco. «¿Qué hago ahora?», gimió el hablador, desesperado. Pareni le aconsejó: «Hablando, haz que crezca algo entre las piedras. Y trépate por él.» Pachakamue dijo «Carrizo» y un carrizo brotó y creció. Pero cada vez que él se izaba, la caña se partía en dos y el hablador rodaba al fondo de la quebrada.

Entonces, Pachakamue se marchó en la otra dirección, siguiendo la curva del precipicio. Rabioso estaba. «He de causar desgracias», diciendo. Yagontoro lo persiguió para matarlo. Fue una persecución difícil, larga. Pasaban las lunas y el rastro de Pachakamue se perdía. Una mañana, Yagontoro encontró una planta de maíz.

En la mareada supo que la planta había crecido de unos granos de maíz tostado que Pachakamue llevaba en su chuspa; habrían caído al suelo sin que lo notara. Lo estaba alcanzando, por fin. En efecto, no mucho después lo divisó. Pachakamue represaba un río, taponeándolo con árboles y piedras que hacía rodar. Quería desviarlo para inundar un caserío y ahogar a los machiguengas. Se tiraba pedos, rabioso. Allá en el bosque, Kientibakori y sus kamagarinis bailarían, borrachos de felicidad.

Yagontoro, entonces, le habló. Lo hizo recapacitar y lo convenció, parece. Lo invitó a que regresaran juntos donde Pareni. Pero, a poco de iniciado el viaje, lo mató. Hubo una tormenta que enfureció los ríos y arrancó de cuajo muchos árboles. Llovió a cántaros, con truenos. Yagontoro, impasible, seguía cortándole la cabeza al cadáver de Pachakamue. Después, traspasó la cabeza con dos espinas de chonta, una vertical, otra horizontal, y la enterró en un sitio secreto. Pero se olvidó de cortarle la lengua y ese error lo pagamos todavía. Hasta que no se la cortemos, seguiremos en peligro, parece. Porque esa lengua a veces habla, desarreglando las cosas. Dónde estará enterrada esa cabeza, no se sabe. El sitio hiede a pescado podrido, dicen. Y los helechos del rededor humean siempre, como una fogata apagándose.

Yagontoro, después de decapitar a Pachakamue se dispuso a regresar donde Pareni. Estaba contento, creía haber salvado a este mundo del desorden. Ahora todos vivirán tranquilos, pensaría. Pero, a poco de estar andando, se sintió pesado. ¿Y por qué, además, tan torpe? Asustado, notó que sus pies eran patas; sus manos, antenas; sus brazos, alas. En vez de hombre que anda, era ya carachupa, como su nombre indica. Debajo del bosque, atragantándose de tierra, a través de los dos virotes, la lengua de Pachakamue habría dicho: «Yagontoro.» Y Yagontoro se había vuelto, pues, yagontoro.

Muerto y decapitado, Pachakamue seguía transformando las cosas para que se parecieran a sus palabras. ¿Qué sería de este mundo, pues? Para entonces, Pareni tenía otro marido y estaba andando, contenta. Una mañana, mientras ella tejía una cushma, cruzando y descruzando las fibras del algodón, su marido se acercó a lamerle el sudor que le corría por la espalda. «Pareces una abejita chupadora de flores», dijo una voz desde su adentro de la tierra. Él ya no la pudo escuchar porque revoloteaba y zumbaba, ligero en el aire, abeja feliz.

Pareni se casó poco después con Tzonkiri, que era todavía hombre. Él advirtió que su mujer le daba de comer, cada vez que volvía de deshierbar el yucal, unos pescados desconocidos: los boquichicos. ¿De qué río, de qué cocha salían? Pareni no probaba jamás bocado de ellos. Tzonkiri malició que algo grave ocurría. En vez de ir a la chacra, se escondió en la maleza y espió. Lo asustó mucho lo que vio: los boquichicos le salían a Pareni de entre las piernas. Los paría, como a hijos. Tzonkiri se llenó de rabia. Y se abalanzó sobre ella para matarla. Pero no pudo hacerlo, porque una voz remota, subida de la tierra, dijo antes su nombre. ¿Y acaso los picaflores pueden matar a una mujer? «Nunca más comerás ya boquichicos, se burló Pareni. Ahora andarás de flor en flor, sorbiendo polen.» Tzonkiri es, desde entonces, lo que es.

Pareni ya no quiso tener otro marido. Acompañada de su hija, se echó a andar. Subió a una canoa y remontó los ríos; trepó quebradas, cruzó montes enmarañados. Después de muchas lunas, llegaron al Cerro de la Sal. Allí, ambas escucharon, pronunciadas lejos, lejos, las palabras de la cabeza enterrada que las petrificaron. Ahora son dos rocas enormes, grises, cubiertas de musgo. Todavía estarán allá, quizás. A su sombra se sentaban a tomar masato y a conversar los machiguengas, parece. Cuando subían a recoger la sal.

Eso es, al menos, lo que yo he sabido.

Tasurinchi, el hierbero, el que vivía por el río Tikompinía, está andando. Las hierbas que llevo en mi chuspa me las dio él, para qué sirve cada hojita y cada manojo, explicándome. Ésta, la de los bordes quemados, le cierra al tigre su nariz y ya no puede olfatear al hombre que anda. Esta otra, la amarillenta, protege contra la víbora. Son tantas que se me confunden. Cada una sirve para algo distinto. Contra el daño y los forasteros. Para que los peces de la cocha entren a la red. Para que la flecha no se desvíe del blanco. Y, ésta, para no tropezar ni caerse al barranco.

Fui a visitar al hierbero sabiendo que esa región se llenó de viracochas. Es cierto; ahí están todavía. Y hay muchos. Cuando me acercaba por la trocha, vi botes en el río, roncando, de surcada y de bajada, repletos de viracochas. En los bancos de arena, donde salían en las noches las charapas a poner sus crías y adonde iban los hombres a voltearlas, viven ahora los viracochas. Y, también, donde estaba la casa del hierbero. Éstos no han ido allí por las tortugas ni a hacer chacras ni a cortar árboles, parece. Sino a llevarse las piedritas y la arena del río. Buscando oro, parece. No me acerqué, no me dejé ver. Pero, aunque lejos, me di cuenta que eran muchos. Han hecho sus casas. Están ahí para quedarse, quizás.

No encontré rastro de Tasurinchi, el hierbero, ni de sus parientes ni de ningún hombre que anda en los alrededores. «Hiciste un viaje inútil», pensé. Inquieto estaba con tantos viracochas cerca. ¿Y si me topaba con alguno de ellos, qué pasaría? Así que me escondí, hasta que fuera de noche, para alejarme del Tikompinía. Me trepé a un árbol y, oculto entre las ramas, estuve espiándolos. En las dos orillas del río sacaban tierra y piedras, con manos, palos y lampas. Y las colaban en unos cernidores grandes, como se cuela la yuca para el masato. También molían las piedrecitas en una batea. Algunos entraban al monte a cazar y se oían sus escopetazos.

El ruido estremecía los árboles y los pájaros chillando se espantaban. Con tanto ruido, pronto no quedará un animal en esa región. Se irán, como Tasurinchi, el hierbero. Una vez que oscureció, bajé del árbol y me alejé rápido. Cuando estuve bastante lejos, hice un refugio de hojas de ungurabi, y me dormí.

Al despertar, vi acuclillado a uno de los hijos del hierbero. «¿Qué haces acá?», le pregunté. «Esperando que te despiertes», me dijo. Me había seguido desde que, la víspera, me divisó en la trocha, acercándome al río donde están los viracochas. Su familia se ha trasladado a tres lunas de camino, aguas arriba de un caño del Tikompinía. Hicimos el viaje despacio, para no toparnos con los forasteros. El monte, allá, es difícil de atravesar. No hay trocha. Los árboles están juntitos y se enredan unos en otros, peleándose. A uno se le cansan los brazos de tanto machetear las ramas y los matorrales que se cierran como diciendo «No has de pasar». Estaba todo enfangado. En las pendientes, resbalosas con la lluvia, nos hundíamos y nos rodábamos. Riéndonos de vernos tan manchados y arañados. Por fin, llegamos. Ahí estaba, pues, Tasurinchi. «¿Estás ahí?» «Ehé, aquí estoy.» Su mujer sacó esteras para sentarnos. Comimos yuca y bebimos masato.

«Te has metido tan adentro que aquí sí que no llegarán nunca los viracochas», le dije. «Llegarán», me respondió. «Puede que tarden, pero aparecerán también por aquí. Tienes que aprender eso, Tasurinchi. Ellos llegan siempre donde estamos. Ha sido así desde el principio. ¿Cuántas veces tuve que irme porque llegaban? Desde antes de nacer, parece. Y así será cuando me vaya y vuelva, si es que mi alma no se queda en los mundos de allá. Siempre nos hemos estado yendo porque alguien venía. ¿En cuántos lugares viví? Quién sabe, pero han sido muchos. "Vamos a buscar un lugar tan difícil, tan enmarañado, al que nunca llegarán", dicien-

133

do. "O, si llegan, en el que nunca querrán quedarse." Y ellos siempre llegaban y siempre querían quedarse. Es cosa sabida. No hay engaño. Vendrán y me iré. ¿Es malo eso? Bueno, más bien. Será nuestro destino, Tasurinchi. ¿No somos los que andan? Habrá que agradecer a los mashcos y a los punarunas, entonces. También a los viracochas. ¿Invaden los sitios donde vivimos? Nos obligan a cumplir nuestra obligación. Sin ellos nos corromperíamos. El sol se caería, tal vez. El mundo sería oscuridad; la tierra, de Kashiri. No habría hombres y sí tanto frío.»

Tasurinchi, el hierbero, habla como un hablador.

El tiempo peor fue la sangría de árboles, según él. No lo vivió, pero sí su padre y sus madres. Y oyó tantas historias que es como si lo hubiera vivido. «Tantas que a veces me parece que yo también lastimé los troncos para sacarles su leche y que también me cazaron como a sajino para llevarme al campamento.» Cuando suceden cosas así, no desaparecen. Quedan, en alguno de los cuatro mundos, y el seripigari puede ir a verlas en la mareada. Los que las ven, regresarán descompuestos, sus dientes chocándoles de asco. El miedo era tan grande y tanta la confusión que se perdió la confianza. Nadie creía en nadie, los hijos maliciando que los padres iban a cazarlos y los padres que los hijos, al menor descuido, se los llevarían atados a los campamentos. «No necesitaron magia para robarse a la gente que les hacía falta. Con maña nomás consiguieron toda la que querían. Los viracochas serán sabios», dice Tasurinchi, admirado.

Al principio, ellos recorrían la tierra cazando a la gente. Entraban a los caseríos, disparaban sus escopetas. Sus perros ladraban y mordían: eran cazadores, también. Asustados con el ruido los hombres que andan se espantaban, como los pájaros que vi en el río. Pero ellos no podían echarse a volar. Los laceaban, en las casas; los laceaban en las trochas y en las canoas si se estaban huyendo por el río. ¡Fuerza, carajo! ¡Fuerza, machiguenga! A los que tenían manos para sacar su sangre del árbol, se los llevaban. Pero a los recién nacidos y a los viejos, no. «Éstos no sirven», diciendo. A las mujeres también se las llevaban para cuidar las chacras y hacer la comida. ¡Fuerza! ¡Fuerza! Amarrados de sus pescuezos entraban en los campamentos. Ahí estaban todos los que habían caído. ¡Fuerza, machiguenga! ¡Fuerza, piro! ¡Fuerza, yaminahua! ¡Fuerza, ashaninka! Ahí se quedaban, revueltos. Les servían bien, parece. Estaban contentos los viracochas. De los campamentos pocos salían. Rápido se irían, tan rabiosos o tan tristes que sus almas no volverían; tal vez.

Lo peor, cuenta Tasurinchi, el hierbero, fue cuando en los campamentos empezó a faltar gente por tantos que se iban. ¡Fuerza, carajo! Ya no había, pues. Se les había acabado. Sin poder levantar sus brazos, se morían. Los viracochas rabiaban. «¿Qué haremos sin brazos?», diciendo. «¿Qué hemos de hacer?» Mandaban a los amarrados, entonces, a cazar gente. «Cómprate tu libertad, diciéndoles. Y, además, regalos. Ahí está comida. Ahí está ropas. Ahí está escopeta, también. ¿Te conviene?» A todos le convenía, parece. Al piro, aconsejándole: «Cazas a tres machiguengas y te puedes ir para siempre. Ten tu escopeta.» Y al mashco: «Cázate a unos cuantos piros y puedes volver a tu casa, llevándote a tu mujer y estos regalos. Ten al perro, para que te ayude.» Estaban felices, tal vez. Con tal de salir del campamento, se volvían cazadores de hombres. Igual que los árboles, las familias comenzaron a sangrar. Todos cazaban a todos. Con escopeta, con flecha, con trampas, con lazo, con cuchillo. ¡Fuerza, carajo! Y se aparecían en los campamentos: «Ahí está, te los cacé. Dame a mi mujer», diciendo. «Dame mi escopeta. Dame regalo. Ahora me voy.»

Se perdió la confianza, pues. Todos eran enemigos de

todos, entonces. ¿Kientibakori estaba bailando, feliz? ¿Temblaría la tierra? ¿Los ríos se llevarían las casas? Quién sabe. «Todos nos hemos de ir», decían ellos, asustados. Habían perdido el conocimiento también. «Haciendo qué nos habremos corrompido tanto, pues», lloraban. Había matanzas cada día. Los ríos andarían rojos y los árboles salpicados de sangre, también. Las mujeres parían niños muertos; se iban antes de nacer, no queriendo vivir donde todo era daño y confusión. Muchos eran los hombres que andan, antes; después, pocos. Eso era la sangría de árboles. «El mundo se ha vuelto desorden», rabiaban. «Se ha caído el sol.»

¿Las cosas que han sucedido pueden volver a suceder? El hierbero dice que sí. «Están ahí, en alguno de los mundos, y, como las almas, pueden regresar. Será nuestra culpa si sucede, tal vez.» Mejor ser prudentes y tener la memoria despierta.

Tres de los hijos de Tasurinchi, el hierbero, se han ido desde que vive allá arriba. Al ver que se le iban uno tras otro, pensó: «¿Estará volviendo el daño que se llevaba a familias enteras?» No ha podido averiguar si sus almas volvieron. «Cómo será, pues», me dijo. Todavía no conoce bien el lugar en el que vive y no sabe por qué ocurren ciertas cosas. Todo es aún misterioso allí, para él. Pero hay muchas hierbas, también. Algunas ya las conocía; otras, no. Está aprendiendo a conocerlas. Las recoge, se pasa mucho rato observándolas, comparándolas, oliéndolas, y, a veces, se las mete a la boca. Las mastica y las escupe, o se las traga. «Ésta sirve», diciendo.

Sus tres hijos se fueron de la misma manera. Despertándose aturdidos, temblando y sudando. Y tan débiles como si hubieran estado borrachos. No podían tenerse en pie. Trataban de andar, de bailar, y se caían. Ni siquiera podían hablar, parece. Tasurinchi, cuando le pasó eso al mayor, creyó que era un aviso para que se fuera. El sitio no sería bueno para vivir, tal vez. «No lo he podido saber», dice. «Era un daño distinto a los otros, no había hierba contra eso.» Maldades de kamagarini, quizás. Esos diablillos siempre salen a hacer daños cuando llueve. Kientibakori los espía desde la orilla del bosque, riéndose. Había habido truenos y caído mucha agua la víspera y es sabido que cuando eso ocurre hay algún kamagarini acercándose.

Cuando ese hijo se fue, la familia de Tasurinchi subió un poco más arriba, en el monte. Al poco tiempo comenzó el segundo hijo a marearse y a caerse. Igual que el primero, pues. Cuando éste se murió, nuevamente cambiaron de lugar. Y entonces le sucedió lo mismo al tercero. Decidió no moverse más. «Los que se fueron se encargarán de protegernos contra el kamagarini que quiere echarnos de aquí», diciendo. Así habrá sido, pues. Nadie más ha vuelto a marearse y a caerse, desde entonces.

«Eso tiene una explicación», dice el hierbero. «Todo lo tiene. Las cacerías de hombres cuando la sangría de árboles, también. Pero no es fácil averiguarla. Ni el seripigari la averigua siempre. A lo mejor, los tres se fueron para conversar, allá, con las madres de este sitio. Con tres muertos aquí, ellas no nos mirarán como intrusos. Somos de aquí, ahora. ¿No nos conocen estos árboles, estos pájaros? ¿No nos conocen el agua y el aire de aquí? Quizás ésa sea la explicación. Desde que se fueron, no hemos sentido enemistad. Como si nos hubieran aceptado, aquí.»

Estuve muchas lunas con él. Poco faltó para que me quedara a vivir allá, cerca del hierbero. Lo ayudaba a poner trampas para las pavitas e iba con él a la cocha, a pescar boquichicos. Trabajé con Tasurinchi rozando el monte, donde va a hacer la nueva chacra cuando la que tiene ahora necesite descansar. En las tardes, hablábamos. Mientras las mujeres se mataban las liendres, hilaban, tejían las esteras y las cushmas, y masticaban y escupían la yuca, preparando masato, conversábamos.

El hierbero me hacía contarle de los hombres que andan. De los que ha conocido y de los que nunca vio, también. De ustedes le conté, como a ustedes de él. Pasaban las lunas y no tenía ganas de irme. Me estaba sucediendo algo que no me había pasado antes. «¿Te estás cansando de andar?», me preguntó. «Eso les pasa a muchos. No debes preocuparte, hablador. Si es así, cambia de costumbres. Quédate en un lugar y ten familia. Levanta tu casa, roza el monte, cuida tu chacra. Hijos tendrás. Deja de andar y, también, de hablar. Aquí no puedes quedarte, en mi familia somos muchos. Pero puedes ir más arriba, de surcada, a dos o tres lunas de viaje. Hay una quebrada que está esperándote, creo. Puedo acompañarte hasta allá. ¿Quieres una familia? También puedo ayudarte, si es lo que quieres. Llévate a esta mujer. Es vieja y tranquila y te ayudará porque sabe cocinar e hilar como pocas. O, si prefieres, ahí tienes a la menor de mis hijas. No podrás tocarla todavía porque no ha sangrado. Si la montaras ahora, alguna desgracia ocurriría, quizá. Pero, espera un poco y, mientras, ella irá aprendiendo a ser tu mujer. Sus madres le enseñarán. Después que sangre, me traerás un sajino, unos pescados, unos frutos de la tierra, mostrándome reconocimiento y respeto. ¿Eso quieres, Tasurinchi?»

Estuve pensando en su propuesta. Sentí ganas de aceptarla. Hasta soñé que la había aceptado y que cambiaba de vida. Esta que llevo es una buena vida, ya lo sé. Los hombres que andan me reciben con alegría, me dan de comer y me hacen halagos. Pero vivo viajando ¿y cuánto tiempo más podré hacerlo? Las distancias entre las familias son cada vez más grandes. Últimamente pienso mucho, mientras ando, que un día las fuerzas me faltarán. ¿No, lorito? Me quedaré ahí, agotado, en una trocha. Ningún machiguenga pasará, tal vez. Mi alma se irá y mi cuerpo vacío comenzará a pudrirse mientras lo picotean los pájaros y lo caminan las hormigas. Crecerá la hierba entre mis huesos, quizás. El ronsoco se comerá el vestido de mi alma, también. Cuando a un hombre le viene ese temor, ¿debe cambiar de costumbres? Así le pareció a Tasurinchi, el hierbero.

«Acepto tu propuesta, pues», le dije. Él me acompañó hasta el lugar que me estaba esperando. Nos demoramos dos lunas en llegar. Había que subir y bajar por unos bosques donde se perdía la trocha, y, al trepar una pendiente, desde lo alto de unas ramas, unos monos shimbillos que hacían un griterío terrible, nos atacaron con cáscaras. En la quebrada, encontramos un tigrillo cachorro enredado en una mata llena de espinas. «Ese tigrillo quiere decir algo», se preocupó el hierbero. Pero no supo averiguar qué. Por eso, en lugar de matarlo y arrancarle la piel, lo soltó en el bosque. «¿No es éste un buen lugar para vivir?», me preguntó, mostrándomelo. «Puedes hacer el yucal en ese monte alto. Allá no habrá nunca inundación. Hay muchos árboles y poca hierba, así que la tierra será buena y la yuca crecerá bien.» Sí, era un sitio donde se podía vivir. Aunque, en las noches, hacía más frío que el que he sentido jamás en otro lugar. «Antes de que te decidas, vamos a ver si hay animales para cazar», dijo Tasurinchi. Pusimos trampas. Cayeron un ronsoco y un majaz. Luego, desde un refugio en la copa de un árbol, flechamos a una pavita kanari. Decidí quedarme allí y hacer mi casa.

Pero antes de empezar a tumbar los árboles, se apareció el hijo del hierbero, el mismo que me había guiado hasta su nueva casa. «Ha ocurrido algo», diciendo. Regresamos. La vieja que Tasurinchi me iba a dar como mujer estaba muerta. Había machacado barbasco y preparado cocimiento, murmurando: «No quiero que rabien contra mí, diciendo "Por ella nos quedamos sin hablador". Dirán que le hice mañoserías, que le di bebedizo para que me tomara de mujer. Prefiero irme.»

Ayudé al hierbero a quemar la casa, la cushma, las ollas, los collares y las demás cosas que pertenecían a la mujer. La envolvimos en varias esteras y la pusimos en una balsita de rajas de chonta. La empujamos hasta que la corriente del río se la llevó, aguas abajo.

«Es un aviso que debes aceptar o rechazar», me dijo Tasurinchi. «Si yo fuera tú, no lo rechazaría. Cada hombre tiene su obligación, pues. ¿Para qué andamos? Para que haya luz y calor, para que todo esté tranquilo. Ése es el orden del mundo. El que conversó con las luciérnagas hace lo que debe hacer. Yo cambio de lugar cuando aparecen los viracochas. Será mi destino, tal vez. ¿Y el tuyo? Visitar a la gente, hablándole. Es peligroso desobedecer el destino. Fíjate, ya se ha ido la que iba a ser tu mujer. Si yo fuera tú, me echaría a andar cuanto antes. ¿Qué decides?»

Decidí lo que me aconsejó Tasurinchi, el hierbero. Y a la mañana siguiente, cuando el ojo del sol comenzó a mirar este mundo desde el Inkite, ya estaba yo andando. Ahora pienso en esa machiguenga que se fue para no ser mi mujer. Ahora les hablo a ustedes. Mañana cómo será.

Eso es, al menos, lo que yo he sabido.

VI

EN 1981 tuve, seis meses, en la televisión peruana, un programa titulado La Torre de Babel. El dueño del Canal, Genaro Delgado, un viejo amigo, me embarcó en esa aventura haciendo espejear ante mis ojos tres abalorios: la necesidad de elevar el nivel de los programas, que, en los doce años precedentes, mientras la televisión permanecía estatizada por la dictadura militar, habían tocado fondo en lo que concierne a estupidez y vulgaridad; lo excitante de experimentar con un medio de comunicación que, en un país como el Perú, era el único capaz de llegar simultáneamente a los públicos más diversos; y un buen salario.

Fue, en efecto, una experiencia extraordinaria para mí, aunque, también, la más fatigosa y enervante que he tenido nunca. «Si te organizas bien y dedicas medio día al programa, te bastará», me había predicho Genaro. «En las tardes, podrás seguir escribiendo.» Pero tampoco en este caso funcionó la práctica de acuerdo con la teoría. En verdad, tuve que dedicar a La Torre de Babel todas las mañanas, tardes y noches de aquellos meses, y, sobre todo, las horas en que aparentemente no hacía nada concreto, sino angustiarme recordando lo que había salido al revés en el programa anterior y tratando de anticipar lo que saldría peor en el siguiente.

Hacíamos La Torre de Babel cuatro personas: Luis Llosa, que se ocupaba de la producción y la dirección de cámaras; Moshé dan Furgang, que era el editor; el camarógrafo Alejandro Pérez y yo. A Lucho y Moshé los llevé yo al Canal. Ambos tenían experiencia de cine —los dos habían hecho cortos cinematográficos— pero, al igual que yo, tampoco habían trabajando antes en televisión. El título del programa revelaba sus ingenuas ambiciones: meter en él de todo, hacer un caleidoscopio de temas. Pretendíamos probar a los telespectadores que un programa cultural no tenía que ser obligatoriamente anestésico, esotérico o pedante, sino que podía ser divertido y al alcance de cualquiera, ya que «cultura» no era sinónimo de ciencia, literatura o cualquier otro conocimiento especializado, sino, más bien, una manera de acercarse a las cosas, un punto de vista susceptible de abordar todos los asuntos humanos. Nuestra intención era, en la hora semanal del programa —la que con frecuencia se alargaba a hora y media—, tocar dos o tres asuntos cada vez, lo más opuestos uno de otro, que mostraran al público que un programa cultural no estaba reñido, digamos, con el fútbol o el boxeo, ni con la música salsa o el humor, y que un reportaje político o un documental sobre las tribus de la Amazonía podía ser ameno a la vez que instructivo.

Cuando, con Lucho y Moshé, hacíamos listas de temas, personas y lugares de los que debería ocuparse La Torre de Babel y planeábamos la manera más ágil de presentarlos, todo funcionaba a las mil maravillas. Estábamos llenos de ideas y con muchas ganas de descubrir las posibilidades creativas del más popular medio de comunicación de nuestro tiempo.

Lo que descubrimos fueron, más bien, las servidumbres del subdesarrollo, el modo sutil con que desnaturaliza las mejores intenciones y frustra los más arduos esfuerzos. Sin exagerar, puedo decir que la mayor parte del tiempo que Lucho, Moshé y yo dedicamos a La Torre de Babel se gastó —se desperdició— no en trabajos creativos, tratando de enriquecer intelectual y artísticamente el programa, sino intentando resolver problemas a simple vista insignificantes, indignos de ser tomados en consideración. ¿Cómo hacer, por ejemplo, para que las camionetas del Canal nos recogieran a la hora debida de modo que no perdiéramos las citas, los aviones, las entrevistas? La solución fue ir a despertar personalmente a los choferes a sus casas y acompañarlos al Canal a recoger el equipo de grabación y luego al aeropuerto o adonde fuera. Pero era una solución que nos quitaba horas de sueño y que tampoco funcionaba siempre, pues podía ocurrir que, además, las benditas camionetas tuvieran la batería baja o que la administración no hubiera ordenado a tiempo que les cambiaran el cárter, el tubo de escape o la rueda que se había hecho trizas la víspera en los baches homicidas de la avenida Arequipa...

Desde el primer reportaje que grabamos, advertí que las imágenes salían afeadas por unas extrañas manchas. ¿Qué eran esas medialunas sucias? Alejandro Pérez nos explicó que se trataba de un problema de los filtros de la cámara. Estaban gastados y había que cambiarlos. Bueno, que se cambiaran, pues. ¿Qué armas emplear para lograrlo? Salvo matar, las intentamos todas y ninguna sirvió. Enviamos memorándums a Mantenimiento, hicimos súplicas, gestiones telefónicas y de viva voz, con los ingenieros, técnicos, administradores y acudimos, creo, hasta al propio dueño del Canal. Todos nos dieron la razón, todos se indignaron, todos ordenaron de manera perentoria que se cambiaran los filtros. A lo mejor se cambiaron. Pero las medialunas grisáceas macularon todos nuestros programas, desde el primero hasta el último. Todavía las veo, a veces, a esas sombras intrusas, con cierta melancolía, cuando enciendo la televisión y pienso: «Ah, la cámara de Alejandro Pérez.»

No sé quién decidió en el Canal que Alejandro Pérez trabajara con nosotros. Resultó un buena decisión, porque —teniendo en cuenta, claro está, las servidumbres del subdesarrollo, que él aceptaba con imperturbable filosofía— Alejandro es un hombre muy hábil cuando tiene una cámara en las manos. Su talento es totalmente intuitivo, un sentido de la composición, del movimiento, del ángulo, de la distancia, que le son innatos. Porque Alejandro resultó camarógrafo de casualidad. Era un pintor de brocha gorda, venido de Huánuco, y alguien le propuso un día que se ganara unos soles extras ayudando a cargar las cámaras de la televisión, en el estadio, los días de fútbol. De tanto cargarlas, aprendió a manejarlas. Un día reemplazó a un camarógrafo ausente, otro día a otro y, como quien no quiere la cosa, resultó el camarógrafo estrella del Canal.

Al principio, su mutismo me ponía nervioso. Sólo Lucho conseguía conversar con él. O, en todo caso, se entendían subliminalmente, porque yo no recuerdo haber oído jamás en esos seis meses a Alejandro pronunciar una frase entera, con sujeto, verbo y predicado. Sólo pequeños gruñidos, de aprobación o desaliento, y una exclamación, a la que yo temía como a la peste bubónica, porque quería decir que habíamos sido —una vez más— derrotados por los imponderables todopoderosos y ubicuos: «¡Ya se jodió!» ¿Cuántas veces se «jodió» la grabadora, la cinta, el reflector, la batería, el monitor? Todo podía «joderse» innumerables veces: era una propiedad de las cosas con las que trabajábamos, acaso la única a la que todos mostraron siempre una fidelidad perruna. ¿Cuántas veces proyectos minuciosamente planeados, investigados, entrevistas pactadas después de agotadoras gestiones, se los llevó el diablo porque el lacónico Alejandro pronunció su fatídico gruñido: «¡Ya se jodió!»?

Recuerdo sobre todo lo que nos ocurrió en Puerto Maldonado, una ciudad de la Amazonía, donde habíamos ido para hacer un pequeño documental sobre la muerte del poeta y guerrillero Javier Heraud. Alaín Elías, compañero de Heraud y jefe del destacamento guerrillero que fue desbandado o capturado el día que mataron a Heraud, había accedido a contar ante las cámaras todo lo ocurrido en aquella ocasión. Su testimonio fue interesante y emotivo —Alaín estaba con Javier Heraud en la canoa donde éste fue abaleado y él mismo resultó herido en el tiroteo— y habíamos decidido completarlo con imágenes de los lugares donde sucedieron los hechos y, si lo conseguíamos, con testimonios de vecinos de Puerto Maldonado que recordaran el episodio ocurrido veinte años atrás.

Además de Lucho, Alejandro Pérez y yo, hasta Moshé —que siempre se quedaba en Lima avanzando con la edición de los programas— viajó con nosotros a la selva. En Puerto Maldonado, varios testigos aceptaron ser entrevistados. Nuestro gran hallazgo fue uno de los policías que había participado, primero, en el incidente inicial, en el centro de la ciudad, que reveló a las autoridades la presencia en Puerto Maldonado de los guerrilleros —episodio en el que murió un guardia civil— y, luego, en la persecución y tiroteo de Javier Heraud. Era un hombre ya retirado del servicio, que trabajaba en una chacra. Persuadirlo que se dejara entrevistar fue dificilísimo, pues el ex policía estaba lleno de reticencias y temores. Por fin, lo convencimos. Y logramos, incluso, que nos autorizaran a realizar la entrevista en la Comisaría de donde habían salido las patrullas, aquella vez.

En el instante mismo en que comenzaba a entrevistar al ex policía, empezaron a estallar, como globos de carnavales, los reflectores de Alejandro Pérez. Y cuando reventaron todos, para que no cupiera duda de que los dioses manes de la Amazonía estaban contra La Torre de Babel, se bajó la batería de nuestro motorcito portátil y el registrador de sonido se quedó afónico. ¡Ya se jodió! Sí, y también una de las primicias del programa. Tuvimos que regresar a Lima con las manos vacías.

¿Aumento las cosas para hacerlas más visibles? Tal

vez. Pero creo que no mucho. Podría contar decenas de anécdotas como ésta. Y, también, otras, para ilustrar lo que es tal vez el emblema del subdesarrollo: el divorcio entre la teoría y la práctica, las disposiciones y los hechos. Durante aquellos seis meses nosotros experimentamos esta irreductible distancia en todas las fases de nuestro trabajo. Había unas tablas que distribuían equitativamente las cabinas de montaje y los estudios de grabación entre los diferentes realizadores de programas. Pero, en verdad, no eran aquellas tablas, sino el ingenio y la picardía de cada productor o técnico lo que determinaba que uno dispusiera de más o menos tiempo para editar y grabar y que contara con el mejor equipo.

Aprendimos rápidamente, claro está, las trampas, astucias, pillerías o gracias de que había que valerse para lograr, nada que fuera un privilegio, sino, apenas, hacer con un mínimo de decoro aquello por lo cual nos pagaban. Todas eran tretas asequibles, pero todas tenían el defecto de privarnos de un tiempo precioso que hubiéramos debido dedicar a lo puramente creativo. Después de haber pasado por aquella experiencia, cuando me ocurre, alguna vez, ver en la televisión un programa bien grabado y editado, ágil, original, mi admiración no tiene límites. Porque sé que, detrás de eso, hay mucho más que empeño y talento: hechicería, milagro. Algunas semanas, luego de haber visionado la edición del programa una última vez, en busca del retoque final, nos decíamos: «Bueno, por fin salió redondo.» Y, sin embargo, ese domingo, en la pantalla del televisor, desaparecía el sonido, la imagen daba volantines, irrumpían baches... ¿Qué se había «jodido» esta vez? Que el técnico de guardia, encargado de pasar las cintas, se había emborrachado o dormido, apretado el botón incorrecto o programado todo al revés... Para quien tiene una manía perfeccionista en su trabajo, la televisión es riesgosa, causa de infinitos desvelos, taquicardia, úlcera, ataque al corazón...

Y, sin embargo, haciendo el balance, aquellos seis meses fueron también apasionantes e intensos. Recuerdo con emoción la entrevista a Borges, en su apartamento del centro de Buenos Aires —no me perdonó nunca, al parecer, haber dicho que su vivienda era modesta y con goteras—, donde el cuarto de la madre se conservaba tal como ella lo dejó el día de su muerte (un vestido violeta, de señora mayor, desplegado sobre la cama), y los retratos de escritores pintados por Sábato, que éste nos dejó filmar, en su casita de Santos Lugares donde fuimos a visitarlo. Desde que viví en España, a comienzos de los setenta, había querido entrevistar a una escritora de melodramas y novelas rosa, Corín Tellado, cuyas historias eran devoradas en libros, radionovelas, fotonovelas y telenovelas por una inconmensurable multitud en España e Hispanoamérica. Aceptó aparecer en La Torre de Babel y pasé una tarde con ella, en las afueras de Gijón, en Asturias —me mostró el sótano con sus miles de novelitas arrumbadas: terminaba una cada dos días, siempre de cien páginas—, donde permanecía recluida porque, en ese momento, era víctima de un intento de extorsión, no estaba claro si de parte de un grupo político o de delincuentes comunes.

De las casas de escritores, llevábamos las cámaras a los estadios —hicimos un programa sobre uno de los mejores clubs de fútbol brasileños, el Flamengo, y entrevistamos a Zico, la estrella del momento, en Río de Janeiro— o a Panamá, donde investigamos, recorriendo los rings de amateurs y de profesionales, cómo y por qué ese pequeño país centroamericano había sido cuna de tantos campeones latinoamericanos y mundiales en casi todas las categorías. En Brasil, nos metimos a la exclusiva clínica del atlético Doctor Pitanguí, cuyos bisturíes volvían bellas y jóvenes a todas las mujeres del mundo en condiciones de pagar sus servicios, y en Santiago de Chile conversamos con los Chicago Boys de Pinochet y con los opositores democristianos que, en medio de una severísima represión, resistían a la dictadura.

Fuimos a Nicaragua, a hacer un reportaje sobre los sandinistas y sus adversarios, en el segundo aniversario de la revolución, y a la Universidad de Berkeley, en San Francisco, donde, en un pequeño cubículo del departamento de lenguas eslavas, trabajaba un gran poeta, Czeslaw Milosz, flamante Premio Nobel de Literatura. Estuvimos en Coclecito, en Panamá, en la casa que tenía allí el General Omar Torrijos, quien, aunque en teoría estaba apartado del gobierno, seguía siendo el amo y señor del país. Pasamos todo el día con él, y, aunque se mostró muy amable conmigo, no me dejó esa impresión tan grata que ha dejado a otros escritores que fueron sus huéspedes. Me pareció el típico caudillo latinoamericano de ingrata memoria, el «hombre fuerte» providencial, autoritario y machista, al que toda una corte de civiles y militares (que, en el curso del día, fueron desfilando por el lugar) adulaba con un servilismo que daba náuseas. El personaje más llamativo, en la casa de Coclecito, era una de las amantes del General, una rubia curvilínea a la que descubrimos tumbada en una hamaca. Estaba allí como un objeto más del mobiliario, porque el General ni le dirigía la palabra ni la presentaba a ninguno de los comensales que entraban y salían...

Dos días después de haber llegado a Lima, de vuelta de Panamá, Lucho Llosa, Alejandro Pérez y yo nos quedamos fríos: Torrijos acababa de matarse en el avioncito en el que nos mandó llevar de Coclecito a la ciudad de Panamá. El piloto era el mismo con el que habíamos viajado nosotros.

En Puerto Rico, un día, luego de terminar de grabar un pequeño reportaje sobre la maravillosa reconstrucción del viejo San Juan, guiados por el hombre que fue su animador, Ricardo Alegría, caí desvanecido. Estaba deshidratado a causa de una intoxicación contraída en las chicherías de un pueblecito del norte peruano, Catacaos, donde fuimos a hacer un programa sobre los tejedores de sombreros de paja —un arte que los cataqueños cultivan hace siglos—, sobre los secretos del tondero, un baile regional, y sobre sus picanterías de buena chicha y guisos ardientes (fueron estos últimos los que me intoxicaron, por supuesto). No tengo palabras para agradecer a todos los amigos puertorriqueños que prácticamente conminaron a los amables médicos del Hospital San Jorge a que me curaran a tiempo para que La Torre de Babel saliera al aire puntualmente ese domingo.

Los programas salieron siempre, cada semana, y, considerando cómo trabajábamos, eso fue una considerable hazaña. Escribía los libretos en las camionetas o en los aviones y de los aeropuertos pasaba a los estudios de grabación o a las cabinas de montaje y salía de allí a tomar otro avión y hacer cientos de kilómetros a fin de estar en una ciudad o un país a veces menos horas de las que me había tomado llegar allí. En esos seis meses me olvidé de dormir, de comer, de leer y, claro está, de escribir. Como el presupuesto de que disponía el Canal era limitado, varios de esos viajes al extranjero los hacía coincidir con alguna invitación para asistir a un congreso literario o dar conferencias, de modo que así aliviaba al Canal de mis pasajes y estadía. El problema era que este sistema me obligaba a una división esquizofrénica de la personalidad, pues tenía que cambiar, en segundos, del papel de conferenciante a periodista, de escritor al que le ponían el micro para que hablara a entrevistador que, como en represalia, entrevistaba a sus entrevistadores.

Aunque hicimos buen número de programas sobre el extranjero, la mayoría fueron sobre temas peruanos. Bailes y fiestas populares, problemas universitarios, centros arqueológicos prehispánicos, un viejo heladero cuyo triciclo, después de medio siglo, seguía recorriendo las calles de Miraflores, la leyenda de un prostíbulo piurano, el submundo carcelario. Descubrimos que La Torre de Babel había llegado a tener una buena audiencia por las recomendaciones y presiones que empezábamos a recibir de personalidades e instituciones diversas para que nos ocupáramos de ellas. La más inesperada fue, quizá, la de la Policía de Investigaciones (PIP). Un coronel compareció un día en mi oficina a proponerme que consagrara una Torre de Babel a la PIP, con motivo de algún aniversario: para que el programa resultara movido la institución simularía un operativo de captura de traficantes de cocaína con tiros y todo...

Una de las llamadas que recibí, ya cuando el plazo de seis meses a que me había comprometido con el Canal estaba por cumplirse, fue la de una amiga a la que no veía hacía un siglo: Rosita Corpancho. Ahí estaba su voz calurosa, con resabios remolonamente loretanos, ni más ni menos que como en mis años universitarios. Y ahí estaba, intacto y acaso acrecentado, el celo entusiástico de Rosita Corpancho por el Instituto Lingüístico de Verano. ¿Me acordaba del Instituto, no es cierto? Pero, Rosita... Bueno, pues. El Instituto estaba por cumplir no sé cuántos años en el Perú, y, además, pronto haría sus maletas, dando por terminada su misión en la Amazonía. ¿No sería posible, tal vez, que La Torre de Babel...? La interrumpí para decirle que sí. Con mucho gusto haría un documental sobre el trabajo de los lingüistas-misioneros. Y aprovecharía el viaje a la selva, además, para hacer un reportaje sobre alguna de las tribus menos conocidas, algo que figuraba en nuestros planes desde el principio. Feliz, Rosita me dijo que ella coordinaría todo con el Instituto a fin de que pudiéramos movilizarnos por el interior de la selva. ¿Tenía idea de alguna tribu en especial? Sin pensarlo dos veces, le respondí: «Los machiguengas.»

Desde mis frustrados intentos a comienzos de los años sesenta de escribir una historia sobre los habladores machiguengas, el tema había seguido siempre rondándome. Volvía, cada cierto tiempo, como un viejo amor nunca apagado del todo, cuyas brasas se encienden de pronto en una llamarada. Había seguido tomando notas y garabateando borradores que invariablemente rompía. Y leyendo, cada vez que lograba ponerles la mano encima, los estudios y artículos que iban apareciendo, aquí y allá, en revistas científicas, sobre los machiguengas. El desconocimiento de que habían sido víctimas cedía el paso a una curiosidad diversa. Una antropóloga francesa, France-Marie Casevitz-Renard y otro norteamericano, Johnson Allen, habían pasado largos períodos entre ellos y descrito su organización, sus métodos de trabajo, su sistema de parentesco, sus símbolos, su sentido del tiempo. Un etnólogo suizo, Gerhard Baer, que también vivió entre ellos, había estudiado a fondo su religión y el Padre Joaquín Barriales empezaba a publicar, traducida al castellano, su copiosa recopilación de mitos y canciones machiguengas. También algunos antropólogos peruanos, compañeros de Mascarita, como Camino Díez Canseco y Víctor J. Guevara, habían investigado los usos y las creencias de la tribu.

Pero nunca, en ninguno de estos trabajos contemporáneos, encontré la menor información sobre los habladores. Curiosamente, las referencias a ellos se interrumpían hacia los años cincuenta. ¿Había languidecido hasta desaparecer la institución del hablador justamente en la época en que los esposos Schneil la descubrieron? En los textos de misioneros dominicos que escribieron sobre ellos en los años treinta y cuarenta —los Padres Pío Aza, Vicente de Cenitagoya y Andrés Ferrero— había abundantes alusiones al hablador. Y, también, antes, en algunos viajeros del siglo XIX. Una de las primeras menciones figuraba en el libro del explorador Paul Marcoy, quien, en la orilla del Urubamba, se topó con un *orateur*, a quien el viajero francés vio literalmente hipnotizar a un auditorio de «antis» durante horas de horas. «¿Crees que esos antis eran los machiguengas?», me preguntó el antropólogo Luis Román, mostrándome la cita. Yo estaba seguro de que sí. ¿Por qué los etnólogos modernos jamás nombraban a los habladores? Era una pregunta que me hacía cada vez que llegaba a mis manos alguno de esos estudios o trabajos de campo y descubría que tampoco esta vez se mencionaba ni siquiera de paso a aquellos ambulantes contadores de cuentos que a mí me parecían el rasgo más delicado y precioso de aquel pequeño pueblo y el que, en todo caso, había forjado ese curioso vínculo sentimental entre los machiguengas y mi propia vocación (para no decir simplemente mi vida).

¿Por qué había sido incapaz, en el curso de todos aquellos años, de escribir mi relato sobre los habladores? La respuesta que me solía dar, vez que despachaba a la basura el manuscrito a medio hacer de aquella huidiza historia, era la dificultad que significaba inventar, en español y dentro de esquemas intelectuales lógicos, una forma literaria que verosímilmente sugiriese la manera de contar de un hombre primitivo, de mentalidad mágico-religiosa. Todos mis intentos culminaban siempre en un estilo que me parecía tan obviamente fraudulento, tan poco persuasivo como aquellos en los que, en el siglo XVIII, cuando se puso de moda en Europa el «buen salvaje», hacían hablar a sus personajes exóticos los filósofos y novelistas de la Ilustración. Pero, pese a los fracasos, quizás a causa de ellos, la tentación estaba siempre allí y cada cierto tiempo, reavivada por una circunstancia fortuita, cobraba bríos y la silueta rumorosa, transeúnte, selvática, del hablador invadía mi casa y mis sueños. ¿Cómo no iba a ser emocionante la perspectiva de ver, por fin, las caras de los machiguengas?

Desde aquel viaje de mediados de 1958, que me hizo descubrir la selva peruana, había estado varias veces en la Amazonía: en Iquitos, en San Martín, en el Alto Marañón, en Madre de Dios, en Tingo María. Pero no había vuelto a Pucallpa. En los veintitrés años intermedios, aquella localidad pequeñita y polvorienta, que yo recordaba llena de casas funerarias e iglesias evangelistas, había experimentado un «boom» industrial y comercial, luego una crisis, y, en aquel mediodía de septiembre de 1981 en que Lucho Llosa, Alejandro Pérez y yo aterrizamos en ella para hacer el que sería el penúltimo programa de La Torre de Babel, comenzaba a vivir un nuevo «boom», pero esta vez por las malas razones: el tráfico de cocaína. La bocanada de calor y la luz ígnea, en cuyo abrazo las personas y las cosas se perfilan tan nítidas (a diferencia de Lima, donde hasta el sol radiante tiene algo de grisáceo), es algo que, apenas piso la Amazonía, me hace siempre el efecto de una emulsión de entusiasmo.

Pero más todavía que el paisaje amazónico y su temperatura me impresionó descubrir aquella mañana, en el aeropuerto de Pucallpa, a las personas que el Instituto había enviado a esperarnos: los esposos Schneil. Ellos mismos, en persona. Habían cumplido su cuarto de siglo en la Amazonía y, siempre, trabajando entre los machiguengas. Se sorprendieron de que yo me acordara de ellos —tengo el pálpito de que ellos a mí no me recordaban en absoluto— y de que conservara en la memoria tantos detalles de lo que me contaron, aquella vez, en esas dos charlas en la Base de Yarinacocha. Mientras zangoloteábamos en el jeep rumbo al Instituto, me mostraron fotos de sus hijos, un grupo de jóvenes, algunos ya graduados, que vivían en Estados Unidos. ¿Hablaban todos el machiguenga? Por supuesto, era el segundo idioma de la familia, antes todavía que el español. Me alegró saber que los Schneil nos servirían de guías y traductores en las aldeas que visitaríamos.

El lago de Yarina seguía siendo de carta postal y sus crepúsculos todavía más bellos. A sus orillas, los bungalows del Instituto se habían multiplicado. Apenas bajamos del jeep, con Lucho y Alejandro nos pusimos a trabajar y quedamos en que, al anochecer, como anticipo del viaje a las selvas del Alto Urubamba, los Schneil nos adelantarían alguna información sobre los lugares y personas que veríamos allá.

Fuera de los Schneil, no quedaba en Yarinacocha ninguno de los lingüistas que yo había conocido en el viaje anterior. Algunos habían vuelto a Estados Unidos, otros estaban haciendo trabajo de campo en otras selvas del mundo, y, alguno, como el fundador del Instituto, el Doctor Townsend, había fallecido. Pero los lingüistas que conocimos y entrevistamos, y que nos sirvieron de cicerones mientras tomábamos distintas imágenes del lugar, parecían hermanos gemelos de los que yo recordaba. Ellos, con los cabellos muy cortos y un semblante atlético y saludable, de personas que hacen ejercicios a diario, comen de acuerdo a las instrucciones de un dietista, no fuman ni beben alcohol ni toman café, y, ellas, embutidas en unos vestidos tan sencillos como púdicos, sin pizca de maquillaje ni asomo de coquetería y un aire abrumador de eficiencia. Y unos y otras con esas miradas siempre risueñas y como inquebrantables, de personas que creen, que están haciendo lo que creen y que saben a la verdad de su parte, que a mí siempre me han fascinado y asustado.

Todo el tiempo que lo permitieron la luz y los caprichos del equipo de Alejandro Pérez estuvimos reuniendo material para el programa sobre el Instituto. Un seminario de maestros bilingües de distintas aldeas que tenía lugar en esos días; los silabarios y gramáticas elaborados por los lingüistas; testimonios de éstos y un panorama de la pequeña ciudad que era la Base de Yarinacocha, con su escuela, su hospital, su campo de deportes, su biblioteca, sus iglesias, su centro de comunicaciones y su aeropuerto.

Al anochecer, luego de una cena también de trabajo, con la que pusimos punto final a la parte del programa dedicada al Instituto, comenzamos a preparar la otra, la que grabaríamos en los días siguientes: los machiguengas. En Lima, yo había desenterrado y consultado la documentación que tenía acumulada sobre ellos desde hacía años. Pero fue sobre todo la conversación con los Schneil —otra vez en su cabaña, otra vez mientras tomábamos una taza de té con galletitas preparadas por la señora Schneil— la que nos proporcionó un material de primera mano sobre el estado de esa comunidad que ellos conocían de memoria, pues había sido su hogar en los últimos veinticinco años.

Habían cambiado bastante las cosas para los machiguengas del Alto Urubamba y el Madre de Dios desde el día en que, desnudo, Edwin Schneil se acercó a aquella familia y ella no huyó. ¿Habían sido los cambios para mejor? Estaban firmemente convencidos de que sí. Por lo pronto, también para los machiguengas de allende el Pongo de Mainique había cesado en buena parte la dispersión en la que antes vivían, esa diáspora en grupitos errantes aventados aquí y allá, casi sin contacto entre ellos, luchando cada cual afanosamente por la supervivencia, que, de continuar, hubiera significado pura y simplemente la desintegración de la comunidad, la delicuescencia de su idioma, la asimilación de sus miembros a otros grupos y culturas. Después de muchos esfuerzos, por parte de las autoridades, misioneros católicos, antropólogos y etnólogos, y del propio Instituto, los machiguengas habían ido aceptando la idea de formar aldeas, de congregarse en lugares aparentes para trabajar la tierra, criar animales y desarrollar el comercio con el resto del Perú. Las cosas estaban evolucionando rápidamente. Había ya seis poblados, algunos de recientísimo nacimiento. Nosotros visitaríamos dos: Nuevo Mundo y Nueva Luz.

De los cinco mil machiguengas —cálculo aproximado— cerca de la mitad vivía ya en aquellas aldeas. Una de éstas, por lo demás, era mitad machiguenga y mitad campa (ashaninka) y, hasta ahora, la convivencia de naturales de esas dos tribus no suscitaba el menor problema. Los Schneil eran optimistas y creían que los restantes machiguengas, incluso los más ariscos entre ellos —los llamados kogapakori—, a medida que vieran cómo el haber formado comunidades traía a sus hermanos una serie de beneficios —una vida menos incierta, la posibilidad de recibir ayuda en caso de emergencia— irían también abandonando sus refugios en el interior de los bosques para formar nuevos asentamientos. Con verdadero entusiasmo, los Schneil nos refirieron los pasos concretos que se habían dado ya en los poblados para integrarlos al país. Las escuelas y las cooperativas agrícolas, por ejemplo. Tanto en Nuevo Mundo como en Nueva Luz funcionaban escuelas bilingües, con maestros nativos. Ya los veríamos.

¿Significaba esto que los machiguengas comenzaban a dejar de ser el pueblo primitivo, cerrado sobre sí mismo, pesimista, derrotado, que me habían descrito en 1958? En cierta forma, sí. Había en ellos, por lo menos en los machiguengas que ahora vivían en comunidad, menos reticencias a experimentar lo nuevo, a progresar, acaso más amor a la vida. Pero, en cuanto al aislamiento, no se podía hablar aún de cambios radicales. Porque, aunque nosotros llegaríamos a sus poblados en dos o tres horas en los aviones del Instituto, un viaje por río hasta esas aldeas, desde cualquier localidad importante de la Amazonía, era asunto de días y a veces de semanas. Así que, eso de haberse incorporado al Perú, era, ahora, algo menos remoto que en el pasado, pero todavía no una realidad.

¿Podría entrevistar en español a algunos machiguengas? Sí, algunos, aunque pocos. Por ejemplo, el cacique o gobernador de Nueva Luz lo hablaba con fluidez. ¿Cómo? ¿Ahora había caciques entre los machiguengas? ¿No había sido, acaso, distintivo mayor de la tribu no haber tenido nunca una organización política jerárquica, con jefes y subordinados? Sí, cierto. Antes. Pero ese sistema anárquico que era el suyo se explicaba por su dispersión; ahora, reunidos en aldeas, necesitaban autoridades. El administrador o jefe de Nueva Luz era un hombre joven y un magnífico líder comunitario, graduado en la Escuela Bíblica de Mazamari. ¿Pastor protestante, entonces? Bueno, en cierta forma. ¿Existía ya una traducción de la Biblia al machiguenga? Por supuesto, y era obra de ellos. En Nuevo Mundo y Nueva Luz podríamos filmar los ejemplares del Nuevo Testamento en machiguenga.

Me acordé de Mascarita, de nuestra última conversación en aquel cafetín de la avenida España. Volví a oír sus vituperios y profecías. Según lo que nos contaban los Schneil, los temores de Saúl Zuratas, aquella tarde, se habían venido confirmando. Al igual que otras tribus, los machiguengas se hallaban en pleno proceso de aculturación: la Biblia, escuelas bilingües, un líder evangelista, la propiedad privada, el valor del dinero, el comercio, sin duda ropas occidentales... ¿Había sido todo eso para bien? ¿Les había traído beneficios concretos como individuos y como pueblo, según aseguraban enfáticamente los Schneil? ¿O, más bien, de «salvajes» libres y soberanos habían empezado a convertirse en «zombies», caricaturas de occidentales, según la expresión de Mascarita? ¿Me bastaría una visita de apenas un par de días para darme cuenta? No, naturalmente que no me bastaría.

Aquella noche, en el bungalow de Yarinacocha, permanecí mucho rato desvelado, reflexionando. Por la tela metálica de la ventana, veía un pedazo de lago, con una estela dorada, pero a la luna —que imaginaba redonda y luciente— me la cubría un macizo de árboles. ¿Era buen o mal signo que Kashiri, ese astro macho, maligno a veces y otras benéfico, de la mitología machiguenga, me ocultara su cara con manchas? Habían pasado veintitrés años desde que dormí en uno de esos bungalows la primera vez, y, en todo ese tiempo, no sólo yo había cambiado, vivido mil experiencias, envejecido. También esos machiguengas que conocía, apenas, por dos breves testimonios de esta pareja de norteamericanos, mi conversación madrileña con un dominico y unos cuantos trabajos etnológicos, habían experimentado grandes cambios. Por lo visto, ya no encajaban en esas imágenes que yo había fraguado de ellos. Ya no eran ese puñado de seres indómitos y trágicos, esa sociedad fracturada en minúsculas familias, huyendo, huyendo siempre, del blanco, del mestizo, del serrano, de otras tribus, esperando y aceptando estoicamente la fatídica extinción individual y comunitaria, pero sin renunciar a su idioma, a sus dioses, a sus costumbres. Una irreprimible melancolía me embargó al pensar que esa sociedad pulverizada en el seno de los húmedos e inmensos bosques, a la que unos contadores de cuentos trashumantes servían de savia circulante, estaría desapareciendo.

¿Cuántas veces, en estos veintitrés años, había pensado en los machiguengas? ¿Cuántas veces había tratado de adivinarlos, de escribirlos, cuántos proyectos había hecho para viajar a sus tierras? Por culpa de ellos, todos los personajes o instituciones que pudieran parecerse o de alguna manera asociarse en el mundo con el hablador machiguenga habían ejercido una instantánea fascinación sobre mí. Como los troveros ambulantes de los sertones bahianos, que, acompañados por el bordón de su guitarra, entreveraban, en las polvorientas aldeas del Nordeste brasileño, viejos romances medievales y chismografías de la región. Me bastó ver a uno de ellos, aquella tarde, en el mercado de Uauá, para divisar, superponiéndose a la silueta del *caboclo* con chaleco y sombrero de cuero que contaba, cantando, ante un corro burlón, la historia de La princesa Magalona y los doce pares de Francia, la piel amarillo verdosa, decorada con simétricas rayas rojizas y manchas oscuras, del hablador semidesnudo que, lejísimos de allí, en una playita oculta bajo el ramaje del Madre de Dios, refería a una familia atenta, en cuclillas, la disputa a soplidos de Tasurinchi y Kientibakori de la que resultaron todos los seres buenos y malos de este mundo.

Pero todavía más que el trovero del sertón, fue el *seanchaí* irlandés quien me había evocado, y con qué fuerza, a los habladores machiguengas. *Seanchaí*: «decidor de viejas historias», «aquel que sabe cosas», tradujo al inglés, distraídamente, alguien, en un bar de Dublín. ¿Cómo explicar, si no es por los machiguengas, aquella emoción, aquel aceleramiento brusco en el pecho, que me llevó a entrometerme, a preguntar y, más tarde, a atosigar y enloquecer a conocidos y amigos irlandeses hasta que me pusieron frente a un *seanchaí*? Reliquia viviente de los viejos aedas de Hibernia, que, como aquellos antepasados suyos cuyas siluetas se confunden, en la noche de los tiempos, con los mitos y las leyendas célticas que son los cimientos culturales de Irlanda, el *seanchaí* cuenta aún, en nuestros días, en el calor humoso de un *pub*, en una fiesta suspensa de pronto ante el hechizo de su palabra, o en una casa familiar, junto a la chimenea, mientras afuera gotea la lluvia o ruge la tormenta, antiquísimas fábulas, historias épicas, amoríos terribles, inquietantes milagros. Es un patrón de bar, un chofer de camión, un pastor, un mendigo, alguien misteriosamente tocado por la varita mágica de la sabiduría y el arte de contar, de recordar, de reinventar y enriquecer lo ya contado a lo largo de los siglos, un mensajero de los tiempos del mito y de la magia, anteriores a la historia, a quien los irlandeses contemporáneos escuchan todavía, horas y horas, encandilados. Siempre supe que aquella emoción intensa con que viví ese viaje a Irlanda gracias al *seanchaí*, fue metafórica, una manera de escuchar, a través de él, al hablador y de vivir la ilusión de formar parte, apretado entre sus oyentes, de un auditorio machiguenga.

Y, por fin, mañana, de esta manera impremeditada, y guiado nada menos que por los propios esposos Schneil, iba a conocer a los machiguengas. ¿La vida tenía cosas de novela, pues? Sí señor, las tenía. «Te he dicho que quiero terminar con un zoom, coño, Alejandro», desvarió Lucho Llosa, en la cama de al lado, revolviéndose bajo el mosquitero.

Partimos al amanecer, en dos monomotores Cessna del Instituto, con tres pasajeros en cada uno. El piloto del avioncito en que iba yo, pese a su cara de adolescente, llevaba ya varios años con los lingüistas misioneros y, antes de pilotar sus aviones en la Amazonía, lo había hecho en las selvas de Centroamérica y en las de Borneo. Era una mañana diáfana, en la que, desde el aire, se podía seguir con pulcritud todos los meandros del Ucayali, primero, y, luego, del Urubamba —sus islotes, sus lanchas tartamudas con motor fuera de borda o peque-peques, sus canoas, sus caños, sus pongos, sus afluentes— y las diminutas aldeas que, muy de tanto en tanto, abrían un claro de cabañas y de tierra rojiza en la interminable llanura verde. Pasamos sobre la Colonia Penal del Sepa y sobre la misión dominicana de Sepahua y luego abandonamos el curso del Alto Urubamba, para seguir la enrevesada trayectoria del río Mipaya, una serpiente lodosa a cuyas orillas, a eso de las diez de la mañana, avistamos nuestro primer destino: Nuevo Mundo.

El nombre del Mipaya tenía resonancias históricas.

Bajo esta maraña vegetal proliferaron, hacía un siglo, campamentos caucheros. Después de la terrible mortandad que la tribu sufrió, pasivamente, en los años del caucho, los ex caucheros arruinados intentaron en la década del veinte abrir haciendas en esta zona, proveyéndose de brazos mediante el viejo sistema de las cacerías de indígenas. Fue entonces que, aquí, a orillas del Mipaya, se produjo el único caso conocido en la historia de resistencia machiguenga. Cuando un hacendado de la región vino a llevarse a los jóvenes y a las mujeres, los machiguengas los recibieron a flechazos y mataron e hirieron a varios viracochas, antes de ser exterminados. La selva había cubierto el escenario con su espesa maleza de troncos, ramas, hojarasca, y no quedaba ya rastro de aquellas ignominias. Antes de aterrizar, el piloto trazó varios círculos sobre la veintena de cabañas de techos cónicos, a fin de que los machiguengas de Nuevo Mundo retiraran a los niños de la única calle del poblado, que servía de pista de aterrizaje.

Los Schneil venían en el mismo avión que yo, y, apenas los vieron descender del aparato, un centenar de vecinos los rodeó, dando muestras de mucha excitación y alegría. Todos pugnaban por tocarlos, palmearlos, y unos y otros hablaban al mismo tiempo en un lenguaje cadencioso, áspero, lleno de modulaciones extremas. Salvo la maestra, quien vestía falda y blusa y calzaba sandalias, todos los machiguengas andaban descalzos, ellos con un breve taparrabo o con cushma y ellas también con esas túnicas de algodón, ocres o grises, comunes a muchas tribus. Sólo algunas ancianas llevaban la pampanilla, delgada manta recogida en la cintura que les dejaba los pechos al aire. Casi todos, hombres y mujeres, lucían tatuajes rojizos o negros.

Ahí estaban, pues. Ésos eran los machiguengas.

No tuve ni tiempo de conmoverme. Para aprovechar al máximo la luz nos pusimos a trabajar de inmediato y, afortunadamente, ninguna catástrofe nos impidió tomar imágenes de las cabañas —todas idénticas: una simple plataforma de troncos sostenida sobre pilotes, unos delgados tabiques de caña que sólo cubrían la mitad de los lados, el penacho de hojas de palmera que era el techo, y unos interiores austeros, pues sólo albergaban esteras enrolladas, bateas, redes de pescar, arcos y flechas y puñaditos de yuca, maíz y unos porongos— ni entrevistar a la maestra, la única que podía expresarse, aunque con dificultad, en español. Era también la administradora de la tienda del pueblo, adonde dos veces al mes llegaba un lancha trayendo provisiones. Mis intentos de obtener de ella alguna información sobre los habladores fueron inútiles. ¿Alcanzaba a entender a quiénes me refería? Parecía que no. Me miraba con una expresión sorprendida, ligeramente inquieta, como rogándome que me volviera inteligible.

Aunque no podíamos conversar directamente con ellos, sino a través de los Schneil, los otros machiguengas se mostraron bastante serviciales y pudimos grabar algunos cantos y bailes y la refinada operación mediante la cual una anciana se iba pintando, en la cara, dibujos geométricos, con tintura de achiote. Tomamos vistas de los nacientes sembríos, de los corralitos de aves, de la escuela, y la maestra se empeñó en que escucháramos a los alumnos cantar el Himno Nacional en machiguenga. Uno de los niños tenía la cara destruida por esa especie de lepra que es la uta —los machiguengas la atribuyen a la picadura de una luciérnaga de color rosado, con el abdomen hirviendo de puntitos brillantes— y, por la manera desinhibida y natural con que actuaba y correteaba entre los otros chiquillos, no parecía, a simple vista al menos, objeto de discriminación y burlas a causa de su deformidad.

Cuando, al comenzar la tarde, cargábamos ya las cosas para emprender viaje al pueblo donde pernoctaríamos —Nueva Luz—, nos enteramos que Nuevo Mundo, probablemente, tendría que mudarse pronto de ubicación. ¿Qué había ocurrido? Una de esas arbitrariedades geográficas que son el pan de cada día en la selva. El río Mipaya, en la última estación de lluvias, a causa de la gran creciente, había modificado radicalmente su cauce, apartándose tanto de Nuevo Mundo que, ahora, al bajar las aguas a su nivel invernal, los vecinos tenían que hacer una larguísima caminata para llegar a sus orillas. Estaban, pues, buscando otro lugar, sujeto a menos contingencias, para instalar la aldea. No sería complicado para quienes se habían pasado la vida mudándose —sus ciudades, por lo visto, nacían también bajo el signo atávico de la marcha, del destino peripatético—, y, por otra parte, esas cabañas de troncos, cañas y hojas de palmera, eran más fáciles de desarmar y de volver a armar que las casitas de la civilización.

Nos explicaron que los veinte minutos de vuelo que nos tomó ir de Nuevo Mundo a Nueva Luz eran engañosos, pues, andando por la selva, esa distancia exigía cuando menos una semana de viaje, y, en canoa, un par de días.

Nueva Luz era el más antiguo de los pueblos machiguengas —acababa de celebrar su segundo cumpleaños— y tenía algo más del doble de cabañas y de vecinos que Nuevo Mundo. También aquí, sólo Martín, el curaca gobernador y maestro de la escuela bilingüe, vestía camisa, pantalón y zapatos y tenía los cabellos cortados a la manera occidental. Era bastante joven, menudo, de una seriedad funeral, y hablaba un español ágil, suelto y sincopado, lleno de apócopes. Igual que en la aldea anterior, en Nueva Luz el recibimiento de los machiguengas a los Schneil fue exuberante y ruidoso, y todo el resto del día y buena parte de la noche vimos a grupos e individuos esperando pacientemente que otros se despidieran para acercarse a ellos y entablar una conversación crepitante, adornada de gestos y ademanes.

También en Nueva Luz grabamos bailes, cantos, solos de tambora, la escuela, la tienda, los sembríos, los telares, los tatuajes, y una entrevista con el dirigente egresado de la Escuela Bíblica de Mazamari, un hombre joven, muy delgado, con el cabello cortado casi al rape, de gestos ceremoniosos. Era un discípulo aprovechado de sus maestros, pues, antes que de los machiguengas, prefería hablar de la Palabra, del Verbo, del Espíritu Santo. Tenía una manera cazurra de irse por las ramas y eternizarse en vaguedades bíblicas, cada vez que no quería contestar a una pregunta. Dos veces intenté tirarle la lengua sobre el tema de los habladores y, las dos, mirándome sin comprender, volvió a explicarme que ese libro que tenía en las rodillas era la palabra de Dios y de sus apóstoles en lengua machiguenga.

Terminado el trabajo nos fuimos a bañar en una quebrada del Mipaya, a unos quince minutos de marcha del pueblo, guiados por los dos aviadores del Instituto. Era el comienzo del crepúsculo, la hora más misteriosa y más bella de la Amazonía siempre que no haya aguacero. El sitio era un verdadero hallazgo. Un brazo del Mipaya se desviaba, por obra de un arrecife natural de rocas, formando una especie de ensenada, en la que se podía nadar en unas aguas quietas y tibias, o, si uno lo prefería, recibir, protegido por el rastrillo de rocas, el impacto de la corriente. Hasta el lacónico Alejandro Pérez comenzó a chapotear y a reírse, loco de felicidad en ese jacuzzi amazónico.

Cuando regresamos a Nueva Luz, el joven Martín (su cortesía era extremada y sus gestos de una elegancia real) me invitó una infusión de hierbaluisa, en su cabaña, contigua a la escuela y a la tienda del pueblo. Tenía un aparato transmisor de radio, con el que se comunicaba con la Base de Yarinacocha. Estábamos los dos solos en el cuarto cuyo aseo eran tan meticuloso como el del propio Martín; Lucho Llosa y Alejandro Pérez habían ido a ayudar a los pilotos a descargar las hamacas y mosquiteros en que dormiríamos. La luz caía rápidamente y crecían manchas de sombras a nuestro rededor. La selva entera había comenzado a chirriar sincrónicamente, igual que siempre a esta hora, recordándonos que, bajo su maraña verde, miríadas de insectos dominaban el mundo. Pronto, el cielo se llenaría de estrellas.

¿Creían de veras los machiguengas que las estrellas eran el fulgor que despedían las coronas de los espíritus? Martín, inmutable, asintió. ¿Que las estrellas fugaces era las flechas de fuego de esos diosecillos-niños, los Ananeriite, y el rocío del amanecer, sus orines? Martín esta vez se rió: sí, creían eso. ¿Y, ahora que los machiguengas habían dejado de andar, para echar raíces en aldeas, se caería el sol? Seguramente que no: Dios se encargaría de sostenerlo. Me examinó un momento, con expresión divertida: ¿cómo me había enterado yo de esas creencias? Le dije que los machiguengas me interesaban desde hacía casi un cuarto de siglo; que, desde entonces, procuraba leer todo lo que se escribía sobre ellos. Y le conté por qué. Mientras yo hablaba, su cara, benevolente y risueña al principio, fue tornándose grave, desconfiada. Me escuchó con severa atención, sin mover un músculo de la cara.

—Ya ve usted, mis preguntas sobre los habladores no eran una simple curiosidad, sino algo mucho más serio. Ellos son muy importantes para mí. Acaso tanto como para los machiguengas, Martín. —Él permanecía mudo y quieto, con una lucecita vigilante en el fondo de las pupilas—. ¿Por qué no ha querido contarme nada sobre ellos? Tampoco la maestra de Nuevo Mundo quiso decirme ni una palabra. ¿Por qué tanto misterio con los habladores, Martín?

Me aseguró que no comprendía lo que estaba diciéndole. ¿Qué era eso de los «habladores»? Nunca había oído hablar de ellos, ni en este pueblo ni en ningún otro de la comunidad. Quizás existían en otras tribus, pero no entre los machiguengas. Estaba diciéndome esto, cuando entraron los Schneil. ¿No nos habríamos tomado toda esa hierbaluisa, que era la más perfumada de la Amazonía, no? Martín cambió de tema y a mí me pareció prudente no insistir.

Pero, una hora más tarde, cuando nos despedimos de Martín, y, luego de armar mi hamaca y mosquitero en la cabaña que nos habían prestado, salí con los Schneil a tomar el fresco de la noche, paseando por el descampado circuido por las viviendas de Nueva Luz, el tema me vino a los labios otra vez, irresistible.

—En las pocas horas que he estado entre los machiguengas no he podido darme cuenta de muchas cosas —les dije—. Pero, al menos de una sí me he dado. Una cosa importante.

El cielo era un bosque de estrellas y una mancha de nubes ocultaba la luna, a la que sólo se presentía por un difuminado resplandor. En Nueva Luz habían encendido una fogata en una de las extremidades de la aldea, y, en su contorno, se insinuaban de pronto fugitivas siluetas. Todas las cabañas estaban a oscuras, con excepción de la que nos habían prestado, iluminada, a cincuenta metros de nosotros, con la luz verdosa de una lámpara portátil. Los Schneil esperaban que yo continuara. Caminábamos despacio, sobre un tierra blanda, de hierba alta. Pese a las botas, había comenzado a sentir, en los tobillos y empeines, las picaduras de los jejenes.

—¿Y cuál es? —preguntó, por fin, la señora Schneil.

—Que todo esto es muy relativo —proseguí, atolondrado—. Quiero decir, lo de bautizar a este pueblo con el nombre de Nueva Luz y al curaca con el de Martín. Esto del Nuevo Testamento en machiguenga, esto de enviar a los nativos a las escuelas bíblicas y volverlos pastores. El paso violento de la vida nómada a la sedentaria. La occidentalización y cristianización aceleradas. La supuesta modernización. Me he dado cuenta que es pura apariencia. Por más que hayan comenzado a comerciar, a servirse del dinero, el peso de su propia tradición es mucho más fuerte en ellos que todo eso.

Me callé. ¿Los estaba ofendiendo? Yo mismo no sabía qué conclusión sacar de todo ese razonamiento precipitado.

—Sí, desde luego —tosió Edwin Schneil, algo confuso—. Naturalmente. Cientos de años de unas creencias, de unas costumbres, no desaparecen de la noche a la mañana. Tomará tiempo. Lo importante es que han comenzado a cambiar. Los machiguengas de ahora ya no son lo que eran cuando llegamos aquí, se lo aseguro.

—Me he dado cuenta que hay un fondo para ellos todavía intocable —lo interrumpí—. Tanto a la maestra de Nuevo Mundo como, aquí, a Martín, les pregunté sobre los habladores. Y la reacción de ambos fue idéntica: negar que existieran, aparentar no saber siquiera de qué les hablaba. Quiere decir que, aun en los machiguengas más occidentalizados, como la maestra y Martín, queda un reducto de lealtad hacia las creencias propias. Ciertos tabúes a los que no están dispuestos a renunciar. Por eso los mantienen rigurosamente ocultos de los forasteros.

—¿Los habladores? —preguntó Edwin Schneil. Su sorpresa parecía genuina.

Hubo una larga pausa, en la que el chirriar de los invisibles insectos nocturnos pareció volverse ensordecedor. ¿Me iba a preguntar él a mí quiénes eran los habladores? ¿Me dirían también los Schneil, como la maestra y el curaca-pastor, que nunca habían oído hablar de ellos? Pensé que, de veras, los habladores no existían: yo los había inventado y domiciliado luego en falsos recuerdos para darles realidad.

—¡Ah, los habladores! —exclamó la señora Schneil,

por fin. Y crepitó ese vocablo o frase como de hojas pisoteadas. Me pareció que venía hasta mí, cruzando el tiempo, desde el bungalow a orillas de la cocha de Yarina donde lo había oído por primera vez cuando era poco más que un adolescente.

—Ah —repitió Edwin Schneil, remedando la crepitación, una, dos veces, con un dejo de desconcierto—. Los habladores. Los *speakers*. Sí, claro, es una traducción posible.

—¿Y cómo sabe usted de ellos? —dijo la señora Schneil, volviendo un poco la cabeza hacia donde yo estaba.

—Por usted, por ustedes dos —murmuré.

Adiviné que, en la penumbra, abrían mucho los ojos y que cambiaban una mirada entre ellos, sin entender. Les revelé entonces que, desde aquella noche, en su bungalow, a orillas del lago de Yarina, en que me habían contado sobre ellos, los habladores machiguengas habían vivido conmigo, intrigándome, desasosegándome, y que desde entonces mil veces traté de imaginarlos en sus peregrinaciones a través de la floresta, recogiendo y llevando historias, cuentos, chismes, invenciones, de una islita machiguenga a otra, en ese mar amazónico en el que flotaban, a la deriva de la adversidad. Les dije que, por una razón difícil de explicar, la existencia de esos habladores, saber lo que hacían y la función que ello tenía en la vida de su pueblo, había sido en esos veintitrés años un gran estímulo para mi propio trabajo, una fuente de inspiración y un ejemplo que me hubiera gustado emular. Me di cuenta de que hablaba con exaltación y me callé.

Sin habernos puesto de acuerdo, nos habíamos detenido junto a un alto de troncos y ramas, amontonados en el centro del claro como para encender una hoguera. Nos habíamos sentado o recostado contra los leños. Ahora se veía a Kashiri, en cuarto creciente, de un amarillo anaranjado, rodeada de su vasto harén de luciérnagas chisporroteantes. Además de los jejenes había muchos zancudos y teníamos que manotear todo el tiempo para alejarlos de nuestras caras.

—Bueno, qué curioso, quién se hubiera imaginado que usted recordara eso, y, sobre todo, que llegara a tener tanta significación en su vida —dijo por fin, por decir algo, Edwin Schneil. Parecía perplejo y algo incómodo—. Yo ni me acordaba que aquella vez habíamos tocado el tema de ¿los contadores?, no, de los ¿habladores, verdad? Qué curioso, qué curioso.

—No me sorprende nada que Martín y la maestra de Nuevo Mundo no hayan querido decirle nada sobre ellos —intervino, luego de un momento, la señora Schneil—. Es un tema que a ningún machiguenga le gusta tocar. Un asunto muy privado, muy secreto. Ni con nosotros, que los conocemos ya tanto tiempo, que hemos visto nacer a muchísimos de ellos. Yo no lo entiendo. Porque ellos lo cuentan todo, de sus creencias, de sus ritos con el ayahuasca, de los brujos. No tienen reservas sobre nada. Pero sobre los habladores, sí. Es lo único que evitan siempre. Edwin y yo nos hemos preguntado muchas veces por qué ese tabú.

—Sí, es una cosa extraña —asintió Edwin Schneil—. No se comprende, porque ellos son muy comunicativos y jamás tienen reparos en contestar cualquier pregunta. Los mejores informantes del mundo, pregúnteselo a cualquier antropólogo que haya estado por acá. Tal vez no les gusta hablar de ellos, ni que se los conozca, porque los habladores son depositarios de los secretos de la familia. Saben todas las intimidades de los machiguengas. ¿Cómo es ese dicho? ¿Que los trapos sucios sólo deben lavarse en casa, no es eso? Tal vez el tabú sobre los habladores responde a un sentimiento parecido.

En la oscuridad, la señora Schneil se rió.

—Bueno, es una teoría que a mí no me convence —dijo—. Porque los machiguengas no son nada reservados sobre las cosas íntimas. Si usted supiera las veces que me han dejado atónita y con la cara ardiendo por lo que contaban...

—Pero, en todo caso, le aseguro que se equivoca si cree que es un tabú religioso —afirmó Edwin Schneil—. No lo es. Los habladores no son brujos ni sacerdotes, como el seripigari o el machikanari. Son simplemente eso, habladores.

—Ya lo sé —le dije—. Ya me lo explicó usted la primera vez. Y es eso, precisamente, lo que a mí me conmueve. Que los machiguengas consideren tan importantes, como para guardarlos en secreto, a unos simples contadores de cuentos.

De tanto en tanto, una sombra silente pasaba junto a nosotros, crepitaba brevemente, los Schneil crepitaban una respuesta que debía equivaler a un «buenas noches», y la sombra desaparecía en la tiniebla. Ningún ruido venía de las cabañas. ¿Dormía ya todo el pueblo?

—¿Y en todos estos años no oyeron nunca a un hablador? —les pregunté.

—Yo no he tenido esa suerte —dijo la señora Schneil—. A mí no me dieron hasta ahora la oportunidad. Pero a Edwin, sí.

—Y hasta dos veces —se rió él—. Aunque, en un cuarto de siglo, no es mucho, ¿verdad? Espero que esto que le digo no lo vaya a defraudar, pero creo que no me gustaría repetir la experiencia.

La primera vez había sido de pura casualidad, hacía de eso lo menos diez años. Los Schneil llevaban unos meses viviendo en un pequeño asentamiento machiguenga del río Tikompinía, y, una mañana, dejando allí a su esposa, Edwin fue a hacer una visita a otra familia de la comunidad, a algunas horas de canoa, río arriba. Viajó acompañado de un chiquillo, que lo ayudaba a remar. Cuando llegaron, encontraron que, en vez de los cinco o seis machiguengas que vivían allí, y a los que Edwin Schneil conocía, había lo menos una veintena, algunos venidos de caseríos lejanos. Estaban en cuclillas en medio círculo, viejos y niños, hombres y mujeres, en torno a un hombre que peroraba, sentado y con las piernas cruzadas, encarándolos. Era un hablador. Nadie objetó que Edwin Schneil y el muchacho se sentaran también, a escuchar. Y el hablador no interrumpió su monólogo mientras ellos se incorporaban al auditorio.

—Era bastante viejito y hablaba tan rápido que me costó trabajo seguirlo. Ya debía llevar buen tiempo hablando. No parecía cansado ni mucho menos. El espectáculo duró varias horas más todavía. A ratos, le alcanzaban una calabaza de masato para que se aclarara la garganta con un traguito. No, nunca había visto antes a ese hablador. Bastante viejo, a primera vista, aunque, usted sabe, aquí en la selva se envejece rápido. Viejo, entre los machiguengas, puede significar treinta años. Era un hombre bajo, fortachón, muy expresivo. Yo, usted, cualquiera que hable y hable esa cantidad de horas, quedaría ronco y extenuado. Pero él, no. Hablaba y hablaba, con mucha energía. En fin, era su oficio y sin duda lo hacía bien.

¿De qué hablaba? Bueno, imposible recordarlo. ¡Qué caos! De todo un poco, de las cosas que se le venían a la cabeza. De lo que había hecho la víspera y de los cuatro mundos del cosmos machiguenga, de sus viajes, de hierbas mágicas, de las gentes que había conocido y de los dioses, diosecillos y seres fabulosos del panteón de la tribu. De los animales que había visto y de la geografía celeste, un laberinto de ríos cuyos nombres no hay quien recuerde. A Edwin Schneil le costaba trabajo seguir, concentrado, ese torrente de palabras en que se saltaba de una cosecha de yucas a los ejércitos de demonios de Kientibakori, el espíritu del mal, y de allí a los partos,

matrimonios y muertes en las familias o las iniquidades
del tiempo de la sangría de árboles, como llamaban ellos
a la época del caucho. Muy pronto, Edwin Schneil estuvo más interesado que en el hablador, en la atención
fascinada, estática, con que los machiguengas lo escuchaban, celebrando sus chistes a grandes carcajadas o
entristeciéndose con él. Las pupilas ávidas, boquiabier-
tos, las cabezas enhiestas, no se perdían una pausa, una
inflexión, de lo que el hombre decía.

Yo escuchaba al lingüista como ellos a aquél. Sí,
existían, y se parecían a los de mi sueños.

—La verdad, me acuerdo poco de lo que contaba
—dijo Edwin Schneil—. Le doy sólo unos ejemplos.
¡Qué mescolanza! Me acuerdo, sí, que contó la ceremonia de iniciación de un joven chamán, con el ayahuasca,
bajo la dirección de un seripigari. Relató las visiones que
tuvo. Extrañas, incoherentes, como ciertos poemas modernos. Habló, también, de las propiedades de un pajarito, el chobíburiti; si se entierran los huesecillos del ala,
machacados, en el suelo de la casa, está garantizada la
concordia familiar.

—Aplicamos la receta y, la verdad, no nos dio tan
buenos resultados —bromeó la señora Schneil—. ¿Qué
dices tú, Edwin?

Él se rió.

—Los entretienen, son sus películas, su televisión
—añadió, ya serio, después de una pausa—. Sus libros,
sus circos, esas diversiones que tenemos los civilizados.
Para ellos, la diversión es una sola en el mundo. Los
habladores no son nada más que eso.

—Nada menos que eso —lo corregí yo, suavemente.

—¿Sí? —dijo él, desconcertado—. Bueno, sí. Pero,
perdóneme que insista, no creo que haya nada religioso
detrás. Por eso llama la atención todo ese misterio, el
secreto de que los rodean.

—Se rodea de misterio lo que para uno es importante —se me ocurrió decir.

—Sobre eso no hay la menor duda —afirmó la señora Schneil—. Para ellos, los habladores son muy importantes. Pero no hemos descubierto por qué.

Pasó otra sombra furtiva, crepitó y los Schneil crepitaron. Le pregunté a Edwin si había conversado, aquella vez, con el viejo hablador.

—Apenas tuve tiempo. La verdad, cuando terminó de hablar, ya estaba rendido, me dolían todos los huesos. Así que en seguida me dormí. Dése cuenta, cuatro o cinco horas sentado, sin cambiar de postura, después de remar contra la corriente casi todo el día. Y oyendo ese chisporroteo de anécdotas. No tenía ánimos para nada. Me eché a dormir y, cuando desperté, el hablador ya se había marchado. Como a los machiguengas no les gusta hablar del asunto, no he vuelto a saber de él.

Ahí estaba. En la rumorosa oscuridad de Nueva Luz que me envolvía, lo vi: la piel entre cobriza y verdosa, recogida por los años en pliegues innumerables; los pómulos, la nariz, la frente engalanada con rayas y círculos cuya función era protegerlo de la zarpa y los colmillos de la fiera, las inclemencias de los elementos y la magia y los dardos del enemigo; bajito, de piernas cortas y nudosas, un pequeño lienzo en la cintura, y, sin duda, un arco y un bolsón lleno de flechas en la mano. Ahí estaba: andando entre los matorrales y los troncos, semiinvisible en la tupida maraña, andando, andando, después de haber hablado diez horas, hacia su próximo auditorio, para seguir hablando. ¿Cuántos años llevaba haciéndolo? ¿Cómo había comenzado? ¿Era un quehacer que se heredaba? ¿Uno lo elegía? ¿Se lo imponían los demás?

La voz de la señora Schneil borró la imagen:

—Cuéntale del otro hablador —dijo—. Ese que fue tan agresivo. El albino. Le interesará, sin duda.

—Bueno, no sé si era realmente un albino —se rió, en la oscuridad, Edwin Schneil—. Le decíamos también el gringo, entre nosotros.

Esta vez no había sido de casualidad. Edwin Schneil estaba en un asentamiento del río Timpía, con una familia de antiguos conocidos, cuando sorpresivamente llegaron allí otras familias de los contornos, en estado de gran excitación. Edwin advirtió conciliábulos; lo señalaban, se apartaban para discutir. Adivinó el motivo de su alarma. Les dijo que no se preocuparan, se iría de inmediato. Hubo un momentáneo consenso sin embargo, a insistencia de los dueños de casa, y le indicaron que podía quedarse. Pero cuando llegó el que esperaban, surgió una nueva discusión, áspera, larga, porque el hablador exigió de mal modo, gesticulando, que el forastero se fuera, en tanto que la familia del lugar estaba empeñada en que se quedara. Edwin Schneil optó por despedirse de sus huéspedes, diciéndoles que no quería ser la causa de una disputa. Hizo un lío con sus cosas y se marchó. Iba rumbo a otro asentamiento, por la trocha, cuando los machiguengas donde estuvo alojado vinieron a darle alcance. Podía regresar, podía quedarse. Habían convencido al hablador.

—La verdad, no estaban convencidos ni unos ni otros de que yo me quedara y menos todavía que ellos el hablador —añadió—. A éste no le hacía ninguna gracia mi presencia allí. Me hizo sentir su hostilidad no mirándome ni una sola vez. Ésa es la manera machiguenga: volverlo a uno invisible con su odio. Pero esa familia del Timpía y nosotros teníamos una relación muy estrecha, un parentesco espiritual, nos tratábamos de «padres» e «hijos»...

—¿Es muy fuerte la ley de la hospitalidad entre los machiguengas?

—La ley del parentesco, más bien —dijo la señora Schneil—. Si unos «parientes» van a alojarse a casa de otros, son tratados como príncipes. No ocurre con frecuencia, por las grandes distancias a que viven. Por eso hicieron regresar a Edwin y se resignaron a que oyera al hablador. No querían ofender a un «pariente».

—Mejor hubieran sido menos hospitalarios y me hubieran dejado partir —suspiró Edwin Schneil—. Todavía me duelen los huesos, y, sobre todo, la boca, de tanto bostezar, recordando esa noche.

El hablador había comenzado sus relatos al atardecer, antes de que se ocultara el sol, y habló todo el resto de la noche, sin interrupción. Cuando calló, la luz encendía las copas de los árboles. Era cerca de media mañana. Edwin Schneil tenía las piernas tan acalambradas, tantas agujetas en el cuerpo, que habían tenido que ayudarlo a ponerse de pie, a dar unos pasos, a aprender de nuevo a andar.

—Nunca he sentido tanta desazón en mi vida —murmuró—. No podía más de la fatiga, de la incomodidad. Toda una noche resistiendo el sueño, el dolor de los músculos. Si me hubiera levantado, se hubieran resentido muchísimo. Sólo la primera hora, o tal vez las dos primeras, estuve siguiendo los cuentos. Después, no hice otra cosa que luchar conmigo mismo para no caer dormido. Y, a pesar de mis esfuerzos, todo el tiempo se me iba la cabeza a un lado y a otro, como el badajo de una campana.

Se rió, bajito, enfrascado en sus recuerdos.

—Edwin todavía tiene pesadillas, acordándose de esa noche en vela, aguantando los bostezos y sobándose las piernas —se rió la señora Schneil.

—¿Y el hablador? —pregunté.

—Tenía un gran lunar —dijo Edwin Schneil. Hizo una pausa, buscando sus recuerdos o las palabras para describirlos—. Y unos pelos más colorados que los míos. Un tipo raro. Lo que los machiguengas llaman un serigórompi. Quiere decir un excéntrico, alguien distinto de lo normal. Por esos pelos color zanahoria le decimos el albino, el gringo, entre nosotros.

En mis tobillos, los jejenes estaban haciendo estragos. Sentía sus lancetas y me parecía verlas, hundiéndose en la piel, que, ahora, se hincharía en pequeños abscesos de intolerable escozor: era el precio que tenía que pagar cada vez que venía a la selva. La Amazonía no había dejado de cobrármelo nunca.

—¿Un gran lunar? —balbuceé, con dificultad—. ¿Quiere usted decir, la uta? ¿Tenía, como el chiquillo que vimos esta mañana en Nuevo Mundo...?

—No, no, un lunar, un gran lunar oscuro —me atajó Edwin Schneil, alzando la mano—. Le cubría todo el lado derecho de la cara. Una apariencia impresionante, le aseguro. No había visto un hombre con un lunar así, nunca, ni entre los machiguengas ni en otra parte. Y no lo he vuelto a ver, tampoco.

Sentí, también, las picaduras de los zancudos en todas las partes descubiertas del cuerpo: la cara, el cuello, los brazos, las manos. Las nubes que la ocultaban se habían corrido y, ahora, Kashiri estaba allí, incompleta y lúcida, mirándonos. Un escalofrío me cruzó el cuerpo, de la cabeza a los pies.

—¿Tenía los pelos colorados? —murmuré, muy lentamente. Se me había secado la boca y mis manos, en cambio, sudaban.

—Más que yo —se rió él—. Un verdadero gringo, palabra. Tal vez un albino, después de todo. No tuve mucho tiempo de observarlo, tampoco. Ya le dije en qué estado quedé, después de esa sesión de cuentos. Como anestesiado. Y cuando desperté, él ya se había marchado, por supuesto. Para no tener que hablar conmigo ni verme más la cara.

—¿Qué edad podía tener? —articulé, con una fatiga grande, como si fuera yo el que hubiera estado hablando toda la noche.

Edwin Schneil se encogió de hombros.

—Quién sabe —suspiró—. Ya se habrá dado cuenta lo difícil que es adivinarles la edad. Ellos no lo saben, no la calculan a la manera nuestra, y, además, todos alcanzan muy pronto esa edad promedio. La edad machiguenga, diremos. Pero más joven que yo, seguramente. Como usted, tal vez, o acaso menos.

Tosí, sin ganas, dos o tres veces, disimulando mi ansiedad. Y sentí, de pronto, unas ganas feroces, inaguantables, de fumar. Como si todos los poros del cuerpo se me hubieran abierto de repente exigiendo aspirar una, mil bocanadas de humo. Hacía cinco años que había fumado el que creí sería mi último cigarrillo, estaba seguro de haberme librado para siempre del tabaco, hacía ya bastante que el simple olor del cigarrillo me irritaba, y he aquí que, de pronto, en la noche de Nueva Luz, de no sé qué profundidades misteriosas, surgía, avasallador, urgentísimo, el deseo de fumar.

—¿Hablaba bien el machiguenga? —me oí decir, bajito.

—¿Bien? —preguntó Edwin Schneil—. Bueno, hablaba, hablaba sin parar, sin pausas, sin puntos. —Se rió, exagerando—. Como hablan los habladores. Contando todas las cosas habidas y por haber. Era lo que era, pues.

—Sí —dije yo—. Quiero decir, el machiguenga, ¿lo hablaba bien? ¿No podía ser...?

—¿Sí? —dijo Edwin Schneil.

—Nada —dije yo—. Una tontería. Nada, nada.

Todavía, como en sueños, creyendo estar muy atento a las lancetas de los jejenes y de los zancudos y al deseo de fumar, debo haber preguntado a Edwin Schneil, con un extraño dolor en las mandíbulas y en la lengua, como si las tuviera extenuadas de tanto usarlas, cuánto tiempo hacía que ocurrió aquello —«Oh, hará unos tres años y medio», respondió— y si lo había vuelto a oír, ver o a saber de él, y haberle escuchado responder que no a las tres preguntas: ya lo sabía yo, era un tema sobre el que los machiguengas no se mostraban locuaces.

Cuando me despedí de los Schneil —dormían en la casa de Martín, ellos— y fui a la cabaña donde estaba mi hamaca, desperté a Lucho Llosa, para pedirle un cigarrillo. «¿Desde cuándo fumas?», se extrañó, alcanzándome uno, con manos torpes de sueño.

No lo encendí. Lo tuve entre los dedos, en los labios, mimando los gestos del fumar, en el curso de esa larga noche, mientras me balanceaba suavemente en la hamaca, oía la respiración pausada de Lucho, de Alejandro y de los pilotos, oía chirriar el bosque y sentía pasar, uno por uno, lentos, solemnes, inverosímiles, impregnados de pasmo, los segundos.

Retornamos a Yarinacocha muy temprano. Debimos hacer un aterrizaje imprevisto, a medio vuelo, porque nos sorprendió un temporal. En el pequeño poblado campa donde nos refugiamos, a orillas del Urubamba, había un misionero norteamericano, que parecía uno de esos personajes faulknerianos de una sola idea, testarudez intrépida y alarmante heroísmo. Vivía en esas soledades hacía ya años, con su mujer y varios hijos pequeños, y, en la memoria, lo veo todavía, bajo el aguacero torrencial, dirigiendo con enérgicos movimientos de los brazos unos himnos que él mismo, para dar el ejemplo, entonaba a voz en cuello, bajo un cobertizo que las trombas de agua amenazaban con arrancar en cualquier momento. La veintena de campas movía apenas los labios, daba la impresión de no emitir ningún sonido, pero lo miraba fijamente, con la atención y el embeleso con que seguramente los machiguengas miraban a sus habladores.

Cuando reanudamos el vuelo, los Schneil me preguntaron si no me sentía bien. Respondí que perfectamente, aunque algo cansado, pues había dormido poco. En Yarinacocha, estuvimos apenas los minutos indispensables para trepar a un jeep que nos llevara a Pucallpa, a fin de alcanzar el vuelo de Faucett a Lima. En el avión, Lucho me preguntó: «¿Y esa cara? ¿Qué es lo que salió mal esta vez?» Estuve a punto de revelarle por qué andaba yo mudo y como alelado, pero en cuanto abrí la boca me di cuenta que no iba a poder. No cabía en una anécdota; era demasiado irreal y literario para ser verosímil y demasiado serio para bromear como si se tratara de una simple ocurrencia.

Ahora sabía la razón del tabú. ¿La sabía? Sí. ¿Podía ser posible? Sí, podía. Por eso eludían hablar de ellos, por eso se los habían ocultado celosamente a los antropólogos, a los lingüistas, a los misioneros dominicos en los últimos veinte años, por eso no asomaban en los escritos de los etnólogos contemporáneos sobre los machiguengas. No protegían a la institución, al hablador en abstracto. Lo protegían a él. A pedido de él mismo, sin duda. No despertar la curiosidad del viracocha sobre ese extraordinario injerto en la tribu. Y ellos lo habían venido haciendo como él se lo pidió, desde hacía tantos años, guareciéndolo dentro de un tabú que fue contagiándose a la institución toda, al hablador en abstracto. Si había sido así, lo respetaban mucho. Si era así, para ellos él era ya uno de ellos.

Empezamos a editar el programa esa misma medianoche, en el Canal, después de haber ido a nuestras casas a ducharnos, cambiarnos, y, yo, a una farmacia en busca de pomadas y antialérgicos para las picaduras de los jejenes. Decidimos que el programa tuviera el formato de un diario de viaje, en el que iría mezclando comentarios y recuerdos con las entrevistas hechas en Yarinacocha y en el Alto Urubamba. Como siempre, Moshé, mientras visionaba el material, iba riñéndonos por no haber tomado esas imágenes de aquella otra manera o por haberlas tomado de ésta. Entonces, me acordé que él también era judío.

—¿Cómo te llevas con el pueblo elegido, aquí en el Perú?

—Como la mona, por supuesto —me dijo—. ¿Por qué? ¿Quieres circuncidarte?

—A que no me haces un favor. ¿Habría manera de averiguar dónde anda una familia de la comunidad que se fue a Israel?

—¿Vamos a hacer una Torre de Babel sobre los kibbutz? —preguntó Lucho—. Entonces, habrá que hacer otra sobre los refugiados palestinos. Pero, cómo, ¿no se acaba el programa la próxima semana?

—Los Zuratas. El padre, Don Salomón, tenía una tiendecita en Breña. Yo era amigo de su hijo, Saúl. Se fueron a Israel a comienzos de los años sesenta, parece. Si fuera posible saber su dirección allá, me harías un gran favor.

—Veré qué puedo hacer —me contestó Moshé—. Me imagino que en la comunidad llevan un registro de esas cosas.

El programa sobre el Instituto Lingüístico y los machiguengas salió más largo de lo previsto. Cuando lo entregamos a Control nos advirtieron que ese domingo había un espacio vendido, a horas inmutables, de modo que, si no lo reducíamos nosotros mismos a una hora justa, lo haría el operador al momento de sacarlo al aire, a la bruta. Tuvimos que cortarlo a la carrera y echando bilis pues el tiempo nos ganaba. Ya para entonces estábamos editando la última Torre de Babel, la del domingo siguiente. Habíamos acordado que ésta fuera una antología de los veinticuatro programas anteriores. Pero, como siempre, tuvimos que cambiar los planes. Desde que iniciamos el programa, yo había intentado convencer a Doris Gibson que se dejara entrevistar y nos ayudara a hacer una nota sobre su vida de fundadora y directora de revistas, mujer de empresa, luchadora contra las dictaduras y víctima de ellas —en una célebre ocasión había abofeteado a los policías que venían a requisar los ejemplares de *Caretas* — y, sobre todo, de mujer que, en una sociedad entonces mucho más machista y prejuiciosa que la de ahora, había sido capaz de abrirse camino y tener éxito en dominios que se creían monopolio del hombre. A la vez, Doris había sido una de las mujeres más bellas de Lima, cortejada por millonarios y musa de pintores y poetas célebres. La impetuosa Doris, que sin embargo es muy tímida, se negó a mi pedido pues decía que la cámara la intimidaba. Pero esa última semana cambió de opinión y me mandó decir que aceptaba aparecer en el programa.

La entrevisté, pues, y esa entrevista, junto con la antología, puso fin a La Torre de Babel. Fiel a su destino, el último programa, que Moshé, Lucho, Alejandro y yo vimos en mi casa, alrededor de una mesa con viandas chinas y vasos de cerveza helada, fue víctima de un imponderable técnico. Por una de esas misteriosas razones —el sabotaje celeste— que eran el pan de cada día en el Canal, en el momento de la transmisión una inesperada música de jazz se hizo presente y acompañó, como fondo sonoro, todas las anécdotas que Doris contaba sobre la dictadura del General Odría, los secuestros policiales de *Caretas* o la pintura de Sérvulo Gutiérrez.

Cuando terminó el programa y estábamos brindando por su muerte y no-resurrección, sonó el teléfono. Era Doris, para preguntarme si no hubiera sido más apropiado que, en vez de esos compases de jazz un tanto insólitos, hubiésemos animado su entrevista con yaravíes arequipeños (ella es, entre otras cosas, una arequipeña recalcitrante). Cuando Lucho, Moshé y Alejandro terminaron de reírse de las explicaciones que yo había inventado para justificar la presencia del jazz en el programa, Moshé dijo:

—A propósito, me estaba olvidando. Ya te hice la averiguación.

Había pasado más de una semana y yo no se lo había recordado, porque imaginaba la respuesta y me asustaba un poco que me la confirmara.

—Parece que no se fueron a Israel —dijo—. ¿De dónde sacaste que se fueron?

—¿Los Zuratas? —le pregunté, sabiendo muy bien de lo que hablaba.

—Por los menos, Don Salomón Zuratas no se fue. Se murió aquí. Está enterrado en el cementerio judío de Lima, el de la avenida Colonial. —Moshé sacó un papelito del bolsillo y leyó—. El 23 de octubre de 1960. Ese día lo sepultaron, para más datos. Mi abuelo lo conocía y estuvo en su entierro. Respecto a su hijo, a tu amigo, quizás él se fuera a Israel, pero no he podido averiguar nada. A todos los que les pregunté, no saben nada.

Pero yo sí, pensé. Yo lo sé todo.

—¿Tenía un gran lunar en la cara? —preguntó Moshé—. Mi abuelo se acuerda incluso de eso. ¿Le decían el fantasma de la ópera?

—Uno enorme. Le decíamos Mascarita.

VII

PASAN cosas buenas y pasan malas cosas. Mala es que se esté perdiendo la sabiduría. Antes, abundaban los seripigaris y si tenía duda sobre qué comer, la manera de curar el daño, las piedras que protegen contra Kientibakori y sus diablillos, el hombre que anda iba a preguntar. Siempre había algún seripigari cerca. Fumando, tomando cocimiento, reflexionando y conversando con el saankarite en los mundos de más arriba, él averiguaba la respuesta. Ahora hay pocos y algunos no deberían llamarse seripigaris, pues ¿saben acaso dar consejos? Su sabiduría se les secó como raíz agusanada, quizás. Eso está trayendo mucha confusión. Así dicen, por donde voy, los hombres que andan. ¿Será que no nos movemos bastante?, diciendo. ¿Nos habremos vuelto, tal vez, perezosos? Estaremos faltando a nuestra obligación, quizás.

Eso es, al menos, lo que yo he sabido.

El seripigari más sabio que conocí se fue. Tal vez habrá vuelto; tal vez no. Vivía al otro lado del Gran Pongo, por el río Kompiroshiato. Tasurinchi se llamaba. No había secretos para él en este mundo ni en los otros. Sabía diferenciar a los gusanos que uno puede comer por el color de sus anillos y su manera de arrastrarse. Los miraba así, arrugando sus ojos, con su mirada profunda. Un buen rato los miraba. Y, ahí, sabía. Todo lo que sé de gusanos lo supe por él. El que se cría en la caña brava, chakokieni, es bueno, y malo el que vive en la lupuna.

Bueno, el de los troncos podridos, shigopi, y el de las ramas de la yuca. Malísimo el que anida en el caparazón de la tortuga. El mejor y el más sabroso, el del bagazo que dejan la yuca y el maíz cribados para hacer masato. Ese gusano, kororo, endulza la boca, limpia el estómago, quita el hambre y hace dormir sin sobresaltos. En cambio, el del cadáver del caimán varado a orillas de la cocha, llaga el cuerpo y da las visiones de una mala mareada.

Tasurinchi, el del Kompiroshiato, mejoraba la vida de la gente. Tenía recetas de todo y para todo, pues. Me enseñó muchas. Ahora me acuerdo de ésta. Al que muere picado de víbora hay que quemarlo rápido; si no, su cadáver criará reptiles y el bosque en torno hervirá de animales ponzoñosos. Y de esta otra. No basta quemar la casa del que se va, hay que hacerlo de espaldas. Mirar a las llamas trae desgracia. Hablar con ese seripigari daba miedo. Uno averiguaba lo mucho que no sabía. De la ignorancia sus peligros, tal vez. «¿Cómo has aprendido tantas cosas?», le preguntaba yo, diciéndole: «Parece que hubieras vivido desde antes que comenzáramos a andar y que lo hubieras visto todo y probado todo.»

«Lo importante es no impacientarse y dejar que lo que tiene que ocurrir, ocurra, me respondía. Si el hombre vive tranquilo, sin impacientarse, tiene tiempo de reflexionar y de recordar», diciendo. Así encontrará su destino, tal vez. Vivirá contento, quizás. Lo aprendido no se le olvidará. Si se impacienta, adelantándose al tiempo, el mundo se enturbia, parece. Y el alma cae en una telaraña de barro. Eso es la confusión. Lo peor, dicen. En este mundo y en el alma del hombre que anda. Entonces, no sabe qué hacer, dónde ir. No sabe defenderse, tampoco, ¿qué haré?, ¿qué he de hacer?, diciendo. Entonces, los diablos y los diablillos se entrometen en su vida y juegan con ella. Como los niños haciendo saltar a las ranas jugarán. Los errores se cometen siempre por la confusión, parece.

«¿Qué hay que hacer para no perder la serenidad, Tasurinchi?» «Comer lo debido y respetar las prohibiciones, hablador.» Si no, a cualquiera puede pasarle lo que a Tasurinchi, aquella vez.

¿Qué le pasó?

Esto le pasó. Eso fue antes.

Era un gran cazador. Sabía el tamaño de la trampa para el sajino, el nudo de la cuerda para el paujil. Sabía disimular la jaula para que entrara el ronsoco. Pero sabía sobre todo manejar el arco. Sus flechas daban en el blanco a la primera, siempre.

Un día que había salido de caza, después de ayunar y de pintarse como requería, sintió moverse las hojas a poca distancia. Presintió una forma y se paró ¡un animal grande! diciendo. Se acercaba despacio, desprevenido. Sin averiguar qué era, precipitándose, lanzó la flecha. Corrió a ver. Ahí estaba, muerto. ¿Qué había caído? Un venado. Se asustó mucho, por supuesto. Ahora le ocurriría algún daño. ¿Qué le pasa al que mata un animal prohibido? No había ningún seripigari cerca para preguntarle. ¿Se llenaría su cuerpo de ampollas? ¿Le atormentarían horribles dolores? ¿Le arrancarían un alma esa noche los kamagarinis y la llevarían a lo alto del árbol para que la picotearan los buitres? Pasaron muchas lunas y nada le ocurrió. Entonces, Tasurinchi se envanecería. «Eso de que no hay que matar venados es engaño», le oyeron decir sus parientes, «habladurías de miedosos nomás». «¡Cómo te atreves a decir eso!», lo reñían, mirando a los lados, arriba y abajo, asustados. «Yo maté a uno y me siento tranquilo y feliz», les respondía.

Diciendo, diciendo, Tasurinchi pasó a hacer lo que decía. Empezó a cazar venados. Les seguía la huella hasta la collpa donde iban a lamer la tierra salobre. Los seguía hasta el remanso donde se reunían a beber. Buscaba las cuevas donde las hembras iban a parirlos. Se apostaba en un escondite y, viendo al venado, lo flechaba. Ellos agonizaban mirándolo con sus ojazos. Apenados, como preguntando: «¿qué me has hecho?» Él se los ponía en el hombro. Contento, tal vez. Sin importarle mancharse con la sangre de lo que había cazado. Nada le importaría ya, pues. Nada temería. Lo llevaba a su casa y le ordenaba a su mujer: «Cocínalo. Como a sachavaca, igual», diciéndole. Ella le obedecía temblando de miedo. A veces, trataba de prevenirlo. «Esta comida nos va a traer daños», lloriqueando. «A ti y a mí y a todos, tal vez. Es como si te comieras a tus hijos o a tus madres, pues, Tasurinchi. ¿Somos chonchoites, acaso? ¿Cuándo ha comido el machiguenga carne humana?» Él se burlaba de ella. Atragantándose con los bocados de carne, masticando, decía: «Si los venados son gente convertida, los chonchoites tienen razón. Es alimento, es sabroso. Mira el banquete que me doy, mira cómo gozo con esta comida.» Y se tiraba muchos pedos. En el bosque, Kientibakori bebía masato, bailando en la fiesta. Sus pedos parecían truenos; su eructo, el rugido del jaguar.

Y, efectivamente, pese a los venados que flechaba y comía, nada le sucedía a Tasurinchi. Algunas familias se alarmaban; otras, enseñadas por su ejemplo, empezaron a comer carne prohibida. El mundo se volvió confuso, entonces.

Un día, Tasurinchi encontró una huella en el bosque. Se puso contentísimo. Era ancha, se seguía sin dificultad y su experiencia le dijo que era una manada de venados. La recorrió durante muchas lunas, ilusionado, su corazón rebotando. «¿A cuántos cazaré?», soñaba. «A lo mejor a tantos como flechas llevo. Los arrastraré uno por uno hasta mi casa, los cortaré, los salaré y tendremos comida para mucho tiempo.»

La huella terminaba en una pequeña cocha de aguas

oscuras; en un rincón, caía una cascada medio oculta por las ramas y hojas de los árboles. La vegetación apagaba el ruido del agua y el sitio no parecía este mundo sino el Inkite. Tan apacible, tal vez. Aquí venía la manada a beber. Aquí se reunirían los venados a comerse los despojos del día. Aquí dormirían, calentándose unos contra otros. Excitado con su hallazgo, Tasurinchi examinó el contorno. Ahí estaba, ése era el mejor árbol. Allí tendría una buena visión, desde allí les soltaría sus flechas. Se trepó, hizo su escondite con ramas y hojas. Quietito, quietito, como si sus almas se hubieran escurrido y su cuerpo fuera un pellejo vacío, esperó.

No mucho tiempo. Al poco rato, su fino oído troc troc de gran cazador percibió, a lo lejos, el tambor de las patas del venado en el bosque: troc troc troc. Pronto lo vio aparecer: un venado alto, arrogante, y su mirada triste de hombre que fue. A Tasurinchi le brillaron sus ojos, pues. Se le humedecerían los labios, quizás, «qué tierno, qué sabroso», pensando. Apuntó y disparó. Pero la flecha pasó silbando junto al venado, como torciéndose para no tocarlo, y fue a perderse en el fondo del monte. ¿Cuántas veces puede morir un hombre? Muchas, parece. Ese venado no murió. Ni se espantó. ¿Qué pasaba? En vez de huir, se dispuso a beber. Alargando el pescuezo desde la orilla de la cocha, metiendo y sacando su hocico del agua, chasqueando su lengua, bebía shh shh. Shh, shh, contento. Como si no hubiera sentido el peligro. Tranquilo. ¿Sería sordo, tal vez? ¿Sería un venado sin olfato? Ya Tasurinchi tenía lista la segunda flecha. Troc, troc. Ahí descubrió que otro venado llegaba, abriendo las ramas, moviendo las hojas. Fue a colocarse junto al primero y se puso a beber. Contentos parecían los dos, tomando agua. Shh shh shh. Tasurinchi largó la flecha. Tampoco esta vez acertó. ¿Qué pasaba? Los dos venados seguían bebiendo, sin asustarse, sin huir. ¿Qué te pasa, pues, Tasurinchi? ¿Te estará temblando la mano? ¿Habrás perdido la vista? ¿Ya no sabrás calcular la distancia? Qué iba a hacer. Dudaba, incrédulo. El mundo se habría vuelto tiniebla para él. Y así estuvo, disparando. Todas sus flechas disparó. Troc, troc. Troc, troc. Los venados seguían llegando. Más y más, tantos, tantísimos. En los oídos de Tasurinchi, los tambores de sus pezuñas resonaban siempre. Troc troc. No parecían venir de este mundo sino del de abajo o del de arriba. Troc troc. Entonces, comprendería. Quizás. ¿Eran ellos o tú quien había caído en la trampa, Tasurinchi?

Ahí estaban los venados, tranquilos y sin rabia. Bebiendo, comiendo, remoloneando, apareándose. Anudándose sus pescuezos, topeteándose. Como si nada hubiera ocurrido ni fuera a ocurrir. Pero Tasurinchi sabía que ellos sabían que él estaba ahí. ¿Así vengarían a sus muertos? ¿Haciéndolo sufrir con esta espera? No, éste era el comienzo nomás. Lo que tenía que pasar no pasaría con el sol en el Inkite, sino después, a la hora de Kashiri. El resentido, el manchado. Oscureció. El cielo se llenó de estrellas. Kashiri mandó su luz pálida. Tasurinchi veía destellar en los ojos de los venados esa nostalgia de no ser ya hombres, la tristeza de no andar. Los animales, de pronto, como oyendo una orden, empezaron a moverse. Al mismo tiempo, parece. Venían todos hacia el árbol de Tasurinchi. Ahí estaban a sus pies. Había muchísimos. Un bosque de venados, pues. Uno tras otro, de manera ordenada, sin impacientarse, sin estorbarse, topeteaban el árbol. Primero como jugando, después más fuerte. Más fuerte. Él estaba triste. «Me he de caer», diciendo. Nunca hubiera creído que, antes de irse, estaría igual a un mono shimbillo prendido de una rama, tratando de no hundirse en esa oscuridad de venados. Resistió toda la noche, sin embargo. Sudando y gimiendo resistió, antes de que se cansaran sus brazos y sus piernas. Al amanecer, agotado, se dejó resbalar. «He de aceptar mi suerte», diciendo.

Ahora es un venado él también, como los otros. Ahí andará, pues, arriba y abajo del bosque, troc troc. Huyendo del tigre, miedoso de la serpiente. Troc troc. Cuidándose del puma y de la flecha del cazador que, por ignorancia o maldad, mata y se come a sus hermanos.

Cuando encuentro un venado, recuerdo la historia que le oí al seripigari del río Kompiroshiato. ¿Y si éste fuera Tasurinchi, el cazador? Quién pudiera saberlo. Yo, al menos, no sabría decir si un venado fue o no, antes, hombre que anda. Me aparto nomás, mirándolo. Tal vez me reconoce; tal vez, viéndome, pensará: «Yo fui como él.» Quién sabe.

En una mala mareada un machikanari del río del arcoiris, el Yoguieto, se cambió en tigre. ¿Cómo lo supo? Por la urgencia que sintió de pronto de matar venados y comérselos. «Ciego de rabia me puse», decía. Y, rugiendo de hambre, se echó a correr por el bosque, rastreándolos. Hasta que dio con uno y lo mató. Cuando volvió a ser machikanari, tenía hilachas de carne en los dientes y las uñas sangrando de tanto zarpazo que dio. «Kientibakori estaría contento, pues», decía él. Estaría, quizás.

Eso es, al menos, lo que yo he sabido.

Como el venado, cada animal del bosque tendrá su historia. El pequeño, el mediano y el grande. El que vuela, como el picaflor. El que nada, como el boquichico. El que corre siempre en manada, como la huangana. Todos fueron antes algo distinto de lo que ahora son. A todos les sucedería algo que puede contarse. ¿Les gustaría saber sus historias? A mí también. Muchas que sé, se las oí al seripigari del Kompiroshiato. Si fuera por mí, todavía estaría escuchándolo, allá, como ustedes aquí, ahora. Pero él, un día, me echó de su casa: «Hasta cuándo te vas a quedar aquí, Tasurinchi», riñéndome. «Tienes que irte. Tú eres hablador, yo seripigari, y ahora, tanto preguntar, tanto hacerme hablar, me estás cambiando en lo que eres. ¿Te gustaría volverte seripigari?

Tendrías que nacer de nuevo, más bien. Pasar todas las pruebas. Purificarte. Tener muchas mareadas, malas y buenas, y, sobre todo, sufrir. Llegar a la sabiduría es difícil. Ya eres viejo, no creo que la alcanzarías. Además, quién sabe si será ése tu destino. Márchate, ponte a andar. Habla, habla. No tuerzas el orden del mundo, hablador.»

Es verdad, yo siempre estaba haciéndole preguntas. Todo sabía y eso aumentaba mi curiosidad. «¿Por qué los hombres que andan se pintan el cuerpo con el achiote?», le pregunté un vez. «A causa del moritoni», me contestó. «¿De ese pajarito, quieres decir?» «Sí, de ese mismo.» Y, entonces, me hizo reflexionar. ¿Por qué crees que los machiguengas evitan matar al moritoni, pues? ¿Por qué, cuando lo encuentran en los pastizales, procuran no pisarlo? ¿Por qué, cuando aparece en el árbol y divisas sus patitas blancas, su pechera negra, sientes agradecimiento? Gracias a la planta del achiote y al pajarito moritoni andamos, Tasurinchi. Sin ella, sin él, los hombres que andan habrían desaparecido. Hervido habrían, ardiendo de ampollas, reventándoles sus burbujas, pues.

Eso fue antes.

El moritoni era, entonces, niño que anda. Una de sus madres sería Inaenka. Sí, el daño que deshace la carne era entonces mujer. El daño que quema la cara dejándola llena de huecos. Inaenka. Ella era ese daño y ella era la madre del moritoni también. Parecía una mujer igual a las otras, pero cojeaba. ¿Todos los diablos cojean? Parece que sí. Dicen que Kientibakori también. Su cojera la hacía rabiar a Inaenka; llevaba una cushma larga, larguísima, y nunca se le veían los pies. No era fácil reconocerla, saber que no era mujer sino lo que era.

Tasurinchi estaba pescando a la orilla del río. De pronto, un súngaro enorme se metió en su red. Él se puso contentísimo. Podría sacar una batea de aceite, tal vez.

En eso vio, al frente, surcando las aguas, una canoa. Distinguió a una mujer remando, a varios niños. Un seripigari, que aspiraba tabaco sentado en la cabaña de Tasurinchi, ahí mismo adivinó el peligro. «No la llames», le advirtió. «¿No ves que es Inaenka?» Pero ya Tasurinchi, impaciente, había lanzado su silbido, ya había hecho su saludo. Las tanganas que impulsaban la canoa se alzaron. Tasurinchi vio acercarse la embarcación a la orilla. La mujer saltó a la playa, contenta.

«Qué lindo súngaro has pescado, Tasurinchi», se le acercó diciendo. Caminaba despacito y él no notaba su cojera. «Anda, llévalo a tu casa, yo te lo voy a cocinar. Para ti, pues.»

Tasurinchi obedeció, vanidoso. Se echó el pescado al hombro y enrumbó hacia su cabaña, ignorante de que había encontrado su destino. Sabiendo lo que le pasaría, el seripigari lo miraba triste. Faltando unos pasos para llegar, el súngaro se resbaló del hombro, atraído por un kamagarini invisible. Tasurinchi vio que, tocando el suelo, el animal comenzaba a perder la piel, como si le hubieran rociado agua hirviendo. Estaba tan sorprendido que no atinaba a llamar al seripigari ni a moverse. Eso era el miedo. Le chocaban sus dientes, tal vez. Lo aturdía, le impedía darse cuenta que a él también le empezaba a pasar lo que al súngaro. Sólo cuando sintió un hervor y olió a carne chamuscada, miró su cuerpo: se estaba pelando él también. En algunos sitios, ya podía ver sus adentros sanguinolentos. Cayó al suelo aterrado, gritando. Pataleando y llorando estaba Tasurinchi. Entonces, Inaenka se le acercó y lo miró con su verdadera cara, una ampolla de agua hirviendo. Lo roció bien, de arriba abajo, gozándose de ver cómo Tasurinchi, igual que el súngaro, se pelaba, hervía y moría con el daño.

Inaenka comenzó a bailar, contenta. «Soy la dueña de la enfermedad que mata rápido», gritaba, desafiando a los hombres. Alzaba mucho la voz, para que todo el bosque lo supiera. «Los he matado y, ahora, cocidos y aderezados con achiote, me los he de comer», diciendo. Kientibakori y sus diablillos bailaban también, alegres, empujándose y mordiéndose en el bosque. «Ehé, ehé, ella es Inaenka», cantando.

Sólo entonces advirtió la mujer con cara de ampolla hirviendo que allí estaba también el seripigari. Miraba sereno lo que ocurría, sin rabia, sin miedo, aspirando su tabaco por la nariz. Estornudaba, tranquilo, como si ella no estuviera allí ni hubiera sucedido nada. Inaenka decidió matarlo. Se le acercó y ya le iba a rociar un poco de agua ardiente cuando el seripigari, imperturbable, le mostró dos piedras blancas que bailoteaban colgadas de su cuello.

«No puedes hacerme nada mientras tenga estas piedras», le recordó. «Ellas me protegen de ti y de todos los daños del mundo. ¿No lo sabes, acaso?»

«Es cierto», respondió Inaenka. «Esperaré aquí, a tu lado, a que te duermas. Entonces, te quitaré las piedras, las echaré al río y te rociaré a mi gusto. Nada te salvará. Te pelarás igual que el súngaro y te reventará la piel en ampollas como a Tasurinchi.»

Así sucedería, tal vez. Por más que luchaba contra el sueño, el seripigari no podría resistir. En la noche, atontado con la luz mentirosa de Kashiri, el manchado, se durmió. Inaenka se le acercó cojeando. Con mucha delicadeza le quitó las dos piedras y las largó a la corriente. Entonces, ya pudo salpicarle agua de la gran ampolla que era su cara y gozó viendo cómo el cuerpo del seripigari hervía, se hinchaba en incontables ampollas y empezaba a pelarse, a reventar.

«Qué buen banquete me daré ahora», se la oía gritar, saltando y bailando. Sus hijos, desde la canoa varada a la orilla, habían visto las desgracias de Inaenka. Preocupados estarían, quizás. Tristes, quizás.

Había por allí cerca una planta de achiote. Uno de los hijos de la mujer-daño advirtió que la plantita estiraba sus ramas y agitaba sus hojas en dirección a él. ¿Quería decirle algo, tal vez? El niño se aproximó a ella y se cobijó bajo el vaho ardiente de sus frutos. «Yo soy Potsotiki», la oyó decir con voz trémula. «Inaenka, tu madre, acabará con el pueblo que anda si no hacemos algo.» «¿Qué podemos hacer?», se entristeció el niño. «Ella tiene ese poder, ella es la enfermedad que mata rápido.» «Si quieres ayudarme a salvar a los hombres que andan, podemos. Si ellos desaparecen, el sol se caerá. Dejará de calentar este mundo. ¿O prefieres que todo sea tiniebla y que los demonios de Kientibakori se adueñen de todo?» «Te ayudaré, dijo el niño. ¿Qué debo hacer?»

«Cómeme», le enseñó la planta del achiote. «Cambiarás de cara y tu madre no te reconocerá. Te acercarás a ella y le dirás: "Conozco un lugar donde los imperfectos se vuelven perfectos; los monstruos, hombres. Allí, tus pies serán como los de las otras mujeres." Y, entonces, la llevarás a este lugar.» Agitando con sabiduría sus hojas y ramas, haciendo bailar alegremente sus frutos, Potsotiki explicó al niño el rumbo que debía seguir.

Inaenka, ocupada despedazando los restos de los que había matado, viendo aparecer sus tripas, su corazón, no se daba cuenta de lo que tramaban. Una vez que hubo cortado los pedazos, los asó y los condimentó con achiote, que le gustaba tantísimo. Para entonces, el niño se había comido a Potsotiki. Se había vuelto un niño rojo, rojo greda, rojo color del achiote. Se acercó a su madre y ésta no lo reconoció. «¿Quién eres?», le preguntó. «¿Cómo te me acercas sin temblar? ¿No sabes quién soy, acaso?»

«Claro que lo sé», dijo el niño-achiote. «He venido a buscarte, porque conozco un sitio donde puedes ser feliz. Basta que alguien pise esa tierra y se bañe en sus ríos y lo torcido que tiene se endereza. Entonces, todos los miembros que perdió le vuelven a crecer. Te llevaré hasta allá. Se te quitará la cojera. Serás feliz, Inaenka. Ven, sígueme.»

Hablaba con tanta seguridad que Inaenka, maravillada con este niño de color extraño, que no le temía y que le prometía lo que más ansiaba —unos pies normales—, lo siguió.

Hicieron un viaje interminable. Cruzaron bosques, ríos, cochas, pongos; subieron y bajaron montes y de nuevo otros bosques. Les llovió encima muchas veces. El rayo relampagueó sobre sus cabezas y la tormenta les roncó, ensordeciéndolos. Luego de un lodazal humeante, con mariposas que silbaban, llegaron. Era el Oskiaje. Allí se juntan todos los ríos de este mundo y de los otros; el Meshiareni baja hasta allí desde el cielo de las estrellas y el Kamabiría, cuyas aguas arrastran las almas de los muertos hacia los mundos profundos, pasa también por allí. Había monstruos de todas formas y tamaños, llamando con sus trompas y garras a Inaenka. «Ven, ven, tú eres una de nosotros», gruñéndole.

«¿Para qué me has traído aquí?», murmuró Inaenka, inquieta, rabiando, olfateando por fin el engaño. «He pisado esta tierra y mis pies siguen torcidos.»

«Te he traído aquí por consejo de Potsotiki, la planta del achiote, le reveló su hijo. Para que no sigas destruyendo al pueblo que anda, pues. El sol no se ha de caer por tu culpa.»

«Está bien», dijo Inaenka, resignándose a su suerte. «Los habrás salvado a ellos, quizás. Pero a ti te perseguiré día y noche. Día y noche, hasta rociarte con mi agua de fuego. Te cubriré de ampollas. Veré cómo te pelas, pataleando. Y de tus sufrimientos me reiré. No podrás librarte de mí.»

Pero él se libró. Eso sí, para escapar de Inaenka su alma tuvo que renunciar a su envoltura de hombre. Se salió y, vagando, vagando en busca de refugio, fue a aposentarse en ese pajarito negro, de patas blancas. Ahora es moritoni. Ahora vive junto al río y duerme en los pastizales, abrigadito en la hierba. Gracias a él y a Potsotiki, los hombre que andan se salvaron del daño que despelleja, quema y mata rápido. Por eso nos pintamos el cuerpo con tintura de achiote, parece. Buscando la protección de Potsotiki, pues. Nadie pisa al moritoni que encuentra dormido en el pastizal; más bien, se aparta. Cuando un moritoni cae atrapado en la vara de resina que el cazador coloca en los bebederos, a él lo despega, le quita el frío y el miedo con su aliento y las mujeres lo arrullan entre sus pechos hasta que puede volar. Por eso será, pues.

Nada de lo que pasa, pasa porque sí, decía Tasurinchi, el seripigari del Kompiroshiato. Todo tiene su explicación, todo es causa o consecuencia de algo. Tal vez. Hay más diosecillos y diablillos que gotas de agua en la cocha y el río más grandes, decía. Andan mezclados con las cosas. Los hijos de Kientibakori para desordenar el mundo y los de Tasurinchi para conservarle su orden. El que sabe las causas y las consecuencias tiene la sabiduría, tal vez. Yo aún no la alcancé, diciendo, aunque sea algo sabio y pueda hacer cosas que el resto no. ¿Cuáles, Tasurinchi? Volar, hablar con el alma del muerto, visitar los mundos de abajo y de arriba, meterme en el cuerpo de los vivos, adivinar el porvenir y entender el idioma de ciertos animales. Es mucho. Pero otras tantísimas no sé.

Eso es, al menos, lo que yo he sabido.

Es verdad, él lo adivinó: si no fuera hablador, me hubiera gustado ser seripigari. Dirigir las mareadas con sabiduría para que siempre fueran buenas. Una vez, allá, en el río del tapir, el Kimariato, tuve una mala mareada y viví, en ella, una historia que no quisiera recordar. Pero, a pesar de todo, siempre la recuerdo.

Ésta es la historia.

Eso fue después, en el río del tapir.

Yo era gente. Yo tenía familia. Yo estaba durmiendo. Y en eso me desperté. Apenas abrí los ojos comprendí ¡ay, Tasurinchi! Me había convertido en insecto, pues. Una chicharra-machacuy, tal vez. Tasurinchi-gregorio era. Estaba tendido de espaldas. El mundo se habría vuelto más grande, entonces. Me daba cuenta de todo. Esas patas velludas, anilladas, eran mis patas. Esas alas color barro, transparentes, que crujían con mis movimientos, doliéndome tanto, habrían sido antes mis brazos. La pestilencia que me envolvía ¿mi olor? Veía este mundo de una manera distinta: su abajo y su arriba, su delante y su atrás veía al mismo tiempo. Porque ahora, siendo insecto, tenía varios ojos. ¿Qué te ha ocurrido, pues, Tasurinchi-gregorio? ¿Un brujo malo, comiéndose una mecha de tus pelos, te cambió? ¿Un diablillo kamagarini, entrándose en ti por el ojo de tu trasero, te volvió así? Sentí mucha vergüenza reconociéndome. ¿Qué diría mi familia? Porque yo tenía familia como los demás hombres que andan, parece. ¿Qué pensarían al verme convertido en un animalejo inmundo? Una chicharra-machacuy se aplasta nomás. ¿Sirve acaso para comer? ¿Para curar los daños sirve? Ni para preparar los bebedizos sucios del machikanari, tal vez.

Pero mis parientes nada decían. Disimulando, iban y venían por la cabaña, por el río, como sin darse cuenta de la desgracia que me sucedía. Se avergonzarían, también, ¡Cómo lo han cambiado!, diciendo, y por eso no me nombrarían. Quién sabe. Y, mientras tanto, yo veía todo. El mundo parecía contento, igual que antes. Veía a los niños levantar las piedras de los hormigueros y comerse, dichosos, peleándoselas, a las hormigas de cáscara dulce. A los hombres, yendo a limpiar las hierbas del yucal o pintándose de achiote y huito antes de salir de caza. A las mujeres, cortando la yuca, masticándola, escupiéndola, dejándola reposar en las bateas del masato y desenredando el algodón para tejer las cushmas. Al anochecer, los viejos preparaban el fuego. Los veía cortar dos bejucos y abrirle un huequito cerca del remate al más pequeño, colocarlo en el suelo, sujetarlo con los pies, apoyar el otro bejuco en el hueco y hacerlo girar, girar, con paciencia, hasta que se desprendía por fin el humito. Los veía coger el polvo en una hoja de plátano, envolverla en algodón, agitarla hasta que el fuego brotaba. Entonces encendían las fogatas y alrededor se dormían las familias. Los hombres y las mujeres entraban y salían, continuando su vida, contentos, tal vez. Sin comentar mi cambio, sin demostrar enojo ni sorpresa. ¿Quién preguntaba por el hablador? Nadie. ¿Alguien le llevaba una bolsa de yuca y otra de maíz al seripigari diciendo «Cámbialo de nuevo en hombre que anda»? Nadie. Muchos trajinaban. Evitando mirar hacia el rincón donde yo estaba. Tasurinchi-gregorio ¡ay, pobre! Moviendo las alas y las patas con rabia, pues. Tratando de darme la vuelta, luchando por incorporarme ¡ay, ay!

¿Cómo pedir ayuda sin hablar? No sabía. Ése sería el peor tormento, quizá. Sabiendo que nadie vendría a ponerme derecho, sufriría. ¿Nunca volvería a andar? Me acordaba de las charapas. Cuando las iba a cazar, a la playita donde salen a enterrar sus crías. De cómo las volteaba cogiéndolas del caparazón. Así estaba yo ahora, como ellas, pataleando, pataleando en el aire sin poder enderezarme. Era chicharra-machacuy y me sentía charapa. Igual que ellas, tendría sed, tendría hambre y después mi alma se iría. ¿El alma de una chicharra-machacuy vuelve? Tal vez volvería.

De pronto, me di cuenta. Me habían encerrado. ¿Quién, quiénes? Mis parientes, pues, ellos. Habían clausurado la cabaña, tapiado todos los huecos por donde podía escapar. Como a las muchachas en su primera sangre me tenían. Pero a Tasurinchi-gregorio ¿quién vendría a bañarlo, a sacarlo luego a la vida, ya puro, ya limpio? Nadie vendría, quizá. ¿Por qué habían hecho eso conmigo? Por la vergüenza sería. Para que ninguna visita pudiera verme y sentir asco de mí y burlarse de ellos. ¿Mis parientes me habrían arrancado una mecha de pelos y se la habrían llevado al machikanari para que me volviera Tasurinchi-gregorio? No, algún diablillo sería, o tal vez Kientibakori. Alguna culpa tendría yo, tal vez, para que, encima de semejante daño, me encerraran como a enemigo. ¿Por qué no traían un seripigari más bien que me devolviera mi envoltura? Tal vez habrían ido donde el seripigari, tal vez te han encerrado para que no te hagas daño saliendo a la intemperie.

Esta esperanza me ayudaba. No te resignes Tasurinchi-gregorio, no todavía, un rayito de sol en medio de la tormenta era. Y, mientras, seguía tratando de voltearme. Me dolían las patas de tanto moverlas a un lado y a otro y las alas crujían con mis esfuerzos como rajándose. Cuánto tiempo pasaría, quién sabe. Pero, de pronto, lo conseguí. ¡Fuerza, Tasurinchi-gregorio! Habría un movimiento más enérgico, estiraría tanto una de las patas. No sé. Pero mi cuerpo se contrajo, se ladeó, giró y ahí lo sentí, debajo de mí, duro. Firme, sólido. Eso era el suelo. Cerré los ojos, borracho. Pero la alegría de haberme enderezado ahí mismo desapareció. ¿Y ese dolor fuertísimo en la espalda? Como si me hubieran quemado, pues. Al brincar tan brusco, o antes, mientras forcejeaba, me había desgarrado el ala derecha en una astilla. Ahí estaba, colgando, partida en dos, arrastrándose. Eso era mi ala, tal vez. Empecé a sentir hambre también. Tenía miedo. El mundo se había vuelto desconocido. Peligroso, quizás. En cualquier momento podían aplastarme. Apachurrarme. Podían comerme. ¡Ay, Tasurinchi-gregorio! ¡Las largatijas! Temblando, temblando. ¿No había visto, acaso, cómo se comían a las cucarachas, a los escarabajos, a todo insecto que cazaban? El ala rota me dolía más y más y apenas me permitía moverme. Y siempre del hambre su espina, rasgándome el vientre. Traté de tragar la paja seca acuñada en el tabique, pero me rasguñó la boca, sin deshacerse, así que la escupí. Comencé a escarbar, aquí y allá, en la tierra húmeda, hasta que, después de mucho, di con un nido de larvas. Pequeñitas, se movían, queriendo escapar. Eran larvas de *poco*, el gusano de las maderas. Las tragué despacio, cerrando los ojos, feliz. Sintiendo que regresaban a mi cuerpo los pedazos de alma que se estaban yendo. Sí, feliz.

No había terminado de tragar a las larvas cuando un hedor distinto me hizo dar un gran salto, tratando de volar. Sentía un jadeo ajeno, cerca. El calor de su aliento se metía en mi nariz. Olía y era peligro, tal vez. ¡La lagartija! Había asomado, pues. Ahí estaba su cabeza triangular, entre dos tabiques carcomidos. Ahí sus ojos legañosos, mirándome. De hambre, brillando. Pese al dolor yo aleteaba, sin poder elevarme, tratando, tratando. Unos saltitos torpes di, parece. Perdiendo el equilibrio, cojeando. Había aumentado el dolor de mi herida. Ahí venía, ahí. Encogiéndose como culebra, ladeándose, pasó su cuerpo por entre los tabiques y entró. Ahí estaba la largatija, pues. Se me fue acercando despacito y sin quitarme la vista. ¡Qué grande parecía! Rápida, rápida en sus dos patas, corría hacia mí. La vi abrir su bocaza. Vi las dos hileras de sus dientes, curvos, blancos, y su vaho me cegó. Sentí su mordisco, sentí que me arrancaba el ala lastimada. Tenía tanto miedo que el dolor se fue. Me iba mareando más, como durmiendo me iba. Y veía su piel verde, ajada, el buche que le latía, digiriendo, y cómo entrecerraba sus ojotes al tragarse ese bocado de mí. Me resignaría a mi suerte, entonces. Más bien. Con tristeza, quizás. Esperando que acabara de comerme. Luego, ya comida, pude ver, desde su adentro, desde su alma, a través de sus ojos saltones, todo era verde, que regresaba mi familia.

Entraban a la cabaña con la aprensión de antes. ¡Ya

no estaba! ¿Dónde se habría ido, pues?, diciendo. Se acercaban al rincón de la chicharra-machacuy, mirando, buscando. ¡Vacío! Respiraban aliviados, como salvados de un peligro. Sonreirían, contentos. Ya nos habremos librado de tanta vergüenza, pensando. No tendrían nada que ocultar a las visitas ya. Ya podrían reanudar la vida de todos los días, tal vez.

Así terminó la historia de Tasurinchi-gregorio, allá por el Kimariato, río del tapir.

Le pregunté a Tasurinchi, el seripigari, el significado de lo que viví en esa mala mareada. Reflexionó un rato e hizo un gesto como para apartar a un invisible. «Sí, fue una mala mareada», reconoció por fin, pensativo. «¡Tasurinchi-gregorio! Cómo será eso. Malo debe ser. Cambiarse en chicharra-machacuy será obra de kamagarini. No sabría decírtelo con seguridad. Tendría que subir por el palo de la cabaña y preguntárselo al saankarite en el mundo de las nubes. Él lo sabría, tal vez. Lo mejor es que te olvides. No hables más de eso. Lo que se recuerda, vive, y puede volver a pasar.» Pero yo no he podido olvidarme y ando contándolo.

No siempre fui como me están viendo. No me refiero a mi cara. Esta mancha color del maíz morado siempre la tuve. No se rían, les estoy diciendo la verdad. Nací con ella. De veras, no hay motivo para la risa. Ya sé que no me creen. Ya sé lo que estarán pensando. «Si hubieras nacido así, Tasurinchi, tus madres te hubieran echado al río, pues. Si estás aquí, andando, naciste puro. Sólo después, alguien o algo te volvería como eres.» ¿Es eso lo que piensan? Ya ven, adiviné sin ser adivino y sin necesidad de humo ni de mareada.

Al seripigari le he preguntado muchas veces: «¿Qué significa tener una cara como la mía?» Ningún saankarite ha sabido dar una explicación, parece. ¿Por qué me soplaría así Tasurinchi? Calma, calma, no se enojen. ¿De qué gritan? Bueno, no fue Tasurinchi. ¿Sería Kientibakori, entonces? ¿No? Bueno, tampoco él. ¿No dice el seripigari que todo tiene su causa? No he encontrado la de mi cara todavía. Algunas cosas no tendrán, entonces. Ocurrirán, nomás. Ustedes no están de acuerdo, ya lo sé. Lo puedo adivinar sólo mirándoles los ojos. Sí, cierto, no conocer la causa no significa que ella no exista.

Antes, esta mancha me importaba mucho. No lo decía. A mí nomás, a mis almas. Lo guardaba y ese secreto me comía. A poquitos me iba comiendo aquí adentro. Triste vivía, parece. Ahora no me importa. Al menos, creo que no. Gracias a ustedes será. Así ha sido, tal vez. Pues me di cuenta que a los que iba a visitar, a hablarles, tampoco les importaba. Se lo pregunté la primera vez, hace muchas lunas, a una familia con la que estaba viviendo por el río Koshireni. «¿Les importa verme? ¿Que sea como soy les importa?» «Lo que las personas hacen y lo que no hacen, importa», me explicó Tasurinchi, el más viejo. Diciendo: «Si andan, cumpliendo con su destino, importa. Si el cazador no toca lo que ha cazado, ni el pescador lo que ha pescado. El respeto de las prohibiciones, pues. Importa si son capaces de andar, para que el sol no se caiga. Para que el mundo esté en orden, pues. Para que no vuelvan la oscuridad, los daños. Es lo que importa. Las manchas de la cara, no, tal vez.» Eso es la sabiduría, dicen.

Quería decirles más bien que yo, antes, no fui lo que soy ahora. Me volví hablador después de ser eso que son ustedes en este momento. Escuchadores. Eso era yo: escuchador. Ocurrió sin quererlo. Poco a poco sucedió. Sin siquiera darme cuenta fui descubriendo mi destino. Lento, tranquilo. A pedacitos apareció. No con el jugo del tabaco ni el cocimiento de ayahuasca. Ni con la ayuda del seripigari. Solo yo lo descubrí.

Iba de un lado a otro, buscando a los hombres que andan. ¿Estás ahí? Ehé, aquí estoy. Me alojaba en sus casas y los ayudaba a limpiar el yucal de hierba mala y a colocar trampas. Apenas me enteraba en qué río, en qué quebrada había una familia de hombres que andan, iba a visitarla, pues. Aunque tuviera que hacer un viaje larguísimo y cruzar el Gran Pongo, iba. Llegaba, al fin. Ahí estaban. ¿Has venido? Ehé, he venido. Algunos me conocían, otros me fueron conociendo. Me hacían pasar, me daban de comer y de beber. Una estera para dormir me prestaban. Muchas lunas me quedaba con ellos. Me sentía uno de la familia. «¿A qué has venido hasta aquí?», me preguntaban. «A aprender cómo se prepara el tabaco antes de aspirarlo por los agujeros de la nariz, les respondía. A saber cómo se pegan con brea las canillas de la pavita kanari para poder aspirar el tabaco», diciéndoles. Me dejaban escuchar lo que hablaban, aprender lo que eran. Yo quería conocer su vida, pues. De sus bocas oírla. Cómo son, qué hacen, de dónde vienen, cómo nacen, cómo se van, cómo vuelven. Los hombres que andan. «Está bien», me decían ellos. «Andemos, pues.»

Me quedaba maravillado de oírlos. Recordaba todo lo que decían. De este mundo y de los otros. Lo de antes y lo de después. Las explicaciones y las causas recordaba. Al principio, los seripigaris no me tenían confianza. Después, sí. Me dejaban escucharlos también. Las historias de Tasurinchi. Las iniquidades de Kientibakori. Los secretos de la lluvia, del rayo, del arcoiris, del color y de las líneas que los hombres se pintan antes de salir de cacería. Nada de lo que iba oyendo se me olvidaba. A veces, a la familia que iba a visitar, le contaba lo que había visto y aprendido. No todos sabían todo y, aunque lo supieran, les gustaba oírlo de nuevo. A mí también. La primera vez que oí la historia de Morenanchiite, el señor del trueno, me impresionó mucho. Le preguntaba a todos por ella. Hacía que me la contaran una vez, muchas veces. ¿Tiene el señor del trueno un arco? Sí, un arco. Pero en vez de soltar flechas, suelta truenos. ¿Anda rodeado de tigres? Sí. De pumas también, parece. ¿Y sin ser viracocha, tiene barba? Sí, barba. Yo repetía la historia de Morenanchiite por donde iba, pues. Ellos me escuchaban y se pondrían contentos, tal vez. «Cuéntanos eso mismo de nuevo», diciendo. «Cuéntanos, cuéntanos.» Poco a poco, sin saber lo que estaba pasando, empecé a hacer lo que ahora hago.

Un día, al llegar adonde una familia, a mi espalda dijeron: «Ahí llega el hablador. Vamos a oírlo.» Yo escuché. Me quedé muy sorprendido. «¿Hablan de mí?», les pregunté. Todos movieron las cabezas «Ehé, ehé, de ti hablamos», asintiendo. Yo era, pues, el hablador. Me quedé lleno de asombro. Así me quedé. Mi corazón un tambor parecía. Golpeando en mi pecho: bom, bom. ¿Me había encontrado con mi destino? Quizás. Así sería, aquella vez. En una quebradita del río Timpshía, donde había machiguengas, fue. Ya no queda ninguno por allá. Pero cada vez que paso cerca de esa quebrada, mi corazón vuelve a bailar. «Aquí nací la segunda vez», pensando. «Aquí volví sin haberme ido», diciendo. Así comencé a ser el que soy. Fue lo mejor que me ha pasado, tal vez. Nunca me pasará nada mejor, creo. Desde entonces estoy hablando. Andando. Y seguiré hasta que me vaya, parece. Porque soy el hablador.

Eso es, al menos, lo que yo he sabido.

¿Es daño una cara como la mía? ¿Nacer con más o menos dedos de los debidos, es daño? ¿Desgracia, parecer monstruo no siéndolo? Será desgracia y daño a la vez. Tal vez. Aparentar, no siéndolo, uno de esos torcidos, hinchados, jorobados, llagados, armados de colmillos y zarpas que sopló Kientibakori el día de la creación, allá en el Gran Pongo. Aparentar ser demonio o diablillo siendo nomás hombre soplado por Tasurinchi, daño y desgracia ha de ser. Será, pues.

Cuando empezaba a andar, oía que una mujer había ahogado en el río a su hija recién nacida porque le faltaba un pie o la nariz, porque tenía manchas o porque habían nacido dos hijos en vez de uno. No entendía, parece. «¿Por qué haces eso? ¿Por qué lo has matado?» «No era perfecto, pues. Tenía que irse.» Yo no entendía. «Tasurinchi sólo sopló mujeres y hombres perfectos», me explicaban. «A los monstruos los sopló Kientibakori.» Nunca entendería bien, quizás. Por ser como soy, teniendo la cara que tengo, me será difícil. Cuando oigo «La eché al río porque nació diablilla, lo maté porque nació demonio», vuelvo a no entender. ¿De qué se ríen?

Si los imperfectos eran impuros, hijos de Kientibakori, ¿por qué había hombres que cojeaban, marcados en su piel, ciegos, con las manos agarrotadas? ¿Cómo estaban ahí, andando? ¿Por qué no los habían matado, pues? ¿Por qué no me mataban a mí, con mi cara? Les preguntaba. Se reían ellos también: «¡Cómo van a ser hijos de Kientibakori, cómo van a ser diablos o monstruos! ¿Acaso nacieron así? Puros eran; perfectos nacieron. Se volvieron así después. Su culpa sería, o de algún kamagarini u otro demonio de Kientibakori. Quién sabe por qué los cambiaron. Su envoltura nomás es de monstruos, por adentro serán siempre puros.»

Aunque ustedes no lo crean, a mí no me volvieron así los diablillos de Kientibakori. Monstruo nací. Mi madre no me echó al río, me dejó vivir. Eso que, antes, me parecía una crueldad, ahora me parece suerte. Cada vez que voy a visitar a una familia que aún no conozco, se me ocurre que se asustará, «Éste es monstruo, éste es diablillo», diciendo al verme. Ya se están riendo otra vez. Así se ríen todos cuando les pregunto: «¿Seré diablo? ¿Esta cara querrá decir eso?» «No, no, no eres, tampoco monstruo. Eres Tasurinchi, eres el hablador.» Me hacen sentir tranquilo. Contento, tal vez.

El alma de los niños que las madres ahogan en los ríos y las cochas, baja a su hondo del Gran Pongo. Eso dicen. Abajo, a lo profundo. Más adentro de los remolinos y las cascadas de agua sucia, a unas cuevas repletas de cangrejos. Allí estarán, entre las rocas enormes, sordos de tanta bulla, padeciendo. Allí se reunirán las almas de esos niños con los monstruos que sopló Kientibakori cuando peleó con Tasurinchi. Ése fue el principio, parece. Antes, el mundo en que andamos, estaría vacío. El que se ahoga en el Gran Pongo, ¿regresa? Se hunde, va hundiéndose en el estrépito de las aguas, un remolino atrapa su alma y, haciéndola girar, girar, la baja. Hasta el fondo oscuro, lodoso, la bajará, ahí donde viven los monstruos. Allí se sentará entre las almas de los otros niños ahogados, pues. A los diablos, a los monstruos, los escuchará lamentarse de aquel día en que Tasurinchi empezó a soplar. Ese día en que aparecieron tantos machiguengas.

Ésta es la historia de la creación.

Ésta es la pelea de Tasurinchi y Kientibakori.

Eso era antes.

Allí ocurrió, en el Gran Pongo. Allí el principio principió. Tasurinchi bajó desde el Inkite por el río Meshiareni con una idea en la cabeza. Hinchando su pecho, empezaría a soplar. Las buenas tierras, los ríos cargados de peces, los bosques repletos, tantos animales para comer, irían apareciendo. El sol estaba fijo en el cielo, calentando el mundo. Contento, mirando lo que aparecía. A Kientibakori le dio su rabieta terrible. Vomitaría culebras y sapos viendo lo que ocurría allá arriba. Tasurinchi soplaba y habían comenzado a aparecer también los machiguengas. Entonces, Kientibakori abandonó el mundo de aguas y nubes negras del Gamaironi y subió por un río de orines y caca. Rabiando, humeando de cólera, «Yo lo he de hacer mejor», diciendo. Apenas llegó al Gran Pongo, se puso a soplar. Pero de sus soplidos no salían machiguengas. Tierras podridas donde no crecía nada, más bien; cochas cenagosas donde sólo los vampiros podían resistir el aire tan hediondo. Culebras salían. Víboras, lagartos, ratones, zancudos y murciélagos. Hormigas, gallinazos. Todas las plantas que producen ardor salían, las que queman la piel, las que no se puede comer. Ésas nomás. Kientibakori seguía soplando y, en lugar de machiguengas, aparecían los kamagarinis, los diablillos de pies curvos y filudos, con espolones. Las diablas aparecían, con sus caras de asno, comiendo tierra y musgo. Y los hombres cuadrúpedos, achaporo, tan peludos y tan sanguinarios. Kientibakori rabiaba. Tanta rabia tenía que los seres que iba soplando salían, como los daños y las alimañas, más impuros, más malvados. Cuando terminaron de soplar y se volvieron, Tasurinchi al Inkite y Kientibakori al Gamaironi, este mundo era lo que es ahora.

Así comenzó después, parece.

Así empezamos a andar. En el Gran Pongo. Desde entonces estamos andando, pues. Resistiendo los daños, sufriendo las crueldades de los diablos y diablillos de Kientibakori estamos. El Gran Pongo era prohibido, antes. Sólo regresaban hasta allí los muertos, almas que se iban sin volver. Ahora van muchos; viracochas y punarunas van. También machiguengas. Con miedo y con respeto irán. Pensarán: ¿ese ruido fuertísimo es sólo agua chocando contra las rocas al caer? ¿Sólo río al cerrarse entre paredes de piedra es? No, parece. Es ruido que sube de abajo, también. Gemidos y llantos de niños ahogados será. Sube desde las cuevas del fondo. En las noches de luna se oye. Estarán gimiendo, tristes. Los monstruos de Kientibakori los maltratarán, tal vez. Les harán pagar con tormentos el estar ahí. No los creerán impuros sino machiguengas, quizás.

Eso es, al menos, lo que yo he sabido.

Un seripigari me dijo: «El peor daño no es nacer con una cara como la tuya; es no saber su obligación.» ¿No emparejarse con su destino, pues? Eso me ocurría antes de ser el que soy ahora. Era envoltura nomás, una cáscara, cuerpo del que se fue su alma por el alto de la cabeza. También para una familia y para un pueblo será el peor daño no saber su obligación. Familia-monstruo, pueblo-monstruo será, al que le faltan o le sobran manos, pies. Nosotros estamos andando, el sol arriba está. Será nuestra obligación ésa. La estamos cumpliendo, parece. ¿Por qué sobrevivimos a los daños de tanto diablo y diablillo? Por eso será. Por eso estaremos aquí ahora, yo hablando, ustedes escuchando. Quién sabe.

El pueblo que anda es ahora el mío. Antes, yo andaba con otro pueblo y creía que era el mío. No había nacido aún. Nací de verdad desde que ando como machiguenga. Ese otro pueblo se quedó allá, atrás. Tenía su historia, también. Era pequeño y vivía muy lejos de aquí, en un lugar que había sido suyo y ya no lo era, sino de otros. Porque fue ocupado por unos viracochas astutos y fuertes. ¿Como en la sangría de árboles? Así mismo. Pese a la presencia del enemigo en sus bosques, ellos vivían dedicados a cazar el tapir, a sembrar la yuca, a preparar el masato, a bailar, a cantar. Un espíritu poderoso los había soplado. No tenía cara ni cuerpo. Era Tasurinchi-jehová. Los protegía, parece. Les había enseñado lo que debían hacer y también las prohibiciones. Sabían su obligación, pues. Vivirían tranquilos. Contentos y sin rabia vivirían, quizás.

Hasta que un día en una quebradita perdida, nació un niño. Era distinto. ¿Un serigórompi? Sí, tal vez. Empezó a decir: «Soy el soplido de Tasurinchi, soy el hijo de Tasurinchi, soy Tasurinchi. Soy esas tres cosas a la vez.» Eso decía. Y que había bajado del Inkite a este mundo, enviado por su padre, que era él mismo, a cambiar las costumbres pues las gentes se habían corrompido y ya no sabían andar. Ellos lo escucharían, sorprendidos. «Será un hablador», diciendo. «Serán historias que cuenta», diciendo. Él iba de un lado a otro, como yo. Hablando, hablando iba. Enredaba y desenredaba las cosas, dando consejos. Tenía otra sabiduría, parece. Quería imponer nuevas costumbres porque, según él, las que la gente practicaba eran impuras. Daño eran. Desgracia traían. Y a todos les repetía: «Soy Tasurinchi.» Debía ser obedecido, pues; respetado, pues. Sólo él, nadie más que él. Los otros no eran dioses sino diablos y diablillos soplados por Kientibakori.

Era un buen convencedor, dicen. Un seripigari con muchos poderes. Tenía su magia, también. ¿Sería un brujo malo, un machikanari? ¿Sería uno bueno, un seripigari? Quién sabe. Podía convertir unas pocas yucas y unos cuantos bagres en tantísimos, en muchísimas yucas y pescados para que toda la gente comiera. Devolvía los brazos a los mancos, los ojos a los ciegos y hasta hacía regresar a su mismo cuerpo a las almas que se habían ido. Impresionados, algunos empezaron a seguirlo y a obedecer lo que decía. Renunciaban a sus costumbres, no obedecían las antiguas prohibiciones. Se volverían otros, tal vez.

Los seripigaris se alarmaron mucho. Viajaron, se reunieron en la casa del más viejo. Tomaron masato, sentados en las esteras, formando círculo. «Nuestro pueblo va a desaparecer», diciendo. Se desharía como una nube, tal vez. Viento sería, al final. «¿Qué nos diferenciará de los otros?», se asustaban. ¿Serían como los mashcos? ¿Serían ashaninka o yaminahua? Nadie sabría quién era quién, ni ellos ni los otros lo sabrían. «¿No somos lo que creemos, las rayas que nos pintamos, la manera en que armamos las trampas?», discutían. Si, haciendo caso a ese hablador, todo lo hacían distinto, todo al revés, ¿no se caería el sol? ¿Qué los mantendría unidos si se volvían iguales a los demás? Nada, nadie. ¿Todo sería confusión? Los seripigaris entonces, por haber venido a empañar la claridad del mundo, lo condenaron. «Es un impostor, diciendo, un mentiroso; un machikanari será.»

Los viracochas, los poderosos, también se inquietaban. Había mucho desorden, la gente andaba agitada, dudosa, con las habladurías de ese hablador. «¿Cierto o mentira será? ¿Debemos obedecerle?» Y se quedaban pensando en lo que contaba. Entonces, creyendo que así se librarían de él, los que mandaban lo mataron. Según su costumbre cuando alguien hacía una maldad, robaba o rompía la prohibición, los viracochas lo azotaron y le pusieron una corona de espinas de chambira. Luego, como a los paiches del río para que se escurra su agua, lo clavaron en dos troncos de árbol cruzados, dejándolo desangrarse. Se equivocaron. Porque, después de irse, ese hablador regresó. Para seguir desarreglando este mundo todavía más que antes regresaría. Empezaron a decirse entre ellos: «Era cierto. Hijo de Tasurinchi es, el soplido de Tasurinchi será, es el mismo Tasurinchi. Las tres cosas juntas, pues. Ha venido. Se ha ido y ha vuelto a venir.» Y, entonces, empezaron a hacer lo que les enseñó y a respetar sus prohibiciones.

Desde que ese seripigari o dios murió, si es que murió, terribles desgracias le ocurrieron al pueblo en el que había nacido. Ése, el soplado por Tasurinchi-jehová. Los viracochas lo expulsaron del bosque en el que hasta entonces vivió. ¡Fuera, fuera! Como los machiguengas, tuvo que echarse a andar por los montes. Los ríos, las cochas y las quebradas de este mundo lo vieron llegar y partir. Sin seguridad de que podría quedarse en el lugar al que llegaba, se acostumbró a vivir andando él también. La vida se volvió peligro, como si en cualquier momento le pudiera saltar el tigre o caerle la flecha del mashco. Vivirían asustados ellos, esperando el daño. Los hechizos de los machikanaris esperando. Lamentando su suerte vivirían, tal vez.

De todos los sitios donde acampaban venían a expulsarlos. Armaban sus cabañas y ahí caían los viracochas. Los punarunas, los yaminahuas caían, acusándolos. De todas las maldades y desgracias los acusaban. Hasta de haber matado a Tasurinchi. «Él se hizo hombre, vino a este mundo y ustedes lo traicionaron», les decían, apedreándolos. Si por algún lugar pasaba Inaenka rociando su agua hirviendo a las gentes y éstas se despellejaban y morían, nadie decía: «Son las calamidades de la ampolla hirviendo, los estornudos y pedos de Inaenka son.» «La culpa es de esos malditos forasteros que mataron a Tasurinchi, decían. Ahora han hecho hechizo, para cumplir con su amo que es Kientibakori.» Por todas partes había corrido esa creencia: que ayudaban a los diablillos, bailando y bebiendo masato juntos, quizás. Entonces, iban a las cabañas de los soplados por Tasurinchijehová. Entonces, los golpeaban; les quitaban lo que tenían, los flechaban, los quemaban vivos. Y ellos tenían que correr. Escapándose, ocultándose. Desparramados por todos los bosques del mundo andaban. «¿Cuándo vendrán a matarnos?», pensarían, «¿Quién nos matará esta vez? ¿Los viracochas? ¿Los mashcos?». En ninguna parte querían alojarlos. Cuando se aparecían de visita y preguntaban al dueño de casa: «¿Estás ahí?», la respuesta siempre era: «No, no estoy.» Igual que el pueblo que anda, tuvieron que separarse unas de otras las familias para ser aceptadas. Si eran pocos, si no hacían sombra, otros pueblos les dejaban un sitio para sembrar, cazar y pescar. A veces les ordenaban: «Puedes quedarte pero sin sembrar. O sin cazar. Ésa es la costumbre.» Así duraban unas lunas; muchas, tal vez. Pero siempre terminaban mal. Si llovía mucho o si había sequía, si alguna catástrofe ocurría, empezaban a odiarlos. «Ustedes tienen la culpa», diciendo. «¡Fuera!» Los expulsaban de nuevo y parecía que iban a desaparecer.

Porque esta historia fue repitiéndose en muchísimos lugares. Siempre la misma, como un seripigari que no puede regresar de una mala mareada y se queda dando vueltas, desorientado, entre las nubes. Y, sin embargo, pese a tantas desgracias, no desapareció. A pesar de sus sufrimientos, sobrevivió. No era guerrero, nunca ganaba las guerras, y ahí está. Vivía disperso, sus familias aventadas por los bosques del mundo, y quedó. Pueblos más grandes, de guerreros, pueblos fuertes, de mashcos, de viracochas, de seripigaris sabios, pueblos que parecían indestructibles, se iban. Desapareciendo, pues. Ni rastro quedaba de ellos en este mundo; nadie los recordaba, después. Ellos, en cambio, ahí seguirían. Viajando, yendo y viniendo, escapándose. Vivos y andando, pues. A lo largo del tiempo y a lo ancho del mundo, también.

Sería que, pese a todo lo que le ocurrió, el pueblo de Tasurinchi-jehová no se desemparejó de su destino. Cumpliría su obligación, siempre. Respetando las prohibiciones, también. ¿Por ser distinto a los demás sería odiado? ¿Por eso no lo aceptarían los pueblos entre los que estuvo? Quién sabe. A la gente no le gusta vivir con gente distinta. Desconfiará, tal vez. Otras costumbres, otra manera de hablar la asustarán, como si el mundo fuera confuso, oscuro, de repente. La gente quisiera que todos fueran iguales, que los demás se olvidaran de sus costumbres, mataran a sus seripigaris, desobedecieran las prohibiciones e imitaran las de ella. Si lo hubiera hecho, el pueblo de Tasurinchi-jehová habría desaparecido. No hubiera quedado de él ni un hablador para contar su historia. Yo no estaría aquí, hablando, tal vez.

«Es bueno que el hombre que anda, ande», dice el seripigari. Eso es la sabiduría, creo. Bueno será. Que el hombre sea lo que es, pues. ¿No somos los machiguengas ahora como éramos hace muchísimo tiempo? Como ese día, en el Gran Pongo, en que Tasurinchi empezó a soplar, somos. Por eso no hemos desaparecido, pues. Por eso seguimos andando, quizás.

Eso lo aprendí de ustedes. Antes de nacer, pensaba: «Un pueblo debe cambiar. Hacer suyas las costumbres, las prohibiciones, las magias, de los pueblos fuertes. Adueñarse de los dioses y diosecillos, de los diablos y diablillos, de los pueblos sabios. Así todos se volverán más puros», pensaba. Más felices, también. No era cierto. Ahora sé que no. Lo aprendí de ustedes, sí. ¿Quién es más puro y más feliz renunciando a su destino, pues? Nadie. Seremos lo que somos, mejor. El que deja de cumplir su obligación para cumplir la de otro, perderá su alma. Y su envoltura también, quizás, como el Tasurinchi-gregorio que se volvió chicharra-machacuy en esa mala mareada. Será que cuando uno pierde su alma, los seres más repugnantes, las alimañas más dañinas harán su guarida en el cuerpo vacío. A la mosca se la traga el moscardón; al moscardón el pajarito; al pajarito la víbora. ¿Queremos que nos traguen? No. ¿Queremos desaparecer sin dejar rastro? Tampoco. Si nos acabamos, se acabará el mundo también. Mejor seguir andando, parece. Sujetando el sol en el cielo, el río en su cauce, el árbol en la raíz y el monte en la tierra, pues.

Eso es, al menos, lo que yo he sabido.

Tasurinchi está bien. Andando. Iba a visitarlo a su casa, en el río Timpinía, cuando me lo encontré por la trocha. Con dos de sus hijos regresaba de donde los Padres Blancos, los que viven a orillas del Sepahua. Les había llevado su cosecha de maíz. Está haciendo eso hace ya tiempo, me contó. Los Padres Blancos le dan semillas, machetes para rozar el monte, palas para remover la tierra y sembrar papa, camote, maíz, tabaco, café y algodón. Después, él les vende lo que no necesita y así compra más cosas. Me mostró las que tenía: ropa, comida, una lámpara de aceite, anzuelos, un cuchillo. «Quizá la próxima vez me podré comprar también una escopeta», diciendo, y que entonces cazaría de todo por el monte. Pero no estaba contento Tasurinchi. Preocupado, más bien; su frente con arrugas y los ojos duros, pues. «En esas tierras del Timpinía sólo se puede sembrar un par de veces en el mismo sitio, nunca más», lamentándose. «Y en algunas partes, sólo una vez. Mala tierra es, parece. La última siembra de yucas y de papas dio una cosecha pobrísima.» Es una tierra que se cansa pronto, parece. «Está queriendo que la deje en paz», decía Tasurinchi. Se me quejó amargamente. «Tierras perezosas son estas del Timpinía», diciendo. «Apenas se las hace trabajar ya piden descanso. Así son.»

Conversando de ésa y otras cosas, llegamos a su casa. Salió a darnos el encuentro su mujer, muy agitada. Se había pintado la cara de duelo y, moviendo las manos, señalando, dijo que el río era ladrón. Se había robado a una de sus tres gallinas, pues. Ella la tenía en los brazos para calentarla, porque parecía enferma, mientras sacaba agua en la vasija. Y, de pronto, todo comenzó a temblar. La tierra, el bosque, la casa, todo, a temblar. «Como con daño», decía. «Como bailando temblaba.» Con el susto, soltó a la gallina y vio que la corriente se la llevaba y se la comía, sin darle tiempo a rescatarla. En esa quebrada del Timpinía, el agua es muy torrentosa, verdad. Hasta en las mismas orillas anda alborotada, pues.

Tasurinchi comenzó a pegarle, furioso. «No te pego por haberla dejado caer al río, eso le pasa a cualquiera», diciendo. «Sino por mentir. ¿Por qué en vez de inventarte que la tierra tembló no dices que te quedaste dormida? ¿Se te resbaló de los brazos, no es cierto? O la dejarías ahí en la orilla y se rodó. O la echaste al río porque te vino la rabia. No digas lo que no ha pasado. ¿Eres hablador, tú? ¿No hacen daño a las familias las mentiras? Quién te va a creer que la tierra se puso a bailar. Yo lo habría sentido también, entonces.»

Y, cuando Tasurinchi estaba riñéndola así, rabiando y pegándole, la tierra comenzó a temblar. No se rían. No es invención, no lo soñé. Ocurrió. Se puso a bailar. Oímos primero un ronquido, hondo, como si el amo del trueno estuviera ahí debajo haciendo gruñir a sus jaguares. Un rumor de guerra, unos tambores golpeando al mismo tiempo, abajo, en su adentro de la tierra. Un ruido profundo; amenazador, pues. Y ahí sentimos que el mundo ya no estaba en paz. La tierra se movía, bailaba, saltando como si se hubiera emborrachado. Se movían los árboles, la casa de Tasurinchi, las aguas del río borboteaban, agitadas, como la yuca hirviendo en la batea. Había rabia en el aire, tal vez. El cielo se llenó de pájaros despavoridos, de loritos chillando en los árboles, y del bosque venían gruñidos, silbidos, graznidos, de animales asustados. «Otra vez, otra vez», gritaba la mujer de Tasurinchi. Y nosotros, confusos, mirábamos a un lado y a otro, no sabiendo si quedarnos o correr. Los chiquillos se habían puesto a llorar; prendidos de Tasurinchi lloraban. Él se asustó también, yo también. «¿Se estará acabando este mundo?», decía, «¿Vendrá otra vez la oscuridad, el caos vendrá?»

Cuando por fin dejó de temblar, el cielo se puso oscuro como si el sol hubiera empezado a caerse. Rápido se oscureció, rapidísimo. Y se levantó una gran polvareda, de todas partes, cubriendo este mundo de color ceniza. Casi no podía ver a Tasurinchi y a su familia en el terral. Todo era gris. «Está ocurriendo algo muy grave y no sabemos qué es», decía Tasurinchi, miedoso. «¿Será el fin de los que andamos? Llegó la hora de irnos, tal vez. El sol se ha caído. Ya no se levantará, pues.»

Ya sé que no se cayó. Ya sé que, si se hubiera caído, no estaríamos aquí. La polvareda pasó, el cielo se aclaró de nuevo y la tierra se quedó por fin quieta. Había un olor a salmuera y a plantas podridas, un olor que daba náuseas. El mundo no estaría contento, quizás. «Ya ves que no mentí, ya ves que tembló. Fue por eso que el río se comió a la gallina», decía la mujer de Tasurinchi. Pero él se enfureció, diciendo «No es cierto.» Rabiando estaba: «Has mentido», le gritaba a su mujer, «tal vez por eso la tierra temblaría ahora». Volvió a pegarle, hinchándose, rugiendo de tanta fuerza que hacía. Tasurinchi, el del

Timpinía, es hombre muy terco. No es la primera rabia que le da. Otras le he visto. Por eso será que pocos van a visitarlo. No reconoció que se había equivocado, pero yo me di cuenta, cualquiera se habría dado, que su mujer había dicho la verdad.

Comimos, nos fuimos a descansar a las esteras, y, al poco rato, mucho antes del amanecer, sentí que él se levantaba. Vi que se iba a sentar sobre una piedra, a pocos pasos de la cabaña. Ahí estaba Tasurinchi, a la luz de la luna, caviloso. Me levanté en la semioscuridad y fui a conversar con él. Estaba moliendo polvo de tabaco, para aspirar. Lo vi asentar el polvito en la canilla hueca de la pava y me pidió que se lo soplara. Se lo puse primero en un hueco de la nariz y le soplé; él aspiraba fuerte, con ansia, cerrando sus ojos. Luego hice lo mismo en el otro. Después, el polvo que quedaba, él lo sopló en mi nariz. Estaba inquieto, Tasurinchi. Atormentado, pues. «No puedo dormir», diciendo, con la voz de un hombre muy cansado. «Han ocurrido dos cosas que dan que pensar. El río se robó a una de mis gallinas y la tierra se puso a temblar. Oscureciéndose el cielo, además. ¿Qué debo hacer?» Yo no lo sabía, yo estaba tan desconcertado como él. ¿Por qué me preguntas eso, Tasurinchi? «Que hayan ocurrido esas cosas, una juntito a la otra, casi al mismo tiempo, significa que debo hacer algo», me dijo. «Pero no sé qué. No hay a quién preguntárselo, aquí. El seripigari está a muchas lunas de marcha, aguas arriba del Sepahua.»

Tasurinchi permaneció todo el día sentado en esa piedra, sin hablar con nadie. Sin beber ni comer. Cuando su mujer fue a llevarle unos plátanos machacados, ni siquiera la dejó acercarse; la amenazó con la mano, como para pegarle de nuevo. Y esa noche no entró a su casa. Kashiri brillaba mucho allá arriba y yo lo veía a él, sin moverse del sitio, su cabeza hundida en el pecho, esforzándose por entender esas desgracias. ¿Qué le mandaban hacer, pues? Quién sabe. Todos en la familia estaban mudos, inquietos, hasta las criaturas. Espiándolo, quietitos, ansiosos. ¿Qué irá a ocurrir?, pensando.

A eso del mediodía, Tasurinchi, el del río Timpinía, se levantó de la piedra. A paso vivo se acercó a la casa; llamándonos con sus dos brazos lo vimos venir. Tenía una expresión resuelta, parece.

«Nos ponemos a andar», dijo, con voz grave, ordenando. «A andar. Ahora mismo. Hay que irse lejos de aquí. Eso es lo que significa. Si nos quedamos, daños habrá, catástrofes ocurrirán. Ése es el mensaje. Al fin lo he entendido. Este lugar está harto de nosotros. Tenemos que irnos, pues.»

Difícil le habría sido decidirse. Por las caras de las mujeres, de los hombres, por la tristeza de sus parientes, se veía cuánto les costaba marcharse. Llevaban buen tiempo en el río Timpinía ya. Con las cosechas que vendían a los Padres Blancos del Sepahua estaban comprando cosas. Parecían contentos, tal vez. ¿Habían encontrado su destino, quizás? No era así, parece. ¿Se estarían corrompiendo de estarse quietos tanto tiempo? Quién sabe. Dejar todo eso, así, de pronto, sin saber adónde irían, sin saber si volverían a tener lo que dejaban, gran sacrificio sería. Dolor para todos, pues.

Pero nadie en la familia protestó; ni la mujer, ni los hijos, ni el muchacho que estaba viviendo allí cerca porque quería casarse con la hija mayor de Tasurinchi, se quejaron. Grandes y chicos comenzaron ahí mismo los preparativos. «Rápido, rápido, hay que salir de aquí, este lugar se ha vuelto enemigo», los apuraba Tasurinchi. Se lo notaba animoso, impaciente por partir. «Sí, rápido, andemos, pues, escapemos», diciendo, apurándose, empujándose.

Yo los ayudé en los preparativos y partí con ellos, también. Antes, quemamos las dos cabañas y todo lo que no se podía cargar, como si hubiera muerto alguien.

«Aquí se queda todo lo impuro que tenemos», aseguró Tasurinchi a su familia. Estuvimos andando varias lunas. Había poca comida. Los animales no caían en las trampas. Por fin, en una cocha, pescamos unos bagres. Comimos. En la noche, nos sentamos y hablamos. Toda la noche les hablé, quizás.

«Ahora me siento más tranquilo», me dijo Tasurinchi, cuando me despedí de ellos, unas lunas después. «Ya no tendré más rabia, creo. Mucha he tenido, últimamamente. Ahora ya no, tal vez. Hice bien poniéndome a andar, parece. Aquí en el pecho lo siento.» «¿Cómo supiste que tenías que irte de allí?», le pregunté. «Me acordé de algo que nací sabiendo», me respondió. «O lo aprendería en la mareada, tal vez. Si un daño ocurre en la tierra es porque la gente ya no le presta atención, porque no la cuida como hay que cuidarla. ¿Puede la tierra hablar, como nosotros? Para decir lo que quiere, algo tendrá que hacer. Temblar, quizás. No se olviden de mí, diciendo. Yo también vivo, diciendo. No quiero que me maltraten. De eso estaría quejándose mientras bailoteaba, pues. Tal vez yo la hice sudar demasiado. Tal vez, los Padres Blancos no son lo que parecen, sino kamagarinis aliados de Kientibakori, y aconsejándome que viviera siempre allí querían hacerle daño a la tierra. Quién sabe. Pero, si ella se quejaba, algo tenía que hacer yo, pues. ¿Cómo ayudamos al sol, a los ríos? ¿Cómo ayudamos a este mundo, a lo que vive? Andando. He cumplido la obligación, creo. Mira, ya estará dando resultado. Escucha el suelo bajo tus pies; písalo, hablador. ¡Qué quieto y qué firme está! Se habrá puesto contento, ahora que de nuevo nos siente andando sobre él.»

Dónde estará ahora Tasurinchi. No lo sé. ¿Se habrá quedado por esa región donde nos despedimos? Quién sabe. Algún día lo sabré. Bien ha de estar. Contento. Andando, tal vez.

Eso es, al menos, lo que yo he sabido.

Cuando me separé de Tasurinchi, media vuelta di y eché a andar rumbo al río Timpinía. No había ido a visitar allí a los machiguengas hacía tiempo. Pero antes de llegar me ocurrieron varias sorpresas y tuve que cambiar de rumbo. Por eso estaré aquí, con ustedes, quizás.

Tratando de saltar un matorral de ortigas, una espina me clavé. Aquí, en este pie. Me lo chupé y la escupí. Algún daño se quedaría en su adentro, porque, al poco rato, empezó a dolerme. Mucho me dolía, pues. Dejé de andar y me senté. ¿Por qué me había ocurrido esto? Rebusqué en mi bolsón. Allí seguían las hierbas que me dio el seripigari contra la picadura de la víbora, contra la enfermedad, contra las cosas extrañas. Y en la tira de mi chuspa estaba el iserepito que protege contra el mal hechizo. Esta piedrecita, pues, todavía la llevo prendida. ¿Por qué ni las hierbas ni el iserepito me defendieron contra el diablillo de la ortiga? El pie se me había hinchado tanto; parecía de otro. ¿Estaría cambiándome en monstruo? Hice una fogata y puse el pie cerca de la llama para que, sudando, se saliera el daño de su adentro. Mucho dolía; rugiendo, traté de asustarle al dolor. Tanto sudar y gritar, me quedaría dormido. Y, en el sueño, estuve oyendo palabrerío y risas de loros, pues.

Tuve que quedarme muchas lunas en ese lugar mientras se deshinchaba mi pie. Intentaba andar y ay ay me dolía muchísimo. No me faltó de comer, felizmente; en mi chuspa tenía yuca, maíz y algunos plátanos. Además, la suerte me ayudaría. Allí mismo, sin necesidad de levantarme, arrastrándome, clavé una maderita blanda, y la curvé con una cuerda anudada que escondí en el suelo. Al poco rato, cayó en la trampa una perdiz. Me dio de comer un par de días. Pero días de tormento fueron, no por la espina sino por los loros. ¿Por qué había tantos, pues? ¿Por qué esa vigilancia? Eran muchas bandadas; se habían instalado en todas las ramas y arbustos del rededor. A cada momento llegaban más y más. Todos se habían puesto a mirarme. ¿Estaría pasando algo? ¿Por qué chillarían tanto? ¿Esos parloteos tendrían que ver conmigo? ¿Estarían hablando de mí? A ratos, lanzaban sus risotadas, esas que lanzan los loros pero que parecen de gente. ¿Burlando se estarían? ¿De aquí no saldrás nunca, hablador, diciendo? Les tiré piedras para espantarlos. Inútil, se alborotaban un momento y volvían a sus sitios. Ahí estaban, tantísimos, sobre mi cabeza. ¿Qué quieren? ¿Qué va a pasar?

Al segundo día, de repente, se fueron. Asustadísimos partieron los loros. Todos a la vez, chillando, perdiendo plumas, chocándose, como si se acercara el enemigo. Habían olido el peligro, parece. Porque ahí mismo pasó sobre mí, saltando de árbol en árbol, un mono hablador. El yaniri. Sí, el mismo, ese mono rojo, grande y chillón, el yaniri. Enorme, ruidoso, rodeado de su banda de hembras. Ellas brincaban, manoteando a su alrededor, dichosas de estar con él. Dichosas de ser sus hembras, quizás. «¡Yaniri, yaniri!», le grité. «¡Ayúdame! ¿No fuiste, antes, seripigari? Baja, cúrame este pie, quiero seguir mi camino.» Pero el mono hablador no me hizo caso. ¿Cierto será que fue, antes, seripigari que andaba? Por eso no hay que cazarlos ni comerlos, tal vez. Cuando se cuece a un mono hablador el aire se llena de olor a tabaco, dicen. El que aspiró y bebió en las mareadas el seripigari que fue.

Apenas despareció el yaniri con su banda de hembras, volvieron los loros. Acompañados de otros más. Me puse a observarlos. De todas clases eran. Grandes, chicos, chiquitos; de picos corvos y larguísimos y de picos chatos; había loritos, tucanes y papagayos. Pero, sobre todo, cotorras. Parloteaban al mismo tiempo, fuerte, seguido, me entraba a los oídos un trueno de loros. Inquieto estaba, mirando. A unos y a otros los miraba, despacito. ¿Qué hacían ahí? Algo iba a pasar, seguro, a pesar de mis hierbas contra las cosas extrañas. «Qué quieren, qué están diciendo», comencé a gritarles. «De qué hablan, de qué se burlan.» Asustado, pero al mismo tiempo curioso. Nunca había visto juntos a tantos. No sería casualidad, no sería porque sí. ¿Cuál era el motivo, entonces? ¿Quién me los había mandado?

Acordándome de Tasurinchi, el amigo de las luciérnagas, traté de entender su parloteo. Si estaban ahí, a mi alrededor, hablando con tanta insistencia, ¿no habrían venido por mí? ¿Algo querrían decirme? Cerraba los ojos, prestaba atención, me concentraba en su charla. Tratando de sentirme loro, pues. Difícil era. Pero el esfuerzo me hacía olvidar el dolor del pie. Imité sus chillidos, sus gárgaras; sus murmullos imité. Todos sus ruidos. Y, entre pausa y pausa, a poquitos, palabritas sueltas, lucecitas en la oscuridad, empecé a oír. «Cálmate, Tasurinchi», «No te asustes, hablador», «Nadie va a hacerte daño, pues.» Entendiendo lo que decían, tal vez. No se rían, no estaba soñando. Lo que ellos hablaban, sí. Cada vez más claro entendí. Me sentí tranquilo. Mi cuerpo dejó de temblar. El frío se fue. No estarían ahí mandados por Kientibakori, entonces. Ni por hechizo de machikanari. ¿Por curiosidad, más bien? ¿Para hacerme compañía?

«Eso mismo, Tasurinchi», parloteó una voz, sobresaliendo de las otras. Ahora ya no había duda. Hablaba y yo le entendía. «Aquí estamos para acompañarte, dándote ánimos mientras te sanas. Aquí seguiremos hasta que vuelvas a andar. ¿Por qué te asustaste de nosotros? Te crujían los dientes, hablador. ¿Has visto que un loro se comiera a un machiguenga? En cambio, nosotros hemos visto a tantos machiguengas comerse a los loros. Ríete, más bien, Tasurinchi. Mucho hace que te seguimos. Por todas partes adonde vas, ahí estamos. ¿Sólo ahora te das cuenta?»

Sólo ahora me daba. Con la voz temblando le pregunté: «¿Te estás burlando de mí?» «Digo la verdad», insistió el loro, batiendo el follaje a aletazos. «Has tenido que clavarte una espina para descubrir a tus acompañantes, hablador.»

Tuvimos una larga conversación, parece. Todo el tiempo que estuve ahí, esperando que el daño se fuera, conversamos. Mientras hacía sudar mi pie en la fogata, para que el dolor saliera, hablábamos. Con ese loro; también con otros. En el palabrerío, todos se quitaban la voz. A ratos, no entendía lo que me decían. «Cállense, cállense. Hablen más despacio, pues, y uno por uno.» No me obedecían. Eran como ustedes, igual. ¿De qué se están riendo tanto? Parecen loros, pues. No esperaban que uno terminara para hablar todos. Estaban contentos de que, por fin, nos entendiéramos. Se atropellaban, aleteando. Yo me sentía aliviado. Contento. «Qué extraordinario lo que está pasando, pues», pensaba.

«Vaya, menos mal, te has dado cuenta de que somos habladores», dijo, de pronto, uno de ellos. Y se quedaron mudos los demás. Había un gran silencio en el bosque. «Ahora entenderás por qué estamos aquí, acompañándote. Ahora te darás cuenta por qué, desde que volviste a nacer y empezaste a andar, a hablar, te seguimos. Día y noche, pues; por los bosques y por los ríos, pues. También eres hablador, ¿no, Tasurinchi? ¿No nos parecemos, acaso?»

Me acordé, entonces. Todo hombre que anda tiene su animal que lo sigue, ¿no es así? Aunque él no lo vea ni lo llegue a adivinar. Según lo que es, según lo que hace, la madre del animal lo escoge, diciéndole a su cría: «Este hombre es para ti, cuídalo.» El animal se vuelve su sombra, parece. ¿El mío era el loro? Sí, lo era. ¿No es el animal hablador? Lo supe y me pareció que desde antes había estado sabiéndolo. ¿Por qué, si no, sentí siempre preferencia por los loros? Muchas veces, en mis viajes, me quedé escuchando sus parloteos, riéndome con sus aleteos y su bullicio. Éramos pues parientes, quizás.

Bueno ha sido saber que mi animal es el loro. Ahora, viajo más confiado. Nunca más me sentiré solo, tal vez. Si viene el cansancio, el temor, si viene la rabia por algo, ya sé qué hacer. Levantar la vista hacia los árboles y esperar. No me fallará, creo. Como lluviecita después del calor, el parloteo brotará. Ahí estarán los loros, pues. «Sí, aquí, no te hemos abandonado», diciendo. Por eso habré podido viajar solo tanto tiempo. Porque no viajaba solo, pues.

Cuando empecé a ponerme cushma y a pintarme con huito y achiote, a aspirar tabaco por la nariz y a andar, muchos se extrañaban de que viajara solo. «Es una temeridad», me advertían. «¿No está lleno el monte de los demonios horribles y de las diablas inmundas que sopló Kientibakori? ¿Qué harás si te salen al encuentro? Viaja como machiguenga, más bien. Con un chiquillo y, al menos, una mujer. Cargarán los animales que caces, desprenderán a los que caigan en la trampa. No te corromperás, cogiendo el cadáver de los que mataste. Tendrás con quien conversar, además. Varios se ayudan mejor si aparecen los kamagarinis. ¡Dónde se ha visto un machiguenga solo por el bosque!» Yo no les hacía caso porque nunca me sentí solo en mis andanzas. Ahí, entre las ramas, confundidos con las hojas de los árboles, mirándome con sus ojazos verdes, me seguirían mis compañeros. Y los sentiría aunque no lo supiera, tal vez.

Pero no es ésa la razón por la que tengo a este lorito. Ésa es otra historia, parece. Se la puedo contar ahora que se ha dormido. Si de pronto me callo y hablo tonterías, no crean que perdí la cabeza. Será, nomás, que el lorito se despertó. Es una historia que no le gusta oír, una que debe dolerle tanto como me dolió a mí esa espina de la ortiga.

Eso fue después.

Estaba yendo al Cashiriari a visitar a Tasurinchi y había cazado un paujil, con una trampa. Lo cociné y empecé a comérmelo, cuando sentí un parloteo junto a mi cabeza. Había un nido, entre las ramas, medio oculto por una gran telaraña. Éste acababa de nacer. No había abierto los ojos todavía; estaba envuelto en su moco blanco, como todas las crías al romper la cáscara. Lo estuve espiando, sin moverme, quietito, para no irritar a la lora, para no ponerla rabiosa acercándome mucho a su cría. Pero la lora no se preocupaba de mí. Estaba examinando al recién nacido, seriota. Disgustada parecía. Y, de pronto, comenzó a darle de picotazos. Sí, picotazos con su pico corvo. ¿Quería quitarle su moco blanco? No. Quería matarla. ¿Hambre tendría? La cogí de las alas, no la dejé picotearme, la alejé del nido. Y para que se calmara le di unas sobras del paujil. Contenta comió; parloteando y aleteando estuvo comiendo. Pero sus ojazos seguían furiosos. Una vez que terminó su comida, regresó volando al nido. Fui a ver y estaba dándole de picotazos otra vez. ¿No te has despertado, lorito? No te despiertes, déjame terminar antes tu historia. ¿Por qué quería matar a su cría? No era por hambre, pues. Cogí a la lora de las alas y la lancé al aire con fuerza. Después de dar unos volteretazos, volvió. Enfrentándoseme. Rabiosa, picoteando y chillando, volvió. Se le había entercado matar a su cría, parece.

Sólo ahí comprendí por qué. No había nacido como ella esperaba, tal vez. Tenía la pata torcida y los tres deditos en muñón. Hasta entonces yo no había aprendido eso que todos ustedes saben: que los animales matan a las crías que nacen distintas. ¿Por qué el puma le clava las garras a su cachorro cojo o tuerto? ¿Por qué el gavilán despedaza a su cría de ala rota? Adivinarán que, no siendo perfectos, su vida será difícil, con sufrimiento, pues no sabrán defenderse, volar, cazar, huir ni cumplir su obligación. Que vivirán poco, pues otros animales se los comerán pronto. «Para eso me la como yo, que por lo menos me alimente», diciendo. ¿O será que, como los machiguengas, tampoco ellos aceptan la imperfección? ¿También ellos creerán que la cría que no es perfecta la sopló Kientibakori? Quién sabe.

Ésta es la historia del lorito. Siempre está así, acurrucado en mi hombro. Qué me importa que no sea puro, que tenga su pata enfurruñada, que cojee, que apenas se eleva a esta altura se caiga. Porque también las alas le salieron muy cortas, parece. ¿Soy yo perfecto? Pareciéndonos, nos entendemos y nos acompañamos. Viaja en este hombro y, cada cierto tiempo, para distraerse, trepándose por mi cabeza, se pasa al otro. Va y regresa, viene y va. Se prende de mis pelos cuando está trepando. Jalándomelos, como advirtiéndome: «Cuidado me caiga, cuidado no me recojas del suelo.» No me pesa nada, ni lo siento. Duerme aquí, dentro de mi cushma. Como no puedo llarmarlo padre, ni pariente, ni Tasurinchi, lo llamo con una palabra que inventé para él. Un ruido de loros, pues. A ver, imítenlo. Despertémoslo, llamémoslo. Él lo aprendió y lo repite muy bien: Mas-ca-ri-ta, Mas-ca-ri-ta, Mas-ca-ri-ta...

VIII

LOS FLORENTINOS tienen fama, en Italia, de ser arrogantes y de odiar a los turistas que los inundan, cada verano, como un río amazónico. En este momento es difícil comprobar si ello es cierto porque casi no quedan nativos en Firenze. Han ido partiendo, poco a poco, a medida que aumentaba el calor, cesaba la brisa de las tardes, se escurrían las aguas del Arno y los zancudos tomaban posesión de la ciudad. Éstos son verdaderas miríadas volantes que resisten victoriosamente a repelentes e insecticidas y se encarnizan contra sus víctimas de día y de noche, sobre todo en los museos. ¿Son las zanzare de Firenze los animales totémicos, ángeles protectores de Leonardos, Cellinis, Botticellis, Filippos Lippis, Fray Angélicos? Parecería. Porque es al pie de estas estatuas, frescos y cuadros donde he recibido la mayor parte de las picaduras que me han averiado brazos y piernas ni más ni menos que cada vez que viajo a la selva peruana.

¿O son los zancudos los instrumentos de que se valen los florentinos ausentes para tratar de ahuyentar a sus detestados invasores? En todo caso, es inútil. Ni los bichos ni el calor ni nada en el mundo serviría de dique a la multitudinaria invasión. ¿Son solamente sus cuadros, sus palacios, las piedras de su intrincado barrio antiguo lo que nos magnetiza de este modo en Firenze, a pesar de las incomodidades del verano, a nosotros, las hordas de extranjeros? ¿O es ese contubernio de fanatismo y exce-

225

so, devoción y crueldad, espiritualismo y refinamiento sensual, de corrupción política y osadía de la inteligencia, de su pasado, lo que nos sujeta en esta ciudad sofocante, desertada por sus vecinos?

En estos dos meses, todo se ha ido cerrando: las tiendas, las lavanderías, la incómoda Biblioteca Nacional de junto al río, los cinemas que eran mi refugio de las noches, y, finalmente, los cafés donde iba a leer a Dante y a Machiavelli y a pensar en Mascarita y los machiguengas de las cabeceras del Alto Urubamba y del Madre de Dios. Se cerró primero el coqueto Caffè Strozzi, con sus muebles y su decoración art-déco, que, además, tenía aire acondicionado, maravilloso oasis para las tardes ardientes; se cerró luego el Caffè Paszkowski, donde, aunque sudando, era posible aislarse, en su segundo piso de viejo aire démodé, con sus confortables de cuero y cortinas de terciopelo sangriento; se cerró luego el Caffè Gillio, y, por último, el más turístico y abarrotado, el Caffè Rivoire, de la Piazza della Signoria, donde tomar un café macchiato me costaba tanto como una cena en una trattoria de barrio. Como no es ni remotamente posible leer o escribir en una gelateria o en una pizzeria (son los pocos enclaves hospitalarios que quedan abiertos), he tenido que resignarme a leer en mi pensión del Borgo dei Santi Appostoli, transpirando la gota gorda, a la rancia luz de una lámpara que parece diseñada con el propósito de dificultar la lectura o penalizar al terco lector con una rápida ceguera. Son incomodidades que, como hubiera dicho el terrible frailecillo de San Marcos —una inesperada consecuencia de esta estancia en Firenze habrá sido, para mí, descubrir, gracias a su biógrafo Rodolfo Ridolfi, que el desprestigiado Savonarola era, después de todo, una figura interesante y acaso mejor que la de sus quemadores—, predisponen favorablemente el espíritu para entender mejor, para casi vivirlos, los suplicios dantescos durante la peregrinación infernal o para meditar, con la calma debida, sobre las aterradoras conclusiones que, en torno a la ciudad de los hombres y el gobierno de sus asuntos, sacó de sus experiencias como funcionario de esta república, Machiavelli, el glacial analista de su historia.

Se ha cerrado también, naturalmente, la pequeña galería de la calle de Santa Margherita donde, entre una tienda de óptica y otra de abarrotes, cara a cara con la llamada iglesia de Dante, estuvieron exhibiéndose las fotografías machiguengas de Gabriele Malfatti. Pero alcancé a verlas varias veces más, antes de su chiusura estivale. A la tercera vez que me vio entrar, la muchacha flaca, de anteojos, encargada de la galería, me hizo saber abruptamente que ella tenía un fidanzato. Tuve que asegurarle, en mi torpe italiano, que mi asiduidad para con esa exposición era desinteresada, en cierto modo patriótica, y que no tenía que ver con su belleza sino únicamente con las fotografías de Malfatti. No acabó nunca de tragarse aquello de que yo me pasaba tantos minutos contemplándolas por pura nostalgia de mi tierra. ¿Y por qué, sobre todo, aquélla, la del grupo de indios sentados en una postura parecida a la del loto, que escuchaban embebidos a ese hombre gesticulante? Estoy seguro que nunca tomó en serio mis aseveraciones de que la fotografía era una consumada obra maestra, algo que había que degustar con morosidad, como en los Uffizi se contempla *La alegoría de la primavera* o *La batalla de San Romano*. Pero, en fin, después de la cuarta o quinta vez que me vio en la solitaria galería, su desconfianza cedió un poco y un día, incluso, tuvo un gesto cordial, avisándome que frente a la Chiesa de San Lorenzo, cada noche, «un conjunto de Incas» tocaba música peruana con instrumentos típicos: por qué no iba a verlos, me traería también recuerdos de la Patria. (Le obedecí, fui y descubrí que los Incas eran dos bolivianos y dos portugueses de Roma que ensayaban una

incompatible mescolanza de fados y carnavalitos cruce-
ños.) Hace una semana, la galería de Santa Margherita
cerró y la flaquita de anteojos veranea ahora en Ancona,
donde sus genitori.

Esa fotografía, en todo caso, no necesito verla más.
Me la he aprendido de memoria, en todos sus detalles,
milímetro a milímetro. Y he reflexionado tanto sobre ella
que, curiosamente, sé que sus figuras desnudas, senta-
das, de melenas lacias, la silueta del hablante de pie y el
horizonte de penachos de árboles de gruesos troncos y
ramas entreveradas bajo un hontanar de nubes grises y
panzudas, serán el más perenne recuerdo de este verano
florentino. Más durable y conmovedor tal vez que las
maravillas arquitectónicas y plásticas del Renacimien-
to, el armonioso murmullo de la terza rima dantesca o
los selváticos ritornellos (en su caso siempre compatibles
con la inteligencia luciferina) de la prosa de Machiavelli.

Estoy seguro que la fotografía retrata a un hablador
machiguenga. Es lo único sobre lo que no abrigo la
menor duda. El hombre que perora, ante ese auditorio
arrobado, ¿quién podría ser sino aquel personaje encargado de atizar ancestralmente la curiosidad, la fantasía,
la memoria, el apetito de sueño y de mentira del pueblo
machiguenga? ¿Cómo consiguió Grabriele Malfatti estar
presente en esa sesión y que le permitieran tomar fotografías? Acaso la razón del secreto que rodeaba a los
habladores en la época contemporánea —el forastero
mudado en machiguenga— ya no existía cuando el italiano visitó la zona. O, tal vez, en estos últimos años, la
situación en el Alto Urubamba ha evolucionado tan ve-
lozmente que los habladores ya no cumplen la función
secular, han perdido autenticidad y se han vuelto, como
las ceremonias con el ayahuasca y las curaciones de los
chamanes de otras tribus, una pantomima organizada
para turistas.

Pero dudo que sea así. La vida ha cambiado en

aquella región, sí, pero no en un sentido que pueda haber incrementado el turismo. Surgieron primero los pozos de petróleo, esos campamentos para los que fueron contratados como peones muchos campas, yaminahuas, piros y también, seguramente, machiguengas. Después, o al mismo tiempo, el tráfico de drogas comenzó a extender por la Amazonía, como una peste bíblica, su red de cocales, laboratorios y aeropuertos clandestinos y, consecuencia lógica, sobrevinieron las periódicas matanzas, los arreglos de cuentas entre bandas rivales de colombianos y peruanos, las quemas de sembríos, las expediciones de caza y rastreo de la policía. Y, finalmente —o, acaso también al mismo tiempo, cerrando el triángulo de horror—, el terrorismo y el contraterrorismo. Los destacamentos revolucionarios de Sendero Luminoso, reprimidos con dureza en los Andes, han bajado a la selva y operan también por esa zona de la Amazonía, que es, por lo mismo, periódicamente batida por el Ejército y se dice que, incluso, bombardeada por la Aviación.

¿Qué efecto ha tenido todo esto sobre el pueblo machiguenga? ¿Aceleró su desmembramiento y disolución? ¿Existen aún los poblados que comenzaron a congregarlos hace cinco o seis años? Esas aldeas, claro está, se habrán visto expuestas al irresistible mecanismo perturbador de esa civilización contradictoria, representada por los buenos salarios de la Shell y de Petro Perú, las arcas llenas de dólares del tráfico de la coca y los riesgos de verse atrapados en las carnicerías de la guerra de traficantes, guerrilleros, policías y soldados, sin entender una palabra de lo que está en juego. Como cuando los invadieron los ejércitos incas, los exploradores, conquistadores y misioneros españoles, los caucheros y madereros republicanos, los buscadores de oro y los inmigrantes serranos del siglo XX. Para los machiguengas, la historia no avanza ni retrocede: gira, se repite. Pero, aunque los destrozos a la comunidad hayan sido muy grandes por efecto de todo esto, lo probable es que una buena parte de ellos, ante los trastornos de los últimos años, haya optado para sobrevivir por el reflejo tradicional: la diáspora. Echarse una vez más a andar, como en el más persistente de sus mitos.

¿Anda entre ellos, con ese pasito corto, de palmípedo que asienta a la vez toda la planta del pie, típico de los hombres de las tribus amazónicas, mi ex amigo, el ex judío, ex blanco y ex occidental Saúl Zuratas? He decidido que el hablador de la fotografía de Malfatti sea él. Pues, objetivamente, no tengo manera de saberlo. Cierto que la figura de pie denota en la cara una sombra más intensa —en el lado derecho, donde él tenía el lunar—, que podría ser clave para identificarlo. Pero, a esa distancia, la impresión puede ser engañosa, tratarse de la mera sombra del sol (la cara está ladeada de tal modo que la luz del crepúsculo, cayendo del lado opuesto, sombrea todo el lado diestro de hombres, árboles y nubes). Quizá la pista más sólida sea la conformación de la silueta. Aunque esté lejos, no hay duda: ésa no es la arquitectura típica de un indio de la selva, hombre por lo general bajo, de piernas cortas y ovaladas y ancha caja torácica. Quien está hablando tiene un cuerpo alargado y juraría que una piel —está desnudo de la cintura para arriba— mucho más clara que la de su auditorio. Pero sus pelos muestran, eso sí, el corte circular, como capucha medieval, de un machiguenga. He decidido, también, que ese bulto que hay en el hombro izquierdo del hablador de la foto sea un loro. ¿No sería lo más natural del mundo que un hablador recorra los bosques con un loro de tótem, compañero o monaguillo?

Después de darles muchas vueltas y combinarlas unas con otras, las piezas del rompecabezas casan. Delinean una historia más o menos coherente, a condición de detenerse en la estricta anécdota y no preguntarse por lo que Fray Luis de León llamaba «el principio propio y escondido de las cosas».

Desde aquel primer viaje que hizo a Quillabamba, donde el chacarero pariente de su madre, Mascarita entró en contacto con un mundo que lo intrigó y lo sedujo. Lo que debió ser, al principio, un movimiento de curiosidad intelectual y de simpatía por los hábitos de vida y la condición machiguenga, fue, con el tiempo, a medida que los conocía mejor, aprendía su idioma, estudiaba su historia y empezaba a compartir su existencia por períodos más y más largos, tornándose una conversión, en el sentido cultural y también religioso del término, una identificación con sus costumbres y tradiciones en las que —por razones que puedo intuir pero no entender del todo— Saúl encontró un sustento espiritual, un estímulo, una justificación de vida, un compromiso, que no encontraba en las otras tribus de peruanos —judíos, cristianos, marxistas, etc.— entre las que había vivido.

La transformación debió de ser muy lenta, algo que fue operándose de manera inconsciente, en esos años dedicados a estudiar Etnología en San Marcos. Que se desencantara de los estudios, que viera en la actitud científica del etnólogo una amenaza para aquella cultura primitiva y arcaica (él, entonces, ya no hubiera aceptado estos calificativos), una intromisión en ella de la destructora modernidad, una forma de adulteración, es algo que puedo comprender. La idea del equilibrio entre el hombre y la tierra, la conciencia del estupro del medio ambiente por la cultura industrial y la tecnología moderna, la revaluación de la sabiduría del primitivo, obligado a respetar su hábitat so pena de extinción, es algo que en aquellos años, si todavía no era una moda intelectual, ya comenzaba a echar raíces por todas partes incluido el Perú. Mascarita debió vivir todo esto con una intensidad particular, al ver con sus propios ojos las grandes devastaciones que los civilizados perpetraban en la selva y la manera como, en cambio, los machiguengas convivían armoniosamente con el mundo natural.

El hecho decisivo para el gran paso fue, sin duda, la muerte de Don Salomón, la única persona a la que Saúl estaba atado y a la que sentía obligación de dar cuenta de su vida. Es probable, por la manera como cambió su conducta en el segundo o tercer año de Universidad, que hubiera decidido desde antes que, una vez muerto su padre, lo abandonaría todo para irse al Alto Urubamba. Hasta allí todavía no hay nada de extraordinario en su historia. En los años sesenta y setenta —años de la rebelión estudiantil contra la moral del consumo— muchos jóvenes de clase media abandonaron Lima, espoleados por una mezcla de deseo de aventura y disgusto de la vida capitalina, y se fueron a la sierra o a la selva, a vivir en condiciones a veces muy precarias. Uno de los programas de La Torre de Babel —por desgracia estropeado en gran parte por las crónicas anomalías de la cámara de Alejandro Pérez— estuvo dedicado precisamente a un grupo de muchachos limeños que emigraron al Cusco donde sobrevivían realizando pintorescos oficios. Que, como ellos, Mascarita decidiera renunciar a un porvenir burgués e irse a la Amazonía, a la aventura —el regreso a lo elemental, a las fuentes—, no tiene por qué llamar demasiado la atención.

Pero Saúl no se fue como ellos. Se fue borrando las huellas de su partida y de sus intenciones, haciendo creer a quienes lo conocían que se iba a Israel. ¿Qué otra cosa podía querer decir toda esa coartada del judío que hace *la aliá* sino que, al dejar Lima, Saúl Zuratas había decidido ya, irreversiblemente, cambiar de piel, de nombre, de costumbres, de tradición, de dios, de todo lo que había sido hasta entonces? Es evidente que se fue de Lima con la intención de no volver y de ser otro para siempre jamás.

Aunque con cierto esfuerzo, hasta aquí todavía consigo acompañarlo. Creo que su identificación con la pequeña comunidad errante y marginal de la Amazonía tuvo algo que ver —mucho que ver—, como conjeturaba su padre, con el hecho de que fuera judío, miembro de otra comunidad también errante y marginal a lo largo de su historia, una paria entre las sociedades del mundo en las que, como los machiguengas en el Perú, vivió insertada pero no mezclada ni nunca aceptada del todo. Y seguramente también en aquella solidaridad influyó, como solía bromearle yo, ese enorme lunar que hacía de él un marginal entre los marginales, un hombre cuyo destino estaría, siempre, acosado por un estigma de fealdad. Puedo llegar a aceptar que entre los adoradores del espíritu del árbol y del trueno, los ritualistas del tabaco y el cocimiento de ayahuasca, Mascarita se sintiera más aceptado —disuelto en un ser colectivo— que entre los judíos o los cristianos de su país. De una manera muy personal y sutil, yéndose al Alto Urubamba a nacer de nuevo, Saúl hizo su *aliá*.

Donde encuentro una dificultad insalvable para seguirlo —una dificultad que me apena y me frustra— es en el estadio siguiente: la transformación del converso en hablador. Es, por supuesto, el hecho que me conmueve más en toda la historia de Saúl, lo que hace que piense en ella continuamente, la anude y desanude mil veces, y lo que ha motivado que, a ver si así me libro de su acoso, la escriba.

Porque convertirse en un hablador era añadir lo imposible a lo que era sólo inverosímil. Retroceder en el tiempo, del pantalón y la corbata hasta el taparrabos y el tatuaje, del castellano a la crepitación aglutinante del machiguenga, de la razón a la magia y de la religión monoteísta o el agnosticismo occidental al animismo pagano, es difícil de tragar pero aún posible, con cierto esfuerzo de imaginación. Lo otro, sin embargo, me opone una tiniebla que mientras más trato de perforar más se adensa.

Porque hablar como habla un hablador es haber llegado a sentir y vivir lo más íntimo de esa cultura, haber calado en sus entresijos, llegado al tuétano de su historia y su mitología, somatizado sus tabúes, reflejos, apetitos y terrores ancestrales. Es ser, de la manera más esencial que cabe, un machiguenga raigal, uno más de la antiquísima estirpe que, ya en aquella época en que esta Firenze en la que escribo producía su efervescencia cegadora de ideas, imágenes, edificios, crímenes e intrigas, recorría los bosques de mis país llevando y trayendo las anécdotas, las mentiras, las fabulaciones, las chismografías y los chistes que hacen de ese pueblo de seres dispersos una comunidad y mantiene vivo entre ellos el sentimiento de estar juntos, de constituir algo fraterno y compacto. Que mi amigo Saúl Zuratas renunciara a ser todo lo que era y hubiera podido llegar a ser, para, desde hace más de veinte años, trajinar por las selvas de la Amazonía, prolongando, contra viento y marea —y, sobre todo, contra las nociones mismas de modernidad y progreso— la tradición de ese invisible linaje de contadores ambulantes de historias, es algo que, de tiempo en tiempo, me vuelve a la memoria y, como aquel día en que lo supe, en la oscuridad con estrellas del poblado de Nueva Luz, desboca mi corazón con más fuerza que lo hayan hecho nunca el miedo o el amor.

Ha oscurecido y hay también estrellas, aunque no tan lúcidas como las de la selva, en la noche de Firenze. Presiento que en cualquier momento se me acabará la tinta (las tiendas de la ciudad donde podría encontrar repuesto para mi lapicero están también en chiusura estivale, por supuesto). El calor es intolerable y el cuarto de la Pensión Alejandra hierve de mosquitos que zumban y revolotean alrededor de mi cabeza. Podría ducharme y salir a dar una vuelta, en busca de distracción. Es posible que en el Lungarno haya algo de brisa, y, si lo recorro, el espectáculo de los malecones, puentes y palacios iluminados, siempre hermoso, desemboca en otro espectáculo, más truculento, el del Cascine, de día beatífico paseo de señoras y niños y a estas horas antro de putas, maricones y vendedores de drogas. Podría ir a mezclarme con los jóvenes ebrios de música y marihuana de la Piazza del Santo Spirito o a la Piazza della Signoria que, a estas horas, es una abigarrada Corte de los Milagros donde se improvisan simultáneamente cuatro, cinco y a veces diez espectáculos: conjuntos de maraqueros y tumbadores caribeños, equilibristas turcos, tragafuegos marroquíes, una tuna española, mimos franceses, jazzmen norteamericanos, adivinadoras gitanas, guitarristas alemanes, flautistas húngaros. A veces es agradable perderse un rato en esa multitud variopinta y juvenil. Pero esta noche iría adonde fuera, en vano. Sé que en los puentes de piedras ocres sobre el Arno, bajo los árboles prostibularios del Cascine o bajo los músculos de la fuente de Neptuno y el bronce cagado de palomas del Perseo de Cellini, dondequiera que me refugie tratando de aplacar el calor, los mosquitos, la exaltación de mi espíritu, seguiré oyendo, cercano, sin pausas, crepitante, inmemorial, a ese hablador machiguenga.

Firenze, julio de 1985
Londres, 13 de mayo de 1987

RECONOCIMIENTO

Como todas las que he escrito, esta novela debe mucho a la ayuda, voluntaria o involuntaria, de diversas instituciones y personas. Quiero mencionar al Instituto Lingüístico de Verano, a la Misión Dominicana del Urubamba y al CIPA (Centro de Investigación y Promoción Amazónica) y agradecerles la hospitalidad que me brindaron en la selva; a Vicente de Szyszlo y a Luis Román, tan buenos compañeros de viaje por la Amazonía; y al Padre Joaquín Barriales, O. P., recopilador y traductor de muchas canciones y mitos machiguengas que aparecen en mi libro.

Impreso en el mes de febrero de 1997
en Talleres Gráficos HUROPE, S. L.
Recaredo, 2
08005 Barcelona